LES REINES ROUGES

Paru dans Le Livre de Poche :

Cœur d'artichaut

Coups de sang

La Couronne d'Irène

Le Dieu de Clotilde

La Hache et la Croix

Le Hun blond

Maria

Les Ritals

Les Russkoffs

Le Sang de Clovis

CAVANNA

Les Reines rouges

ROMAN

ALBIN MICHEL

La Gaule au traité d'Andelot (587)

Burgondie et Aquitaine à Gontramn.
Neustrie à Clotaire II, fils de Frédégonde.
Austrasie, Auvergne, Poitou-Vendée à Childebert II, fils de Brunehaut.

En guise de prologue

Peut-on lutter contre la méchanceté sans devenir méchant soi-même ?

Puisque les armes sont les mêmes, qu'on les emploie pour le mal ou pour le bien, y a-t-il un camp du mal et un camp du bien ?

Le pouvoir pourrit-il fatalement ceux qui le briguent comme ceux qui l'exercent ?

Des femmes peuvent-elles se montrer aussi acharnées, aussi retorses, aussi implacables que des hommes dans l'ambition comme dans la haine ?

Le présent récit est celui de la sanglante rivalité qui opposa deux femmes de valeur en un siècle où la femme comptait peu.

Brunehaut, la princesse wisigothe, reine d'Austrasie par son mariage, puis souveraine absolue par l'exercice de la régence au nom de son fils Childebert II.

Frédégonde, la fille de cuisine devenue reine par sa beauté et l'art de s'en servir, puis souveraine absolue par l'exercice de la régence au nom de son fils Clotaire II.

Deux ambitions insatiables. Deux natures indomptables.

Une lumineuse ? Une ténébreuse ?

Parlons plutôt de clair-obscur.

Première partie

L'ENFANT ROI

I

Le petit moine tout sec ramène devant lui le vaste capuchon de sa robe crasseuse, y plonge la main, en extirpe un papyrus qu'un épais sceau de cire verte maintient roulé, le présente à l'ancêtre, qui s'en saisit, contemple le sceau, le caresse du bout des doigts, le brise comme à regret, déroule le frêle support, parcourt du regard les élégants caractères d'une onciale aux lignes serrées que ses yeux ne lui permettent plus de déchiffrer. Il hoche la tête, tend le message à la fillette aux vives prunelles accroupie à ses pieds, laquelle, toute fiérote de montrer sa science nouvelle, commence à psalmodier, syllabe par syllabe, se balançant d'avant en arrière et suivant le texte du doigt :

— « À-mon-très-cher-a-mi-Pe-tit-Loup... »

Le moine l'interrompt, doigt levé :

— Cette lettre est personnelle. Elle ne saurait être lue que par l'intéressé.

Le vieillard sourit :

— L'intéressé, c'est notre Petit Loup ?

— C'est celui dont le nom vient d'être déchiffré par cette enfant. Nul autre que lui ne doit lire plus avant.

— Pas de secrets ici. Tout ce qui touche à l'un de nous concerne la famille entière.

— Ceci ne fait pas mon affaire. J'ai pour mission de donner à lire le présent message à celui dont le nom est porté là et à nul autre.

— Qu'à cela ne tienne ! Une mission est une mission. Petit Loup !

Du cercle des accroupis autour du feu se détache une ombre considérable qui, se déployant en hauteur, se révèle être la silhouette d'un jeune colosse au sourire placide. Celui-ci s'avance tranquillement jusqu'à la place où trône l'ancêtre, se baisse afin d'ôter bien doucement le papyrus des mains de la fillette, qui ne dit rien mais ravale de gros sanglots. Le grand garçon, tenant la missive dans la main droite, empoigne de la gauche la gamine, qu'il cale sur son bras, disant :

— Ma lettre, nous allons la lire ensemble. Tu veux ?

La petite rit, renifle un bon coup, tandis que Petit Loup — puisque Petit Loup il y a — commence à voix sonore sa lecture. Tous se font attentifs.

Petit Loup déchiffre en véritable lettré. La petite, avec un temps de retard, lui fait écho. La missive est écrite en latin, cela va de soi. Dans cette famille, tous comprennent et parlent le latin patoisant des Gallo-Romains aussi bien que le tudesque des Francs, celui des Wisigoths ou des Burgondes, et même le celtique des Brittons d'Armorique. L'assistance prend donc connaissance de ceci, qui l'émerveille fort[1] :

---

1. Nous croyons préférable de donner la traduction du message en français moderne, ce dont le lecteur ne manquera pas de nous être reconnaissant. (Toutes les notes sont de l'auteur.)

À mon très cher ami Petit Loup,

Sache, ô ami, que je m'ennuie de toi. Je suis le roi, tu le sais. Un roi devrait avoir tout ce qu'il veut. Or, moi je veux un ami tel que toi, mais je n'en trouve pas. Il y en a qui se disent mes amis, mais bien vite ils me somment de leur donner des armées à commander, ou bien des provinces fertiles avec dessus des croquants durs à la peine, ou bien des abbayes, des évêchés. Ils me disent du mal les uns des autres et ils s'assassinent entre eux. Il y en a même un qui m'a proposé d'assassiner ma maman la reine afin que je sois seul maître de mon royaume. J'ai dit non. Ai-je bien fait ?

Je t'ordonne de venir, et vite, car ma maman la reine a une mission à te confier.

Je t'embrasse, ainsi que Minnhild, Griffon et Adèle.

À bientôt.

Childebert II,
roi d'Austrasie.

L'assistance bourdonne un murmure diversement teinté. L'ancêtre lève la main. Le silence se fait. L'ancêtre laisse tomber ces mots :

— Ce petit roi sait fort bien dire « J'ordonne ».

Le second ancêtre, le maigre, celui qui trône juste en face, de l'autre côté du foyer, renchérit :

— Ce trou-du-cul ne faisait pas tant le fier quand il descendait le long du mur, accropetonné dans son panier[1].

---

1. Voir *Le Sang de Clovis*, Éditions Albin Michel, 2001, Le Livre de Poche n° 15490.

Petit Loup n'en a pas fini :

— Attendez ! Il y en a encore.

Il reprend sa lecture à deux voix, dans le silence revenu. Cette fois, c'est du tudesque, variété wisigothe. Les Wisigoths se sont forgé une écriture, et la reine Brunehaut fut princesse wisigothe :

À ma bien-aimée Minnhild,

Je te salue, très chère amie, ainsi que ton époux Petit Loup, car j'ai appris que tu l'as épousé, quel que soit le rite selon lequel cela s'est fait, et probablement sans rite du tout. J'en suis heureuse, c'est un héros. Mais ne fus-tu pas toi-même une héroïne quand il s'est agi de me sauver et de sauver mon fils le roi ? Je me languis de vous deux, cependant je ne viendrais pas troubler la paix de votre retraite rustique si la nécessité ne m'y contraignait. Le porteur de ce pli t'en dira davantage.

Je te serre sur mon cœur, ma Minnhild.

Ta reine qui ne t'oublie pas.

Brunehaut,
reine.

Petit Loup se tait, roule avec respect le papyrus, croise les bras, attend les commentaires. Qui ne sauraient tarder, à en juger par l'excitation muette qui brille dans tous les yeux. Personne, cependant, ne parlera avant l'un ou l'autre des deux ancêtres, car l'un et l'autre, en leur vie d'aventures, ont approché les rois et les puissants et appris à peser le pour et le contre des choses.

Le grand vieillard qui, tout à l'heure, parla en premier se caresse la barbe, prenant le temps de la réflexion. Son compère en ancienneté l'interpelle :

— Parle, toi, Loup. Tu es le Hun Blond, tu fus toujours de bon conseil. Parle donc.

Le Hun Blond, plutôt Hun Blanc désormais, parle donc :

— Toujours aussi piaffant et tête en l'air, Otto ? D'accord, je parle. Je dirai tout d'abord que, tandis que vous étiez tous, bouche béant aux mouches, à vous emplir la tête à pleines oreilles de ces flatteuses écritures, moi je ne quittais pas de l'œil le principal flatté, à savoir notre Petit Loup, ici présent. J'ai vu sa gentille face s'épanouir au fur et à mesure qu'avançait sa lecture pour resplendir comme la lune en son plein quand il atteignit les dernières lignes. Explique-nous ça, Petit Loup.

Le jeune gars aux vastes épaules se dandine, rougissant. Yeux baissés, il proteste :

— Il n'y a rien à expliquer, grand-père. Je suis heureux d'avoir des nouvelles du petit roi et de sa mère la reine, c'est tout simple.

— Allons, allons... Tu jubiles comme un ânon qu'on met au vert. Pour un peu, tu te roulerais à terre et te mettrais à braire, les quatre fers en l'air. Je me trompe ?

Tous rient. Petit Loup hoche du chef, gros ours qui a trouvé une ruche et ne sait comment s'y prendre. Il risque, prudent :

— Eh bien, il semblerait que le petit roi et sa mère la reine ont besoin d'un coup de main, quel qu'il puisse être.

— Hum... Ce qu'il peut être, je n'en sais rien, mais je sais que le genre de coup de main dont ont besoin les petits rois et leurs jolies mamans les reines mères consiste en chevauchées en pays lointains, en horions à donner et, plus souvent, à recevoir, en trahisons à déjouer ou à subir, bref, à quitter sa famille, à délaisser sa part de l'honorable mais fatigant travail de la terre — part qui retombera sur les bras de ceux qui restent.

Il se tait. Otto prend la parole :

— C'est tout juste ce que j'aurais dit, quoique je l'aurais dit moins rudement. J'y aurais mis quelque flamme... Mais il me semble que, jusqu'ici, nous n'avons fait que jeter des paroles au vent. J'ai cru entendre une phrase qui s'adressait à notre Minnhild, par laquelle il lui était conseillé de prêter l'oreille au « porteur de la présente », lequel est censé « lui en dire davantage ». Ne pensez-vous pas qu'il serait bon de commencer par là ?

Il se tourne vers le moine :

— Ô toi, « porteur de la présente », isole-toi donc en compagnie de la gentille Minnhild et aussi, je suppose, de Petit Loup, son seigneur. Espérons que ces choses que tu as à leur dire sont de moins mauvais augure que ton vilain museau, soit dit sans t'offenser car, après tout, on n'est pas responsable du nez que nous a fait notre mère, la sainte femme.

Le sarcasme glisse sur le moine, qui doit en avoir l'habitude. Il dit seulement :

— Que l'homme Petit Loup et la femme Minnhild me suivent. Nous parlerons en plein air, loin de toute oreille.

Tous sourient. Comme si ces deux-là n'allaient pas tout leur raconter !

Le moine à la triste hure se dirige d'un pas décidé vers la porte, cueillant au passage des mains de la gamine le papyrus roulé qu'elle comptait bien conserver comme un trésor et qu'il glisse dans sa vaste manche. Petit Loup lui emboîte le pas, et aussi Minnhild la toute menue, Minnhild la ravissante, qui serre dans ses bras un poupon endormi.

Ils gagnent une vaste étendue de lande qu'ensoleillent genêts et ajoncs en pleine floraison. Avisant certains noirs granits qui font le gros dos au beau milieu de l'étendue sauvage, le moine s'y adosse, invite du geste le jeune couple à prendre place face à lui et, sans s'attarder en préambule, commence :

— Voici ce que la dame reine Brunehaut me prie de vous faire savoir.

Il baisse le menton, mains enfoncées dans ses manches, se recueille un bref instant, se décide :

— Le roi Childebert, son fils bien-aimé, est encore un enfant.

Petit Loup sourit :

— Ça, je suis bien placé pour le savoir !

Le moine lève la main :

— C'est la dernière fois que tu m'interromps. Ce que j'ai à dire, je ne le dirai qu'une fois, et puis je m'en irai. Je suis un moine prêcheur. Je viens d'Irlande. Je prêchais aux confins sauvages de l'Austrasie lorsque je reçus mission de notre saint père le seigneur pape de me rendre en Armorique, dans certains cantons où les envahisseurs brittons venus de l'autre côté de l'eau [1] ont massacré les prêtres du vrai dieu et rétabli les très horribles et très exécrables rites de la religion des druides.

« Écoutez donc et faites-en votre profit. La décision vous appartient. Je ne suis qu'un messager. La reine a saisi l'occasion de mon départ, connu de tous, pour me charger de cette mission, tout à fait secrète, elle. Je vous expose la chose, vous ferez ainsi que vous le jugerez bon.

Petit Loup acquiesce d'un bref hochement de tête. Minnhild berce machinalement le bébé, son fin visage tendu par une soudaine anxiété. Ce début lui semble lourd de menaces. Elle attend la suite.

Le moine leur fait signe d'approcher leurs têtes. Sa voix n'est plus qu'un murmure :

— Le roi Childebert est en grand danger de mourir. Peut-être même est-il mort en ce moment où je vous parle. Ne sursautez pas, ne vous récriez pas, ne pleurez pas !

Il les laisse se pénétrer de la terrible nouvelle et maîtriser leurs sentiments, puis :

— Inutile de vous dire que savoir cela est un secret fort dangereux. Si le roi de Neustrie ou la reine Frédégonde venaient à l'apprendre, pouvez-vous imaginer quels désastres s'ensuivraient pour l'Austrasie ?

Ce n'est pas vraiment une question, pourtant Minnhild réplique :

---

1. Les Celtes de Grande-Bretagne, chassés de leur île par l'invasion anglo-dano-saxonne, ont passé la Manche et, à leur tour, envahi l'Armorique, qu'ils ont « receltifiée ».

— Et pour la reine ! Ma très chérie ! Pauvre, pauvre Brunehaut !

Le moine au vilain nez ne cache pas son agacement :

— Tu gémiras bien à ton aise tout à l'heure, femme. Pour l'instant, écoute. Et toi aussi, l'homme.

« Sachez que le roi est tombé de cheval, au cours d'une chasse. Rien de grave, apparemment. Il s'est relevé tout seul, s'est remis en selle aussitôt, ainsi qu'il est prescrit. Par la suite, le médecin attaché au palais l'a examiné avec soin et n'a rien trouvé de plus grave que quelques traces bleuâtres comme on s'en fait en heurtant rudement le sol. Bagatelles, surtout chez un enfant. Et puis voilà que, les jours passant, l'humeur du roi s'est assombrie. Il a pris en dégoût tout ce qu'il aimait tant : jeu, cheval, chasse, course, simulacres de combats... Il repousse ses compagnons habituels, refuse d'étudier, reste des journées à ne rien faire, vautré, maussade, sur ses peaux d'ours. Il frappe sa nourrice, qu'il adore, rembarre durement sa mère la reine. Il refuse la nourriture, maigrit, fait des caprices. Il lui est venu en tête de revoir celui qu'il appelle son seul ami, toi, Petit Loup, d'où la lettre qu'il a jointe à celle de la reine.

« Il ne semble pas se rendre compte qu'il est malade. Cependant, il est bien affaibli. Sa mère craint le poison. Il est certain que, si rien n'est fait, le roi mourra.

« En ce qui vous concerne, voici. Il est en la ville de Tours un médecin juif que l'on dit fort expert en matière de poisons, sortilèges, magie et autres façons traîtresses de donner la mort. Il connaît le petit roi.

Il a déjà eu l'occasion de lui donner ses soins lorsque, encore tout enfantelet, il était tenu prisonnier avec la reine Brunehaut en la cité de Paris par la malice de son oncle Chilpéric.

Petit Loup retient une exclamation. Le moine sourit :

— Je vois que cela éveille un écho en ta mémoire. Eh bien, oui, c'est là même d'où tu l'as arraché. L'intervention du médecin avait eu lieu peu auparavant. Il semblerait que, déjà, il se soit agi de poison. Toujours est-il qu'entre-temps le Juif s'est établi à Tours, ville dans laquelle, en dépit de sa grande piété, l'évêque Grégoire n'est pas trop rude envers les mécréants.

« La reine souhaite que tu gagnes la cité de Tours, que tu te mettes en quête de ce médecin et que tu le persuades, par la contrainte au besoin, de venir avec toi à Metz. Dans le plus grand secret, cela va sans dire. Pars sur-le-champ, brûle les étapes, ne perds pas ton temps à prendre congé. Il n'a pas été question de ta subsistance, tu sais comment sont les reines, très au-dessus de ces choses. Tu y pourvoiras donc au hasard du chemin. Des questions ?

— Des tas. Je m'en tiendrai à deux. Pourquoi ne pas saluer les miens, qui peut-être ne me reverront plus ? Et encore : devrai-je, en plus, les dépouiller ? Déjà, il me faut un cheval.

Minnhild corrige :

— Deux. Qu'est-ce que tu crois ? Que je vais te laisser seul courir les chemins où se rencontrent foison de reines et de ribaudes aux blanches cuisses ?

Et ne parle pas de me prendre en croupe, ce ne sont pas des façons pour une mère de famille.

— Justement : le bébé ?

— Le bébé, il est grand temps de le sevrer. Je me proposais de m'y mettre un de ces prochains jours. Ainsi ne l'entendrai-je pas pleurer. Il ne manque pas de femmes ni de filles ici pour jouer à la poupée.

— Donc, deux chevaux.

— Tu comptes toujours aussi bien. Deux chevaux. Griffon pour toi, pour moi ma haquenée Bleuette. C'est tout simple.

— Ils manqueront au travail des champs.

— Griffon manqua déjà lors de ton premier voyage, celui où ta chance me plaça sur ton chemin. La famille s'arrangea pour faire sans lui. Quant à ma Bleuette, une haquenée ne saurait s'abaisser à tirer la charrue ou à fouler le grain. C'est dame de haut lignage qui ne sert qu'à promener les pucelles et les petits enfants.

Le moine s'impatiente :

— Bon. Courez dire au revoir à la famille, et en selle !

Les préparatifs ont été brefs, les adieux plus encore.

Loup, le Hun Blond, étendit sur leurs têtes une main bénisseuse, tel un patriarche sorti tout droit de la Bible, disant :

— Si je croyais à ces mômeries, je dirais : « Va, fils de ma chair, et que Dieu t'ait en sa sainte garde ! » C'est un plaisir dont nous autres, sans-foi, devons nous priver. Du moins puis-je en faire le geste, dont la majesté va bien à ma barbe blanche.

L'autre ancêtre, Otto, n'y mit aucune ironie. Il ouvrit grand les bras, y enserra en un seul paquet l'immense Petit Loup et Minnhild la toute menue, les baisa d'abondance, laissant sans vergogne couler ses larmes, qui n'étaient nullement larmes de chagrin, ainsi qu'il s'en expliqua :

— Oh, que je voudrais donc être à votre place, à vous qui allez courir le vaste monde, ses merveilles et ses traîtrises ! Mordez la vie à pleines dents, mes enfants, gardez-vous des méchants et revenez-nous bien vite, vivants si possible.

Toute la famille, en rang d'oignons, y est passée, qui pleurant, qui riant, et maintenant ils vont par le chemin creux hérissé de pierrailles et criblé de fondrières, Minnhild en tête, car la haquenée ne tolère pas d'autre place, ensuite Petit Loup sur Griffon, le cheval colosse, suivi du moine laissant pendre ses grands pieds de part et d'autre de sa mule sacerdotale, et, fermant la procession, une mule d'humble condition qui porte les bagages et les provisions. Par le travers du dos de Petit Loup se prélasse Adèle, la hache si lourde que lui seul peut la manier. Elle ronronne, charmée par le parfum d'aventure, prompte à sauter en paume à la première alerte.

Le moine les accompagne jusqu'à la rivière de Loire, où commence le pays aquitain. Lui, il descendra l'eau jusqu'au rivage de la grande mer salée qui enveloppe le monde, afin de porter la parole du Seigneur Christ dans certaines îles d'où elle fut chassée par les maudits envahisseurs brittons qui ramenèrent en ces lieux un parler celtique oublié depuis plus de six siècles et des dieux gaulois tout aussi vermoulus.

Sur la Loire, on se sépare, sans trop de regrets, ma foi, le moine, sombre figure, n'émergeant guère de ses patenôtres, même pour prêter la main aux besognes communes.

Et voilà de nouveau Petit Loup, Minnhild, Griffon et Adèle chevauchant de concert sur la vieille voie romaine, augmentés cette fois de Bleuette la blanche haquenée. La tristesse de la séparation s'est maintenant estompée, laissant s'épanouir bien à plein l'appétit de l'inconnu aspiré à pleins poumons, l'appel de l'horizon sans cesse se dérobant, le bonheur de sentir un sang joyeux cascader dans de jeunes veines et, plaisir qui surpasse tous les autres, celui de n'avoir qu'à tourner un tant soit peu la tête pour voir, à son côté, l'être aimé qui en fait justement autant, et qui pouffe, et qui rit à pleine gueule, l'œil vif, les joues vermeilles.

Tours est bientôt atteinte. C'est une vaste et opulente cité, aussi riche qu'Orléans, beaucoup plus importante que ce Paris dont les rois francs, les frères ennemis issus de la souche de Clovis, ont pourtant fait leur commune ville impériale. Les remparts portent les cicatrices des assauts du roi Chilpéric, qui ne s'est pas résigné à laisser à Brunehaut l'héritage de son mari Sigebert, jadis assassiné par ordre de Frédégonde.

Pour l'instant, la paix y règne, paix bien fragile dont il faut se dépêcher de faire son profit. Les faubourgs sans cesse s'étendent, un grouillement de bâtisses de terre couvertes en chaume bat le pied des murailles. Quelques constructions plus massives, monastères ou simples granges d'étape pour pèlerins, attestent du renom qui s'attache dans tout l'univers chrétien à la basilique où officia le grand saint Martin, patron des Gaules, et où reposent ses saintes reliques, qui guérissent maintes maladies sur lesquelles la médecine se casse les dents.

Nul péril de guerre n'étant à redouter dans l'heure, la porte d'Occident est franchie sans avoir à subir les tracasseries des gens d'armes, sinon les sempiternelles exclamations des badauds à la vue du jeune colosse sur son cheval géant, exclamations goguenardes — envieuses des mâles, pâmées des femelles, les unes et les autres agaçantes pour qui tient à la discrétion. Mais Petit Loup a l'habitude, Griffon aussi. Quant à Minnhild, ces pâmoisons adorantes font à peine froncer son nez mignon.

Le moine avait été fort explicite en ce qui concerne l'emplacement du logis du médecin juif, allant jusqu'à esquisser un bout de plan sur un carré de parchemin immatériellement mince que Minnhild avait elle-même préparé et ourlé dans l'intention de s'en faire un instrument destiné à se tirer commodément et avec distinction la morve du nez, car elle avait soudain pris conscience que se moucher dans ses doigts, ainsi que cela se pratique et s'est toujours pratiqué, a quelque chose d'assez répugnant, elle ne sait pas trop quoi mais, c'est plus fort qu'elle, la nausée la prend quand on se livre devant elle à ces intimes travaux d'hygiène [1]. N'étant point tourmenté de ces soucis profanes, le moine, dans la chaleur de la démonstration, s'était emparé de ce carré fait d'une matière lisse et blanche qui lui avait paru propre tant à l'écriture qu'au dessin, et y avait tracé, d'un doigt nerveux trempé dans une boue de lisier fort noire, un itinéraire aux contours grossiers mais bien utile aux voyageurs en son éloquente rusticité, encore que l'odeur en fût surprenante : c'était lisier de porc bien puant — on prend ce qu'on trouve quand on a oublié son écritoire.

La maison est donc assez aisément trouvée. Petit Loup ayant toqué à l'huis, le panneau de chêne puissamment clouté s'entrebâille, une moricaude un peu bossue mais au sourire de bon augure se montre, s'attendant sans doute à voir un coliqueux geignant replié sur sa tripaille douloureuse ou un bronchiteux crachant ses poumons, ainsi qu'il est courant à l'huis d'un médecin. Les deux cavaliers en appareil de voyage, éclatants d'une santé insolente, évoquent plutôt un jeune couple marié de frais et courant les auberges du royaume pour en comparer l'élasticité des paillasses, ce qui déroute cette âme simple.

Un Juif n'a jamais la conscience tranquille en terre chrétienne, fût-il un médecin renommé, eût-il même rendu la santé à un roi. Les temps d'épidémie, si

1. Il ressort de cela que nous pouvons dater l'invention du mouchoir de poche et l'attribuer à sa véritable créatrice : Minnhild, princesse wisigothe.

fréquents, et qu'on pourrait croire tellement prisés des médecins, sont bien au contraire redoutés des médecins juifs, car ce qui vient tout d'abord à l'esprit du bon peuple, aidé en cela par ses bons curés et ses bons moines, est que les Juifs, assassins du Seigneur Christ, sont, par subtile magie ou par brutal empoisonnement des puits, sources et fontaines, les auteurs scélérats de l'horrible attentat contre ce monde chrétien qu'ils exècrent.

Leur étant interdit d'employer des chrétiens à leur service, les Juifs ne peuvent avoir que des serviteurs, libres ou esclaves, eux-mêmes juifs, et donc risquant eux-mêmes le bûcher ou la noyade en cas de malheurs publics. Ce qui explique l'embarras de l'aimable bossue devant cet équipage insolite. Des chrétiens en bonne santé, voilà de quoi rendre circonspecte.

Petit Loup sent cette gêne, sans en comprendre la cause. C'est de son ton le plus suave qu'il formule sa demande :

— Suis-je bien ici chez maître Isaac ben Simon, le médecin ?

La servante, sans un mot, hoche la tête, d'avant en arrière, puis de gauche à droite, ce qui s'annule et ne veut rien dire mais trahit son désarroi. Ses yeux, eux, parlent. Ils disent une appréhension bien près de se changer en terreur. Cela étant, elle n'a pas dit formellement non. Petit Loup se fait plus suave encore :

— Nous souhaitons voir maître Isaac.

Elle avale sa salive, parvient à articuler :

— Vous... Vous n'êtes pas malades.

Il rit de son grand rire :

— J'espère bien ! Il nous faut quand même parler à maître Isaac, toutes affaires cessantes.

Réflexion faite, il juge bon d'ajouter :

— Service du roi.

Il ne précise pas de quel roi.

Un glissement fatigué de savates sur des dalles râpeuses suinte des profondeurs, au grand soulagement de la servante, qui s'efface pour laisser le maître des lieux prendre les choses en main. Arrive, traînant les pieds, un homme de haute taille dont ne se laissent d'abord voir que des yeux d'un noir profond noyés dans une masse non moins ténébreuse de cheveux et de barbe se rejoignant en un bloc d'une parfaite compacité. À peine si le noir des prunelles est séparé du noir de la toison par les deux ovales blancs dans lesquels elles se meuvent. Tout cela peigné avec art et, Minnhild s'en aperçoit aussitôt, sentant très bon. Un homme de goût. Un homme riche.

De toute cette nuit sort une voix, une de ces voix graves et chaudes qui font vibrer dans l'intimité de qui les perçoit des choses dont il ne soupçonnait pas qu'elles fussent aptes à vibrer.

— Vous souhaitez me voir, avez-vous dit ? Me voici.

Il s'est exprimé dans une langue plus châtiée que le latin abâtardi des Gaules, ce qui n'embarrasse nullement Petit Loup :

— Si tu es maître Isaac ben Simon, le médecin, c'est bien toi que nous devons voir.

— Tu as ajouté « Service du roi ». Je me permets de te demander : De quel roi ?

Question à éluder. Petit Loup se penche, prend une voix de confidence :

— Je ne puis parler sur le pas de la porte. Laisse-nous entrer, tu sauras tout.

— Tu entreras quand tu auras déposé tes armes, que mes serviteurs t'auront fouillé et que tu m'auras dit qui t'envoie. Si en cela tu vois déshonneur, renonce à entrer.

— Je n'ai pour armes que ma hache de bûcheron, que voici, et ce couteau pour couper mon pain. Je les dépose à tes pieds.

Minnhild tend à son tour un petit couteau dont la courte lame se replie fort ingénieusement dans un mignon manche d'ivoire finement sculpté.

— Je ne possède en fait d'arme que ce coutelet dont me fit présent ma bien-aimée reine Brunehaut, dont le seigneur fils Childebert règne sur l'Austrasie.

La voix aux vibrations profondes se fait murmure pour s'étonner :

— Venez-vous donc de sa part ?

Minnhild, impressionnée, laisse fuser dans un souffle un « Oui » presque imperceptible qu'elle dépose tout contre l'endroit où, derrière le rideau opaque de cheveux noirs, on peut supposer que se tapit une oreille en état de marche.

Petit Loup fait « Oui » en écho, vexé de s'être laissé distancer. Après tout, c'est lui le chef de l'expédition, non ?

L'homme noir — les ténèbres où se noie son visage se prolongent vers le bas par une robe tout aussi funèbre qui tombe en plis lourds pour se casser au sol en un bouillonnement. Minnhild note que l'étoffe en est riche, un velours ras digne de la robe d'intérieur d'un roi, et qu'elle semble doublée d'une douillette fourrure — l'homme noir tempère sa méfiance. Prudent néanmoins, il dit :

— Cela doit pouvoir se prouver.

Sans un mot, Petit Loup plonge la main dans l'échancrure du col de sa tunique et tire de ces profondeurs un paquet oblong enveloppé de chiffons. Il les écarte avec précaution, en extrait le papyrus roulé, qu'il tend au médecin. Celui-ci, de ses longues mains blanches — enfin du blanc ! —, déploie le rouleau, parcourt le message des yeux puis, ayant lu, rapproche l'une de l'autre les deux moitiés du sceau royal brisé, les examine à travers un morceau de cristal poli en forme de grosse lentille qu'il a tiré d'une de ses poches, enfin, levant les yeux, il convient :

— C'est là le vrai sceau secret de la reine Brunehaut, celui dont elle n'use que bien rarement et que bien peu connaissent.

Il s'efface, dans un large signe d'invite :

— Entrez. Chez moi, vous êtes chez vous.

Petit Loup feint de s'étonner :

— Et la fouille ?

Minnhild entre dans le jeu :

— C'est vrai. Tu nous as promis une fouille. Je veux ma fouille !

La noire moustache, sur le fond de la noire barbe, se retrousse en un sourire :

— Il n'est pas licite à un Juif de porter la main sur un chrétien. Encore moins de le fouiller. Pour ce qui est d'une chrétienne, il y va du bûcher.

Minnhild s'étonne :

— Mais alors, médecin, comment soignes-tu donc ?

— Je n'ai pas à toucher. Je regarde, je questionne, je mire les urines, je flaire les excréments, j'ordonne un traitement.

— Tu ne prends pas le pouls ?

— Je le fais prendre par un assistant chrétien. Ainsi est-il procédé pour tout ce qui nécessite de porter la main sur le malade. Un médecin n'a pas besoin de toucher, et il s'en garde bien. C'est là besogne subalterne. Le médecin examine, réfléchit, pose un diagnostic, combine un traitement. Pour les besognes matérielles, le barbier est là.

— Comment aurais-tu donc fait pour cette fouille dont tu nous menaçais ?

— Je vous aurais confiés à un serviteur de l'évêque ainsi qu'à une nonne à qui j'ai pu rendre quelques services.

La maison du médecin, plutôt quelconque vue de la rue, se prolonge sur l'arrière par un jardin inattendu. Petit, mais fort gracieusement garni de buissons en fleurs et de quelques arbres à fruits, il invite aux aimables propos, gobelet au poing. Si les gobelets sont bien là, et convenablement garnis, les propos manquent de légèreté. Accoudé à la table rustique, Petit Loup explique de quoi il retourne :

— Il semble donc que toi seul puisses sauver la vie du petit roi, du moins c'est ce que pense sa mère, la reine.

Le médecin — il est fort bel homme, sous sa toison de ténèbres — n'est pas rassurant :

— S'il s'agit de poison, et du poison auquel je pense, il est déjà trop tard. Même en agissant maintenant. Or, la route est longue, d'ici à Metz.

Petit Loup perçoit l'hésitation. Il vide d'un trait son gobelet, quitte son siège :

— Elle est longue, c'est bien vrai. Raison de plus pour ne pas perdre de temps. En selle, maître !

Il avait quand même fallu rassembler quelques fioles de terre cuite émaillée contenant, sans doute, des liquides propres à contrecarrer l'action scélérate des divers poisons connus. Ces fioles en forme de petites amphores furent rangées dans un vaste sac de cuir épais, bien calées entre des bottelées d'herbes médicinales récoltées dans le jardin clos où, sur les instructions du maître, la servante bossue les avait fait croître en accord avec les phases de la lune et les positions des planètes.

Fort soucieux de ses aises, le médecin prétendait harnacher une mule de plus afin de lui donner à porter un supplément de bagage assez considérable. Petit Loup l'en avait dissuadé, assez sèchement, il faut dire, et l'avait sur-le-champ, malgré sa taille avantageuse, hissé tel quel, comme un chaton, en robe de chambre fourrée et sandales à jours, sur un grand cheval noir — pardi ! — sellé à la diable, et fouette cocher !

Petit Loup eût voulu mener le grand galop d'un trait jusqu'à Metz, sans même s'arrêter pour dormir, mais Minnhild, soucieuse de sa haquenée, lui avait fait observer que les chevaux, n'étant pas mus par cet intérêt supérieur qui fait oublier faim, soif et fatigue et maintient en vie le messager jusqu'à ce qu'il s'écroule, tendant le message, aux pieds du destinataire, se fussent abattus morts bien avant le terme du voyage. Déjà le train soutenu qu'imposait l'immense Griffon se révélait bien pénible à tenir à la mule porte-bagage, laquelle se traînait en queue de cortège, tirée à bout de longe par Minnhild.

On s'était mis en route alors que le soleil était à son plus haut. À la nuit tombante, la faim se faisant cruellement sentir, on se résigne à faire halte. Tandis que chevaux et mule plongent à pleins naseaux dans une herbe tendre à souhait, les voyageurs fourbus s'abattent au pied d'un saule frissonnant dans le vent du soir. Ce saule fait partie d'un alignement de ses semblables courant le long d'un ruisseau bavard. On ne manquera pas d'eau, du moins.

L'ordonnance du repas est besogne de femme. Minnhild, bonne petite ménagère, réunit ses dernières forces pour extraire du panier aux provisions un notable jambon ainsi qu'une accorte miche de pain de méteil dont le goût acidulé lui plaît, c'est une friandise d'exception dont on use peu en Armorique, âpre terre où la grossière bouillie de sarrasin tient lieu de pain.

Elle en tire encore un pot de beurre salé, taille dans le pain, taille dans le jambon, présente gracieusement à l'hôte insigne une solide tartine généreusement beurrée sur laquelle est étendue, telle une princesse languide, une tranche de jambon rose et nacrée.

Le médecin fait un bond en arrière. Sa barbe se convulse sous l'effet d'une indicible horreur. Minnhild, épouvantée, laisse choir tartine et jambon. Elle parvient à articuler :

— Il n'y a nul risque de poison ici, maître ! C'est franc jambon de notre goret. Une bien brave bête, élevée chez nous, au grain et aux raves, et aussi aux glands, à la saison.

Le maître a retrouvé son calme. Il s'excuse :

— Tu ne pouvais pas savoir. Le dieu d'Israël — le mien — interdit à son peuple comme l'abomination des abominations de manger la viande du cochon.

— Il faut quand même bien que tu manges ! Prends au moins la tartine beurrée.

Elle la lui tend. Il se recule, disant :

— La viande du cochon a touché ce pain. Il est impur.

Il ajoute :

— Vous ne m'avez pas laissé le temps de me munir de nourriture cascher. Qu'au moins je ne me souille pas d'impuretés ! Tes mains ont touché la viande de porc avant de toucher le pain. Tout ce que tu as touché ensuite est impur.

Petit Loup suit de près cette instructive conversation. Il en oublie de manger. Voilà Minnhild bien embarrassée. Elle propose :

— J'ai des oignons doux et des harengs saurs, au fond du sac. Sers-toi de tes propres mains, sans que j'y touche. Ça fera l'affaire ?

— Il faudra bien.

Bonne chère, maigre chère, chacun ayant pris sa pitance, chacun s'endort. La nuitée sera brève. Tout juste le temps de laisser un peu souffler les chevaux.

Minnhild s'éveille. Un besoin mal venu la tracasse. Elle avait soif, très soif, elle a trop bu de l'eau si fraîche du ruisseau. Elle veut se persuader que ça va passer, mais ça ne passe pas, tout au contraire ça devient fort pressant, elle n'a que le temps de bondir sur ses pieds et de courir à l'écart. Il est des choses qui ne se font que dans la solitude et l'éloignement, même par les nuits les plus noires. Les jeunes personnes de l'aristocratie wisigothe ont de ces délicatesses.

Une Gauloise ou une Franque n'aurait qu'à se trousser bien haut et à s'accroupir, ne portant, sous sa jupe, aucune espèce de lingerie intime. Minnhild, elle, est vêtue en cavalière, ses jambes sont enserrées dans des braies masculines lacées, à la mode franque, sur les mollets. Il lui faut donc, avant que de se mettre en position, rabattre le haut du vêtement et faire descendre le tout plus bas que ses mollets. Y étant enfin parvenue, juste à temps mais tout juste, la chère petite laisse avec un grand soupir de bonheur jaillir hors de son pertuis mignon en une joyeuse cascade le trop-plein de ses libations.

Et puis, ayant fait, elle se relève, s'affaire à se rajuster. C'est alors qu'une paume large et rugueuse s'abat sur sa bouche, la fermant hermétiquement, tandis qu'un bras nerveux la ceinture, la tire en arrière, que d'autres bras lui empoignent bras et jambes et qu'enfin ce tourbillon de membres en folie l'emporte en courant sur l'herbe étouffeuse de bruits.

Tandis qu'elle se sent ainsi brutalement enlevée par les airs cul par-dessus tête, il vient à Minnhild une pensée saugrenue : « C'est quand même gentil à eux, quels qu'ils puissent être, d'avoir attendu que j'en aie terminé. »

Des deux dormeurs, nul n'a rien perçu. Seule Bleuette, la haquenée précieuse, a eu un hennissement éperdu. Mais qui se soucie d'une jument qui rêve ?

II

Le roi Chilpéric, comme tous les rois issus de la souche du grand Clovis, n'a pas, à proprement parler, de ville capitale, le tempérament nomade des Francs répugnant aux longs séjours en un même lieu. Chilpéric, cependant, aime à retrouver son Palais d'Argent, sis en la cité de Soissons, ainsi que les splendeurs et les commodités toutes romaines qu'y avait jadis prodiguées le patrice Syagrius, roi éphémère traîtreusement dépossédé par son compère et allié Clovis.

La reine Frédégonde, pour son compte, préfère le séjour voisin de Braisne, sur la rivière de Vesles, à six lieues gauloises de Soissons, plus modeste, certes, quoique pourvu de tous les agréments qui pouvaient se trouver dans l'opulente villa d'un patricien aux temps fleuris de l'Empire.

Elle y tient cour séparée, y mène libre et joyeuse vie, s'y délasse des soucis du règne et des contraintes souvent harassantes d'un devoir conjugal auquel, son ambition comblée, elle n'apporte plus le même entrain. Chilpéric s'accommode de ces périodes d'éloignement. Sa passion toute charnelle pour la reine, toujours vive mais menacée par la satiété, retrouve un regain d'ardeur après chaque brève séparation, car Frédégonde sait en raviver les feux de mille et une façons toujours ingénieuses si pas toujours conformes aux canons de l'accomplissement de l'amour conjugal tel que le prescrit l'Église, et même, plus souvent qu'à leur tour, carrément répugnantes. Le roi Chilpéric est un brutal compliqué, l'un n'excluant pas l'autre.

La reine Frédégonde, en sa villa fleurie de Braisne, s'applique à joindre l'utile à l'agréable. Elle y tient pensionnat de jeunes gens des deux sexes, tous de bonne famille franque ou gallo-romaine, tous beaux et de gracieuses manières, tous sachant lire et écrire le latin (le tudesque ne s'écrit guère), tous pourris jusqu'à la moelle, tous dévoués corps et âme à la reine, qui les subjugue par on ne sait quel charme émanant de sa personne ou concocté dans les chaudrons de certain thaumaturge juif dont il vaut mieux ne parler qu'à voix basse.

Ces anges au regard pur, à l'âme prête aux pires besognes, elle les destine à apporter quelque variété dans sa quête du plaisir et s'emploie à les former à cette fin, mais pas seulement. Frédégonde n'est pas qu'une femelle perverse, raffinée autant qu'affamée. Elle est aussi, elle est surtout, une prodigieuse tête politique, sans cesse en alerte, sans cesse combinant plans et chausse-trapes. Son juvénile bataillon est l'un des instruments de ses hautes visées.

La touffeur de l'été encore en ses ardeurs incite à la conversation languide sous les arcades de l'atrium, parmi les buissons de roses que soigne un esclave sourd et muet. Frédégonde l'eût voulu aveugle, en plus, mais ce supplément de qualités l'eût rendu impropre à l'entretien des jardins. Nul n'est parfait.

La reine, à demi étendue sur un lit de repos à la grecque aux pattes de sphynx en bronze doré, drapée dans une légère étoffe de lin blanc qui épouse ses formes divines, belle à n'en pouvoir détourner les yeux — l'esclave sourd et muet mais pas aveugle en prend sa part à la dérobée —, laisse errer sa main sur le poil ras d'un grand chien lévrier, cadeau de l'empereur qui règne, dit-on, en une ville nommée Byzance, où que cela puisse se trouver. De son autre bras, en un geste étudié qui laisse deviner une aisselle obscure, prémices troublantes d'une toison plus intime, elle rejette d'un coup la masse somptueuse de ses cheveux de ténèbres.

Debout sur le côté du lit, un garçon de belle allure, presque encore un enfant, laisse tomber goutte à goutte sur cette chevelure qui semble le fasciner l'odorant contenu d'une petite fiole de terre cuite. Devant la reine, genou en terre, un Franc dans la force de l'âge, un guerrier, et même un chef de haut rang, à en juger d'après l'opulence de sa vêture et l'abondance de la quincaillerie précieuse étincelant du haut en bas de son arrogante personne, écoute, sourcil froncé par l'attention, ce que la reine a à lui dire.

Ce sont de dures paroles :

— Duc Raukhing, je te croyais plus avancé en la besogne dont nous sommes convenus. Tu crachais feu et flammes, tu te faisais fort de réduire à rien l'influence de la Wisigothe, de t'assurer en peu de jours la totalité du pouvoir, de régner en maître sur l'esprit du petit roi de merde, de gagner tous les leudes d'Austrasie et l'armée à la cause de Chilpéric... Bref, l'Austrasie était prête à s'ouvrir à nous, soumise, consentante. Que dis-je ? Enthousiaste ! Or, où en es-tu de ces beaux projets ?

Le grand gaillard se martyrise la moustache, qu'il porte fort longue, fort rousse et, pour l'instant, fort hérissée par les violents triturages auxquels la soumettent ses doigts tremblant d'une rage à grand' peine contenue.

— Dame reine, je n'ai pas chômé. Je suis Maire du palais...

Elle ricane, sans pitié :

— Fonction que tu as toi-même créée pour parer d'un semblant d'éclat ton échec !

Il rectifie :

— Fonction que j'ai ressuscitée, en lui donnant une importance toute nouvelle.

— Ce n'en est pas moins celle d'une espèce de majordome, d'un chef des domestiques, donc domestique lui-même.

Il sourit d'un seul côté, découvrant une canine carnassière :

— C'est ce que j'ai voulu. Un domestique de haut rang, oui. Cela n'effarouche pas. En fait, j'ai arrangé les choses de telle façon que qui tient le palais tient le pouvoir. Nul n'a vu la manœuvre. Tous les leviers sont en ma main, ou presque. Les leudes [1] ne peuvent approcher le roi qu'en passant par moi.

---

1. Leudes. Sous les premiers rois mérovingiens, les leudes étaient les gens du roi, guerriers ou fonctionnaires. Par la suite, le mot se restreignit aux grands du royaume et devint l'équivalent de « seigneur ».

— Hmm... Cependant, je me suis laissé dire — vois-tu, j'ai des oreilles dans la place, et des yeux, aussi — que la Wisigothe couve l'enfant comme une louve son louveteau, qu'elle tient le Conseil de régence dans sa poigne et que le petit roi ne décide rien que sur ses avis, en dépit de la rage des leudes et de la tienne.

Elle marque un temps, crache son mépris dans un sourire :

— Au fait, si, de par l'effet de tes astucieuses mesures, ces leudes tout gagnés à la cause de Chilpéric ne peuvent approcher l'enfant, voilà la tâche de la régente grandement facilitée. Dois-je te féliciter pour cela, mon beau Maire du palais ?

Il n'est pas facile à déconcerter, le duc Raukhing. Il tenait la réplique toute prête :

— J'avancerais sans doute plus vite en besogne si l'on ne me mettait des bâtons dans les roues[1].

— Qu'est-ce à dire ?

— Tu toises de bien haut cette fonction de Maire du palais que j'ai réussi, non sans peine, à faire accepter aussi bien par la reine Brunehaut que par les leudes et les évêques. Pourtant, tu n'as pas manqué, reine, de m'y susciter des concurrents ?

Il a terminé sa phrase sur une intonation interrogative. C'est donc une question. Il attend la réponse. La reine se tait. Raukhing reprend :

— Car ce Warnacaire qui fut le seul rival à me disputer ce poste dédaigné de tous, et qui y mit bien

1. Apprécions au passage l'ancienneté de ce cliché qui montre qu'au VIe siècle les roues à rayons avaient déjà remplacé les roues de bois plein.

de l'acharnement, ma foi, tu ne peux pas prétendre qu'il n'était pas encouragé par toi ?

Autre question. À laquelle il n'est pas davantage répondu.

Ne pas répondre à une question n'est pas forcément se taire. Ce peut être parler d'autre chose. Par exemple, opposer à la question posée une question qui n'a rien à voir. Frédégonde, le regard suivant rêveusement un de ses pieds adorables — le droit, pour être précis — qui se balance dans le vide, laisse tomber :

— Elle est bien belle, la Wisigothe, n'est-ce pas ?

Raukhing, surpris là où il ne s'y attendait pas, prend le temps de mijoter une réponse non compromettante. La reine est plus prompte :

— Tu hésites ? Elle est belle, assurément. Très belle. Je suis la première à le proclamer. Il faudrait être aveugle pour en douter... Ou n'avoir pas la conscience tranquille. Hein, duc Raukhing ?

Raukhing s'est repris :

— Et alors ? Que veux-tu insinuer ? Tu n'as rien à lui envier. Toi aussi, reine, tu es belle. Beaucoup plus belle qu'elle. C'est bien simple, tu es la plus belle de toutes...

Il s'échauffe, entasse les superlatifs, nul ne peut dire jusqu'où il grimperait si la reine, levant la main, n'arrêtait l'escalade.

— Je sais comment je suis. Plus belle ? Oui, pour qui préfère les brunes vraiment très brunes. Oui, pour qui les aime ardentes et bien salopes. Ne proteste pas, je parle. Non pour qui veut des blondes diaphanes aux yeux purs. Mais trêve de flatteries !

Toi, Raukhing, tu as beau dire, tu n'as jamais tenté ta chance auprès de moi. Tu es bien le seul. Un cas ! Or, tes exploits amoureux sont connus. Les petites veines bleues sur tes joues disent que tu es un sanguin et que par conséquent tu as de gros besoins. J'en déduis que tu préfères les blondes. Brunehaut est plus blonde que la blondeur même, donc[1]...

Elle se tait sur ces points de suspension qui en suggèrent long. Le duc Raukhing n'aime pas du tout la tournure que prend l'entretien. Et puis, il juge indécent de parler de femmes avec une femme. Il ramène donc le propos sur un terrain où il se sent à l'aise.

— Je ne sais ce que tu veux dire, ou je ne le vois que trop bien. Alors, je te le déclare tout net, afin qu'il n'en soit plus parlé : je ne mêle pas les instants du plaisir et ceux de l'action. J'ai choisi mon camp, tu le sais, mais je te le répète. Une fois pour toutes j'ai décidé de miser sur le seigneur Chilpéric, roi de Neustrie, c'est-à-dire sur toi, reine Frédégonde, véritable tête de ce royaume. J'ai entrepris de vous livrer l'Austrasie parce que je n'ai nulle confiance en cet enfant capricieux qui en est le roi, ni surtout en la régente, sa mère, dont la prétention à tout prendre en main nous réduit, nous, les leudes du royaume, à n'être plus que des serviteurs sans pouvoir. Le seigneur roi Chilpéric, ton époux, a juré sur les saints Évangiles de me donner la haute main sur toute la Neustrie quand, par mon œuvre, elle se sera

1. Admirons le syllogisme. Frédégonde n'a certainement pas étudié Aristote. Elle a donc trouvé cela toute seule ! Un cerveau.

augmentée de l'Austrasie et de la Burgondie. Voilà qui est net. Je me tiens à cela.

Hélas, ce terrain-là n'est guère plus favorable au duc Raukhing. Frédégonde ne le lui laisse pas ignorer :

— C'est fort louable à toi mais, pour le moment, en dépit de tes bonnes intentions, tu es bloqué. La Wisigothe estime avoir satisfait ton ambition par la dignité pompeuse de Maire du palais et, en même temps, calmé ton avidité par quelques dons d'argent — ne proteste pas, je suis renseignée. Plus que jamais, elle tient fermement les rênes. Les petites gens d'Austrasie rechignent moins à payer l'impôt depuis qu'ils savent qu'il n'est plus dilapidé en orgies et colifichets par les leudes et les prélats. L'armée est payée et équipée, les voies romaines remises en état, les frontières soigneusement gardées. Joli bilan, en vérité !

Raukhing ne se laisse pas démonter :

— Il est vrai que la reine Brunehaut a beaucoup fait, mais sache que les seigneurs wisigoths qu'elle a fait venir d'Espagne pour l'assister en cette reprise en main ne sont pas en faveur auprès des leudes d'Austrasie. Même si certains de ces leudes se sont ralliés à elle et reconnaissent la légitimité de sa régence, la plupart ne supportent pas le joug d'une femme et complotent pour la chasser. Elle a réduit à rien le pouvoir du Conseil de régence tout en exilant ou en dépouillant ses membres les plus influents. Cela ne lui est pas pardonné.

« Bref, son pouvoir tient à peu de chose. Je m'emploie à le jeter à bas. Il faut seulement me laisser du temps.

— Et moi je sais ce que tu ne sais pas, ou que tu feins ne pas savoir ! De jour en jour, ces leudes rebelles, devant les résultats, se prennent à croire en elle. La confiance gagne, des ralliements se font. Il te faut du temps, dis-tu ? Mais ce temps, il travaille pour elle ! Bientôt, c'est elle qui sera en mesure de nous faire la guerre. Tu sais pourtant quelle soif de vengeance anime cette furie contre le roi et contre moi[1].

Évoquant cette haine, Frédégonde laisse paraître les signes d'une haine non moins violente. Raukhing ne peut se tenir de frissonner à l'idée d'être l'objet d'une telle fureur.

La reine se ressaisit. Elle semble avoir pris son parti de la situation. Haussant les épaules, elle dit, comme résignée :

— C'est bon. Va, Raukhing. Fais ce que tu peux.

Déconcerté par le brusque changement de ton, il se relève, incline brièvement la tête, tourne les talons.

Raukhing parti, Frédégonde a un geste excédé vers l'adolescent à la fiole de parfum.

— Arrête, Helmut. Tu m'agaces. Laisse-moi. Et emmène le jardinier. Le chien, aussi.

Le garçon ravale des larmes bien près de jaillir. Rageur, il jette au loin la minuscule fiole d'albâtre qui disparaît parmi les buissons de roses. Il siffle le

1. Voir *Le Sang de Clovis, op. cit.*

lévrier, donne au passage un coup du plat de la main entre les épaules de l'esclave. Les voilà partis. La reine crie :

— Va dire au seigneur Lantéric que je veux lui parler. Immédiatement.

Le garçon, boudeur, acquiesce de la tête, sans un mot.

— Lantéric, tu t'endors.

— Moi, dame reine ? Je n'ai jamais été aussi éveillé !

— Tu négliges ta reine.

— Comment peux-tu dire ? La nuit dernière encore...

— Je te parle dévouement, tu me réponds récompense. Sois sérieux, veux-tu ?

— Hé, la récompense fut plaisir partagé, si les soupirs et les cris que j'entendis alors veulent bien dire ce que je pense qu'ils veulent dire, ô ma reine.

— C'est offenser gravement une femme que lui rappeler des soupirs et des cris qu'elle ne juge pas souhaitable de rappeler elle-même. Et la faute atteint au crime si cette femme est reine.

— Ceci n'est pas valable pour celui qui sut faire naître ces soupirs et ces cris.

— Quelle erreur ! Bien davantage encore pour celui-là ! Tu es un grossier, Lantéric, et grossier tu resteras à tout jamais. Mais ce n'est pas le propos.

— Et quel est-il, le propos ?

— Tel que je te l'ai dit d'entrée de jeu : tu t'endors.

— Dame reine, précise tes reproches.

— Voici : comment se fait-il que tu n'aies pas eu l'idée que je viens d'avoir ?

— Tu as eu une idée ?

— Douterais-tu que je puisse en avoir ?

— En ce cas, tu as raison. Cette idée, quelle qu'elle puisse être, j'aurais dû l'avoir tout d'abord. Or, c'est un fait, je ne l'ai pas eue, puisque même je l'ignore encore. Mais tu m'en parles, donc tu désires me la faire partager. N'est-il pas vrai ?

C'est qu'elle a vraiment son air des mauvais jours ! Lantéric, qui la connaît si bien, scrute l'adorable visage, n'y trouve nul signe de réconfort. Il hausse les épaules, attend la suite. La voici :

— Mon petit Lantéric, tu me négliges. Parce que nous sommes l'un pour l'autre ce que nous sommes, tu te crois arrivé. Tu te laisses vivre. Pourtant, tu connais aussi bien que moi la situation. Tu sais que je me heurte au mur du fond d'une impasse. Tu dis aimer ta reine...

— Je le prouve !

— Parce que tu crois prouver quoi que ce soit par ces soupirs et ces cris que tu te figures être le seul à savoir faire naître et dont tu te vantes avec une arrogance de petit coq et une goujaterie de violeur de nonnes ?

— Eh bien, mais, il me semble...

— Peu importe. Plus un mot. Tu m'écoutes.

À son insu, son ton s'est fait moins âpre. Au fond, elle est toute contente d'exposer son idée. Lantéric, à l'affût de ces nuances, se rassure. Il s'installe commodément, le menton dans la main, fignolant un air d'intense attention. Pour bien faire voir à quel point il participe, il lance à tout hasard :

— Il s'agit de l'Austrasie.

Elle s'échauffe, frappe du pied :

— De quoi d'autre pourrait-il s'agir ? Je t'ai dit de te taire. Laisse-moi parler. L'Austrasie, oui, c'est-à-dire la foutue Wisigothe, l'hypocrite, l'enragée, la goulue qui nous dévorera tous et qui est en bonne voie pour le faire !

La rage soudain l'étouffe. Elle respire un grand coup, se jette à bas du lit de repos, arpente l'atrium à pas furieux, arrache une rose à pleine main, se pique, jette la fleur à terre avec un juron d'homme — d'homme fort mal embouché —, se campe devant Lantéric vautré sur ses coussins, lui plaque sur les joues une formidable paire de gifles qu'il reçoit sans broncher, il a l'habitude, il soigne son avenir, son heure viendra. N'empêche qu'une lueur a fulguré dans ses yeux, lueur aussitôt éteinte, lueur sinistre qui en dit long sur les avanies que Lantéric doit supporter, sur les rancœurs qu'il enfouit dans sa mémoire, sur les terribles revanches qu'il prendra quand les temps en seront venus. Frédégonde, qui voit tout, n'a pas vu cette lueur. Et qu'eût-elle eu besoin de la voir ? Frédégonde est toujours sur ses gardes. Frédégonde s'attend à tout, de tout le monde, à tout moment.

Lantéric laisse s'essouffler l'orage. Quand il estime que le plus gros est passé, il tend la perche de l'apaisement :

— Reine, tu ne devrais pas prononcer ce nom. Vois dans quel état cela te met.

— Mais je ne l'ai pas prononcé ! Je ne le prononce jamais. Je dis « la Wisigothe », « la gueuse », « la putain », « la saloperie », « l'ordure vivante », ce sont ses vrais noms...

— Ce que nous autres lettrés appelons des périphrases. Or l'effet sur toi en est le même. Tu ferais mieux de penser à autre chose, ma reine.

— Ah, oui, tiens ! Quand cette...

— Tss !

— Quand elle va nous tomber dessus d'un instant à l'autre ! Quand elle masse à nos frontières des cohues d'arsouilles enragés de carnage et de pillage !

Lantéric la voit repartie à s'échauffer. Il parle, en amant qui a des droits plutôt qu'en vassal dévoué :

— Une idée, disais-tu ?

Ce rappel de ses capacités inventives la calme. Même, l'ombre d'un sourire court sur ses lèvres. Être contente de soi porte à l'optimisme.

— Une idée, en effet. Puisque personne n'en a, ici, il a bien fallu que je m'y mette.

— Tu es la plus douée.

— Et je le sais, figure-toi.

— Cette idée ?

— Approche-toi.

Il s'approche. Elle baisse la voix.

— Elle est vertueuse, n'est-ce pas ?

— Qui ça ? Ah, oui... Elle se pare de vertu, disons.

— Tu y crois, toi, à la vertu ?

— Dans son cas, oui.

— Comme tu as dit ça ! Tu l'admires.

— Je constate, c'est tout. Même si son caractère

ne l'y portait, elle y serait bien contrainte, à la vertu, tout au moins à la vertu de chasteté, clouée qu'elle est sous les regards haineux de tous ces rapaces qui n'attendent qu'un motif un peu sérieux pour la déchoir de ses droits à la régence, ces droits qu'elle s'est arrogés de son propre chef.

— Donc, elle est chaste.

— Quant à cela, qui se hasarderait à jurer de la chasteté d'une femme ? Il y faudrait, ainsi que le préconise je ne sais plus quel philosophe grec d'autrefois, maintenir à tout moment le doigt du milieu bien enfoncé dans la porte des plaisirs. Encore ne serait-on assuré que d'un orifice, or, pour une femme résolue, il en est d'autres[1].

La reine rit. Assez grassement, il faut dire. Lantéric pense : « Chatouille la déesse, la pute montre le nez. » Prudent, il dit :

— S'il est une femme chaste au monde, c'est celle-là.

Elle hoche la tête, pensive :

— C'est bien ce qu'il me semble. Après le scandale de son mariage incestueux avec le petit Mérovée, elle a de toute façon intérêt à se tenir tranquille de ce côté.

— Bah, la mort de Mérovée a tout arrangé. Le pape lui-même a passé l'éponge.

— Mais les leudes la tiennent à l'œil.

— Donc, chasteté sans faille.

— Chose bien pénible à endurer. Moi, je ne pourrais pas. Comment fait-elle ?

1. Rabelais, mille ans plus tard, se souviendra du procédé, qu'il reprendra dans l'édifiante anecdote de « l'anneau de Hans Carvel ».

— Elle n'a pas ton tempérament, ma reine.

— Crois-tu ? Mes espions m'ont rapporté, à l'époque, que, nuit et jour, dans certaine soupente de certaine petite église de bois sise sur les remparts de la ville de Rouen, on entendait gémir les bois de charpente sous de furieux coups de cul tandis que chouettes et chauves-souris s'enfuyaient, épouvantées par les braiments d'extase des deux enragés d'amour.

Frédégonde se tait, soudain rembrunie. Lantéric, discret, respecte cette bouffée d'un chagrin qui, pour lui, n'évoque qu'une menace heureusement conjurée sur sa suprématie amoureuse.

L'évocation du passé n'a pas ravivé, chez Frédégonde, que de douloureux souvenirs. Son second mouvement est une déduction d'une rigoureuse logique :

— Telle qui ébranlait le clocher à en fêler les cloches ne peut que fort mal vivre sa continence présente, je ne sais pas si tu me suis ?

— À la trace, ma reine, quoique tu coures grand train.

— Cramponne-toi. L'amour maternel, pour ardent qu'il soit, ne saurait suffire à combler cette faim qui hurle au profond de nous autres, pauvres femmes.

— Je ne saurais dire, n'étant pas femme.

— Je le suis, moi. Et je te dis qu'une nature comme la sienne ne peut que souffrir d'un manque terrible, insupportable. D'où mon idée.

— D'où ton idée.

— Je t'explique.

Elle lui explique.

III

Trois heures de sommeil, d'un sommeil, il est vrai, profond — trop profond, comme hélas il devait se révéler bientôt —, c'est ce que Petit Loup estime suffisant, dans la hâte où ils sont. Il a une clepsydre [1] dans la tête, Petit Loup. À l'instant fixé, il est sur pied, secoue les deux autres, le médecin assez rudement, Minnhild avec une amoureuse tendresse... Minnhild ! Hé, mais... Il n'y a pas de Minnhild ! Il s'affole. Il se rassure : elle s'est éloignée pour lâcher son pipi d'oiseau. Elle est si raffinée... C'est effectivement ce qu'elle a fait, seulement elle n'en est pas revenue, mais ça, Petit Loup ne peut pas le savoir. Et le voilà qui scrute la nuit, tournaille un peu de-ci, de-là dans les environs immédiats, se résigne à lancer son nom, d'abord à voix couverte car la nuit est hantée de périls qu'il vaut mieux ne pas éveiller, enfin à pleine gueule, l'angoisse montant.

Le médecin au sombre plumage, brutalement arraché au sommeil, l'aide en bâillant, explorant à tâtons l'obscurité privée de clair de lune, sans y

1. Clepsydre : horloge à eau.

mettre trop d'ardeur, il est vrai. Les minutes défilant, il fait remarquer, d'une voix où grince l'agacement :

— Tu m'as jeté sur les chemins sans même me laisser le temps de me munir du nécessaire, et voilà maintenant que tu perds un temps qui ne se retrouvera pas à chercher une femelle qui se retrouvera bien si elle doit se retrouver.

— Cette femelle est ma femme bien-aimée, la mère de mon enfant.

— Tu expliqueras cela à la reine Brunehaut, quand tu te trouveras au chevet de son enfant, mort pour quelques minutes de retard.

— Je ne peux tout de même pas quitter ces lieux en abandonnant à son sort, quel qu'il puisse être, mais sans doute affreux, ma chère épouse, ma Minnhild !

— Tu t'es chargé d'une mission sacrée. Elle passe avant tout. Allons, nous n'avons perdu que trop de temps ! Tu reviendras t'occuper de tes petites affaires privées lorsque nous aurons réglé notre royale affaire. En selle !

Isaac ben Simon n'a que trop raison, Petit Loup doit en convenir. Acceptant cette mission, il en avait accepté les risques. S'encombrant de Minnhild, il ajoutait à ces risques un risque de plus, et quel ! Le désespoir lui tord le ventre, ses lèvres saignent sous la morsure. Il saute en selle.

Suivis de la mule aux provisions qui, ayant pris Griffon en affection, adopte le train avec ardeur et ne nécessite plus qu'on lui tienne la bride, les deux se mettent en route. Bleuette, la haquenée fidèle, va tout d'abord pour se joindre au groupe puis, constatant qu'on ne semble plus se soucier de sa cavalière manquante, s'accroche au sol des quatre fers, lance au ciel un hennissement plein de reproche, enfin, tournant la croupe, prend soudain le galop pour s'enfoncer dans la nuit vers une direction connue d'elle.

Petit Loup chevauche, dents serrées, cherchant à comprendre ce qui a pu se passer. Le taciturne médecin juif, prenant en pitié sa détresse, s'arrache à son habituel mutisme pour lui proposer des hypothèses rassurantes :

— Elle se sera éloignée pour quelque bonne raison. Elle ne pouvait pas dormir, peut-être, alors elle a voulu nous faire la surprise d'une panerée de champignons, ou d'un beau lièvre pris au collet, et puis elle se sera égarée et, en ce moment même, elle tourne et vire en nous cherchant.

— S'éloigner ? Par cette nuit noire ?

— Justement. Elle se sera par trop fiée à son sens de l'orientation. Nous la retrouverons au retour.

— Te voilà bien confiant, maître. Il est vrai que ce n'est pas ton épouse bien-aimée qui a disparu. Je crains, moi, qu'il ne faille voir là la main de bandits de grands chemins ou, pis encore, celle de gens au service des ennemis de la reine Brunehaut et du petit roi, auquel cas cela signifierait que le secret de notre mission est éventé, le petit roi ainsi que sa mère en grand péril, et nous aussi, par la même occasion... Mais que me serait la vie sans Minnhild ?

— La douleur t'égare le jugement. Voyons, quelle espèce de bandits se contenteraient d'enlever une femme, objet délectable, certes, mais marchandise encombrante et de peu de profit à la vente, et dédaigneraient trois beaux chevaux tout sellés ainsi qu'une mule avec son bagage, sans compter nos propres bourses et escarcelles dont il eût été si facile de nous dépouiller après nous avoir égorgés bien à l'aise ?

Petit Loup, sombre, opine :

— Il faut le reconnaître, nous nous sommes laissés tomber dans le sommeil sans prendre la moindre des précautions d'usage.

— Je ne te le fais pas dire ! Mais en cela je suis aussi fautif que toi. J'avoue que le dépit de ce départ brusqué m'avait renfrogné le caractère. En tout cas, il ne peut pas non plus s'agir, comme tu le crains, d'un coup de main de sbires à la solde des ennemis, c'est-à-dire de l'Ennemie. Qu'auraient-ils donc à faire d'une jeune femme, fort accorte au demeurant, mais qui ne saurait être d'aucun secours en l'occurrence ? Le nœud de l'affaire, c'est moi, qui seul détiens le pouvoir de guérir le petit roi, pour autant qu'il en soit encore temps. En conclusion : non, mon ami, je ne crois pas notre secret en péril.

Se souvenant, il ajoute :

— Ni ta femme.

Ce qui ne déride pas Petit Loup. Des images le hantent de gens de guerre jetés sur les routes par l'actuelle période de paix, atroces canailles qui terrorisent les campagnes, violant, tuant, torturant par pur plaisir de mal faire, et aussi de paysans chassés de chez eux, crevant de faim, guettant entre les cuisses de leurs femmes pour dévorer leurs enfants à la mise bas, assaillant en bandes les égarés pour les manger tout crus...

Il n'en dit rien, renferme tout en lui, éperonne en rage les flancs d'un Griffon peu habitué à ce traitement mais sensible au climat de calamité et partageant les états d'âme de son ami.

Le cœur allègre ou l'âme en berne, les lieues s'ajoutent aux lieues, la route pousse la route, on pénètre bientôt en pays burgonde, sur les terres du roi Gontramn, où l'on sera moins exposé aux entreprises des hommes de main de Frédégonde et de Chilpéric.

Le Cher est franchi sur un bac vétuste tiré à force de bras le long d'une corde jetée d'une berge à l'autre par-dessus le courant. On passe la Loire à gué, ses eaux sont basses. On oblique vers le nord en évitant villes et monastères, et surtout ces « châteaux » de rondins établis sur une butte, invention nouvelle de cheffaillons pillards.

Petit Loup ne peut se tenir, espérant sans espoir, de guigner en arrière le nuage de poussière soulevé par une Minnhild miraculeusement retrouvée chevauchant une Bleuette hennissante en riant de la bonne farce. Et puis il baisse la tête et houspille Griffon. Le Juif s'est refermé sur son coutumier silence.

On ne saurait éviter tout à fait les hameaux et villages, à moins de quitter la route et de se jeter à l'aventure à travers landes, garrigues et noires forêts, au risque d'y perdre temps et orientation et d'avoir à y livrer bataille à des loups affamés. Et puis il faut bien se ravitailler. Les croquants du roi Gontramn ont été jusqu'ici relativement épargnés par les guerres sans cesse renaissantes qui jettent l'un contre l'autre les deux royaumes du Nord, à savoir la Neustrie de Frédégonde et l'Austrasie de Brunehaut. On peut trouver dans les chaumières pain, lard et fromage contre pécules en quantité raisonnable. Les pécules, c'est le médecin qui les avance, ayant tout juste eu le temps de se munir lors du départ en voltige. Le trésor royal d'Austrasie le dédommagera, à moins qu'il n'échoue à sauver l'enfant roi, auquel cas il aura bien d'autres soucis en tête que celui de sa bourse.

C'est ainsi qu'un matin à la pointe du jour Petit Loup et le médecin pénètrent dans un groupe de masures pas trop délabrées et soigneusement couvertes en chaume bien entretenu, chose rare par ces temps. Petit Loup, s'arrachant à ses ruminations funèbres, va droit à la demeure la plus opulente, ou la moins pauvre, s'approche de l'ouverture servant de porte, remarque que s'y pressent quelques paysans des deux sexes aux têtes curieuses tendues vers l'intérieur de la masure. Il pose la main sur l'épaule d'un de ces croquants avides d'on ne sait quel spectacle assurément captivant et s'enquiert de quelque nourriture. Le médecin a souhaité déjeuner d'œufs frits dans le beurre de vache — surtout pas dans le gras du lard !

Petit Loup s'entend répondre que, dans cette maison même, on le satisferait bien certainement, n'était que, pour ce qui est du présent, le malheur efface tout autre souci. Quel malheur ? Eh bien, le mal cruel qui frappe l'enfant de la maison, l'héritier du nom et des biens, de ce domaine-ci, donc, car le village et les terres qui l'entourent appartiennent à son père, un vétéran couvert de gloire des grandes guerres de jadis, héros fort aimé du roi Gontramn qui lui a fait présent du domaine et de ce qu'il y a dessus, croquants compris.

L'enfant, paraît-il, est bien malade. Le curé du bourg voisin est à son chevet. C'est un saint homme et un savant praticien, féru de médecine autant que de piété, réputé à la ronde pour des guérisons quasi miraculeuses obtenues tout à la fois par l'ardeur efficace de ses prières et par un savoir puisé dans certains grimoires d'Hippocrate, de Galien et d'autres insignes docteurs qui s'illustrèrent dans les siècles païens.

Entendant cela, le Juif fend la foule et s'avance vers la couche de roseaux où gît le petit malade. On s'écarte devant le grand homme noir à la terrible barbe. L'enfant, un garçonnet d'une douzaine d'années, est d'une pâleur grisâtre. Il suinte de lui une sueur épaisse, à l'odeur âcre. Ses yeux sont fermés, enfoncés dans l'orbite. Chacune de ses respirations déclenche une quinte d'une toux rauque, douloureuse, qui fait saillir ses côtes et est suivie d'une suffocation où se reconnaît l'emprise de la mort.

Le prêtre, manches relevées, est occupé à poser sur le torse dénudé de l'enfant un épais cataplasme fait d'une matière onctueuse à l'odeur puissante. Puis il s'agenouille, se signe par trois fois, allume un cierge que lui tend un garçonnet, son enfant de chœur, sans doute, et, mains jointes, yeux au ciel, débite à grande vitesse un latin bizarre mêlé d'invocations plus exotiques où Petit Loup, qui a des lettres, croit bien distinguer des *abracadabra*, des *onyxoraptus*, des *Lilith* et des *Belzebuth*, qui sont mots de sorcellerie. Enfin, cierge au poing, il fait par trois fois le tour de la couche, agitant de l'autre main un rameau de gui, plante sacrée des druides d'autrefois tenue fort en suspicion par les adeptes de la foi du Christ, et termine ses curieuses litanies par trois signes de croix, à l'envers cette fois.

Cependant l'enfant suffoque et s'affaiblit. Isaac ben Simon, à l'écart dans l'ombre, le menton dans la main, regarde intensément. Le prêtre sent sur lui ces yeux qui, il le sait, jugent. Sur un geste, son jeune assistant lui tend un pot de terre vernissée. Il y plonge la main, en tire une limace rouge de belle taille, la saisit entre le pouce et l'index en serrant fort à cause de la bave glissante et, présentant la bestiole tortillante droit au-dessus de la bouche du malade, ordonne :

— Ouvre la bouche, enfant, et avale. D'un seul coup !

Le petit, paupières toujours closes, n'a rien vu. Le prêtre alors abaisse la main jusqu'à ce que la tête cornue de la limace effleure les lèvres que craquelle la fièvre. Le soudain contact froid et visqueux provoque un sursaut, l'enfant entrouvre la bouche, la limace y tombe tout droit... Hurlement, rejet violent, quinte effroyable. L'enfant retombe sur le dos, mort, semble-t-il.

Isaac ben Simon n'en peut plus. Il se précipite, écarte le médicastre, fait signe à Petit Loup de venir l'aider, sort son couteau, s'en sert habilement pour écarter les mâchoires crispées de l'enfant, tire de la pochette qui pend à sa ceinture un bâtonnet plat et, tandis que Petit Loup, faisant levier, maintient ouverte la bouche inerte, Isaac, abaissant la langue au moyen du bâtonnet, examine longuement le fond de la gorge tout en s'éclairant du cierge arraché au prêtre.

Il se redresse enfin, se tourne vers Petit Loup, a ce seul mot :

— *Diphteria.*

Le prêtre s'insurge :

— Qui es-tu ? Qui êtes-vous, tous deux ? Vous avez interrompu mes soins, et voilà : l'enfant est mort ! Vous l'avez tué !

Il se tourne vers les paysans massés à l'huis :

— Vous en êtes tous témoins ! Ils l'ont tué ! J'allais le guérir, et ils me l'ont tué !

Isaac dit :

— Fais-le taire.

Petit Loup saisit le prêtre à bras-le-corps, lui ferme la bouche d'une de ses vastes paumes et le maintient solidement collé à lui. Isaac alors s'allonge au sol tout de son long, sur le ventre, sa bouche juste au-dessus de celle du petit. Il assujettit soigneusement ces deux bouches lèvres à lèvres, pince entre deux doigts les narines de l'enfant et, ayant auparavant vidé ses poumons, aspire de toutes les forces de son ample poitrine. On entend un lointain bruit de décollement.

Isaac relève la tête, crache violemment. Un amas de peaux blanchâtres s'écrase au sol. Isaac, de nouveau, colle sa bouche à celle du petit, aspire, crache. Il recommence jusqu'à ce qu'il ne crache plus qu'une salive innocente. Il se relève, s'essuie le front, ordonne au gamin du curé :

— De l'eau, vite ! De l'eau pure, de source, si possible ! Et du savon. Dépêche-toi, allons !

Le gosse s'empresse. Cependant le petit malade semble présenter un léger mieux. Une respiration presque calme lui est revenue. Un peu de rose colore ses joues. Une femme crie :

— Il est sauvé !

C'est la mère. Elle s'écroule au chevet de son enfant, le prend à pleins bras, le couvre de baisers. Isaac intervient :

— Holà ! Holà ! Laisse-le, bonne femme. Rien n'est gagné. Il va mieux, les peaux mortelles ont disparu, il respire, mais il faut le laisser reposer, surveiller si les peaux se reforment, et surtout ne pas laisser d'autres enfants approcher de lui, car ce mal est très volatil.

Le jeune acolyte du prêtre arrive, portant une bassine d'eau et un pain de savon[1], qu'Isaac râpe en flocons dans l'eau, laquelle devient laiteuse. Isaac prend de cette eau dans sa bouche, s'en gargarise avec vigueur et la recrache sur le sol. Il recommence plusieurs fois, se penche sur le malade, lui tend un gobelet plein de ce lait de savon :

— Fais comme moi, petit. Cela tue le mal.

Le prêtre guérisseur s'est tenu coi pendant tous ces gargarismes, ne sachant trop comment reprendre

1. Oui, le savon existait sous les Mérovingiens, et depuis longtemps. Les Gaulois l'avaient inventé bien avant la conquête romaine.

la situation en main. Les indéniables résultats des soins prodigués par le voyageur inconnu ravissent les paysans entassés à la porte. Il lui semble lire quelque mépris dans les regards. Il lui faut faire quelque chose. Il y va de son prestige, de son autorité sur ses ouailles. Il croit avoir trouvé.

Dévisageant Isaac en y mettant le plus de morgue possible, ce qui n'est guère facile quand on dévisage de bas en haut — le curé est plutôt rase-mottes —, il l'interpelle :

— Sur le moment, cela semble faire effet. Mais qu'en sera-t-il demain, bel oiseau de passage ? Tu seras loin quand la rechute se produira.

Isaac le toise de haut, ce qui va tout seul et ne nécessite pas une excessive dépense de morgue :

— J'ai fait ce qui devait être fait. Le reste ne m'appartient pas.

— Reconnais que mes prières et mes invocations y sont bien aussi pour quelque chose. Rien ne se fait sans l'intervention de Dieu et des puissances intermédiaires. Qui te dit que la guérison ne serait pas intervenue par la grâce de mes invocations seules ?

Isaac sourit :

— Rien ne peut prouver le contraire, tu as raison. Mais, dis-moi : il m'a semblé déceler dans ton latin des évocations d'entités moins... catholiques, disons.

Le prêtre ne se démonte pas pour si peu :

— Tu sais le pur latin ? Sans être clerc ? Serais-tu un défroqué ?

— Je suis médecin.

— Je dis bien : médecin, bien que non clerc ?

Alors, tu n'es pas chrétien. Alors, tu es... J'aurais dû le voir tout de suite à ton aspect, tu es un Juif !

Le prêtre fait un bond en arrière, empoigne la croix qui lui pend sur la poitrine, la brandit devant lui, à bout de bras, criant, révulsé d'une horreur bien jouée :

— *Vade retro, Satana !* Assassin du Seigneur Christ Jésus ! Vous entendez, vous autres ? C'est un Juif ! Il a commerce avec l'Impur ! Il soigne par magie noire et sortilèges ! Si ton fils guérit, Wodruf, ce sera par l'action des diables ! Il sera peut-être en santé dans ce monde, mais il sera maudit dans l'autre pour l'éternité ! Et il apportera la malédiction dans ta famille et dans le village !

Il s'échauffe à sa propre ardeur. Le voilà qui vaticine :

— Nos pères ont brûlé le dernier païen du pays, j'étais encore à la mamelle. Ce n'est pas pour que nous nous laissions abuser par les ruses de Satan. Un Juif est un païen. Que dis-je ? Pis qu'un païen, bien pis, puisqu'il a mis en croix son dieu, qui est le nôtre, notre glorieux Seigneur Christ Jésus, sauveur des hommes. Allons, les gars ! Du nerf ! Tue ! Tue ! Au bûcher, le mécréant !

Les villageois n'ont pas l'air tellement convaincus. Savent-ils seulement ce que c'est qu'un Juif ? Eux, tout ce qu'ils ont vu, c'est que cet homme à la barbe noire a du premier coup soulagé l'enfant, alors que le curé s'y cassait les dents. Ils veulent bien à la rigueur tomber à genoux et chanter un cantique d'action de grâces au Seigneur Christ, mais quant à massacrer un être humain et le jeter au feu, il leur faudrait être très en colère, ou bien saouls perdus, or ils ne sont ni l'un ni l'autre.

Petit Loup, mine de rien, a pris position entre la foule et Isaac. Adèle lui a aussitôt bondi dans les mains. Jambes écartées, le manche bien en pogne, il attend le choc, si choc il doit y avoir.

Crucifix au poing, l'homme de Dieu sent ses pieuses exhortations au meurtre se heurter au mur amollissant de l'inertie générale et retomber, flasques et sans force, sur la terre inerte. Sans se décourager, il reprend souffle afin d'exhorter plus fort, lorsqu'une jeunette écarte la foule et vient droit à lui, troussant haut ses cottes et fronçant le sourcil. À sa vue, le fougueux vengeur du Christ demeure bouche bée au beau milieu d'un « Chrétiens ! » qui reste une jambe en l'air. La fille — une bien friande coquine, ma foi ! — le saisit sans façon par l'oreille et tire à elle. Ses durs petits doigts doivent serrer fort, à en juger par la grimace du malheureux, qui suit sa tête là où la douleur l'entraîne, c'est-à-dire en direction de la porte. Ce faisant, la fille dit, de la voix d'une femme qui se fait obéir :

— Te voilà à crier comme goret qu'on saigne alors que tu n'as même pas encore dit ta messe du matin. Paraît que tu vois des païens partout, à cette heure ! En vrai, tu es jaloux parce que ce n'est pas toi qui as guéri le gosse, voilà tout. Et aussi parce que le poulet et le lard du paiement te passeront sous le nez.

Il grommelle, boudeur :

— Les Juifs ne mangent pas de lard.

— Qu'ils mangent donc ce qu'ils veulent, ce n'est

pas notre affaire. Nous autres, c'est une bonne messe basse qu'il nous faut, pour commencer la journée. Avance donc ! Ouste !

Elle l'entraîne, sans lâcher l'oreille, faisant au passage au médecin juif un gracieux sourire appuyé d'un clin d'œil.

Les villageois, sans s'étonner, s'écartent. L'enfant de chœur pouffe. Petit Loup demande :

— Qu'est-ce qui te fait rire ?

— C'est chaque fois pareil. Loin d'elle, il fait le flambard. Devant elle, il file doux.

— Ah, bon ?

— C'est elle qui tient sa maison. Sa maison, et autre chose aussi.

Le garnement ricane.

— Après tout, hein, qui est-ce que ça gêne ? On l'aime bien, notre curé. Et quand on l'entend bramer comme un cerf en rut, on se dit qu'il prend du bon temps avec l'Hermeline, et ça nous fait plaisir pour lui. Dame, c'est qu'il lui en faut ! On l'entend faire son affaire six fois par jour, recta. Ça nous dit l'heure qu'il est mieux que les cloches, vu que, des cloches, la paroisse est trop pauvre pour en accrocher au fronton de l'église[1].

— Elle est bien belle, Hermeline.

— Pour ça, oui. La plus belle de toutes.

Il ajoute, modeste :

— C'est ma sœur.

1. Voilà qui nous prouve péremptoirement que, en dépit de l'opinion communément répandue qui fixe l'apparition des cloches à une date bien postérieure, celles-ci existaient en Gaule dès l'époque mérovingienne, même si, l'idée de clocher dormant encore dans les limbes de l'incréé, elles pendaient bêtement au fronton des églises.

— Ah, oui ?

— Avant, le curé, il était avec maman.

— Ta mère... La mère d'Hermeline, donc ?

— C'est ça. Mais maman, lui fallait plus haut qu'un petit curé. Elle est partie, mais avant elle a fait cadeau d'Hermeline au curé, elle n'aurait pas voulu s'en aller en le laissant tout seul.

— Mais alors... Attends, attends ! Le curé est ton père ?

— Oh, il est le père de beaucoup d'enfants, dans le pays. C'est très bien comme ça : il est le plus beau mâle, et le plus gras. On l'aime bien parce qu'il fait de beaux enfants. Les plus beaux du pays. Et des garçons, note bien, à tous les coups. Hermeline, ç'a été la seule fois où ça n'a pas marché. Mais elle est tellement belle ! Deux comme elle vaudraient presque un garçon. Les pères des enfants faits par notre curé sont fiers. Les enfants nés sans lui sont tout vilains tout mal foutus, ou alors rien que des filles. Leurs pères ont honte. Ils battent leurs femmes qui n'ont pas été fichues de plaire au bon curé, même pas une seule toute petite fois.

Petit Loup, comptant sur ses doigts, s'efforce à des calculs compliqués :

— Dis-moi si je me trompe. Ta sœur...

— L'Hermeline, tu veux dire ?

— Oui. L'Hermeline, qui est la femme du curé, sa compagne, sa concubine, sa... enfin, bon, elle est sa fille ?

— Bien sûr. Le curé ne peut avoir que la plus belle, c'est normal. Surtout s'il veut qu'elle mette au monde les plus beaux enfants. Le village aurait été déçu s'il n'avait pas voulu d'elle. On est des vrais bons chrétiens, nous autres !

— Cela va de soi. Et l'évêque, qu'est-ce qu'il dit de tout ça ?

— Oh, l'évêque ? C'est un bon évêque. C'est avec lui que s'est mise ma mère, quand elle n'a plus voulu du curé. Elle est encore drôlement bien, ma mère. Même, mieux que ma sœur, je dirais. Plus... fruitée, si tu vois. Plus dame, voilà. Très femme d'évêque, sûr.

Les revoilà sur la route, soulevant la poussière. Il leur fallut s'arracher à grand'peine aux paysans. Tous s'étaient découvert, qui une bosse à renfoncer, qui une plaie à refermer, qui une vilaine suppuration à assécher, qui une toux tenace à calmer, qui un ou deux membres paralysés à remettre en mouvement... Tous étaient persuadés que le grand étranger noir avait le pouvoir de tout guérir en un clin d'œil. Certains, croyant avoir compris le mécanisme de l'action du fluide magique, lui présentaient leur bouche grande ouverte afin qu'il posât la sienne dessus, comme à l'enfant miraculé. Isaac, sensible aux haleines délétères, avait blêmi sous sa barbe. Petit Loup, la fidèle Adèle au poing, n'osait s'en servir, par manque de recul. Il craignait de blesser. Isaac enfin dénoua la situation en jetant à la volée quelques poignées de pilules roses, vertes ou jaunes qu'il tirait de son sac, ce qui déclencha une effroyable mêlée. C'était pitié de voir perclus, goutteux et coliqueux, certains râlant au seuil de la mort, retrouver force et agilité pour défoncer les crânes, faire sauter les dents et crever les yeux. Les deux compagnons avaient profité du désordre pour prendre le large.

Ils cheminent donc, ayant retrouvé les chevaux et la mule aux bagages à l'orée du village. Ils demeurent tête basse, silencieux, le médecin remuant les pensées amères qu'a fait naître le navrant spectacle, Petit Loup en ressassant de plus amères encore qui ne doivent rien à l'épisode.

Au plus profond du tourment, une étincelle d'intérêt scintille. Sa lueur obstinée force son chemin jusqu'à la conscience de Petit Loup qui, à sa propre surprise, s'entend questionner :

— Seigneur médecin, tu professes ne pas devoir toucher le malade que tu soignes. Il me semble pourtant que, cet enfant, tu l'as touché, et plus que touché ! Au point même d'y risquer ta vie, ai-je cru comprendre ?

Maître Isaac baisse le nez :

— Tu as raison. J'ai gravement péché contre une chose qu'en grec on nomme déontologie, et aussi contre le prestige de la profession. Ma réputation est entre tes mains.

Ses yeux cependant démentent la gravité du propos. Petit Loup comprend que le médecin plaisante afin d'éluder l'attendrissement qu'il sentait venir. Il se le tient pour dit.

Ils n'ont pas abattu un quart de lieue qu'un galop éperdu martèle la route derrière eux, se rapproche, les rattrape, bien qu'ils filent eux-mêmes bon train. Ils font halte, s'effacent, prêts à affronter le danger probable. Du dernier tournant surgit un âne qu'active à grands coups de ses talons nus une fille hilare dont les couettes battent les joues au rythme du galop. Elle arrête pile sa monture devant le médecin, disant, dans un grand sourire :

— Seigneurs voyageurs, vous vous étiez arrêtés chez nous pour vous procurer de quoi manger. Avec tout ça, vous repartez les mains vides. Alors, voilà, je vous apporte des provisions. De quoi vous sustenter le long de la route, que je suppose bien longue.

Éludant la question implicite, Isaac, posément, met pied à terre, incline la tête devant la paysanne, qui rougit. Écartant sa noire toison d'en haut de celle d'en bas, c'est-à-dire sa moustache de sa barbe mentonnière, il laisse voir entre deux lèvres charmantes des dents parfaites — on peut voir en cela un sourire — et profère ces aimables paroles :

— Petite Hermeline — c'est bien ton nom, n'est-ce pas ? —, tu étais déjà la jeunesse et la beauté, tu es désormais la charité. Je ne te cacherai pas que j'ai grand'faim et que tes provisions sont les très bien venues. Mais je ne mangerai que si tu me sers de tes blanches mains et partages mon repas.

Il n'a pas mentionné Petit Loup, qui en demeure tout étonné. La jeune fille, du coup, s'embrase. Sa rougeur tourne à l'incendie. Elle bafouille :

— N'avais-tu pas p... parlé d'œufs ?

— Frits dans le beurre de vache. Pas dans le lard, ni dans le saindoux, surtout !

— J'ai là ce qu'il faut.

Elle s'active, ramasse des brindilles sèches, arrange un foyer entre deux pierres, tire d'un des sacs qui pendent de part et d'autre de l'âne un ustensile de terre cuite rond et plat comme un disque muni d'un manche de bois, y étale du beurre, casse les œufs. Bientôt le feu pétille, le beurre chante sa chanson, le blanc des œufs se boursoufle et grille.

La petite taille prestement dans une miche une large tranche de pain, la pose sur l'ample feuille d'une herbe à picots, fait glisser les œufs sur le pain, s'incline :

— Tu es servi, seigneur.

Il s'assied dans l'herbe, jambes croisées[1]. Il s'étonne :

— Tu ne manges pas ?

Elle ne répond pas. Elle s'est agenouillée pour le servir, elle demeure comme ça, elle le contemple, dans un ravissement.

Petit Loup se sent tout à fait délaissé. Inexistant. Il se fait une raison, plonge dans le sac aux vivres, en ramène un morceau de lard salé, en coupe une tranche, la pose sur un morceau de pain et, debout, se met à mastiquer, tout en se promettant de ne rien perdre de la suite des événements.

Isaac demande :

— Tu es l'épouse du prêtre ? Je veux dire : tu vis avec lui ?

Elle acquiesce d'un mouvement de tête.

Il avale une bouchée :

— Qu'attends-tu de moi ?

Cette fois, la réponse jaillit, d'un trait :

— Que tu me fasses l'amour.

— Donne-moi à boire.

1. « En tailleur », mais il n'y avait pas encore de tailleurs.

Elle saute sur ses pieds, court à l'âne, tire du sac une petite amphore close d'un tampon de liège, l'ouvre, verse dans un gobelet façonné de la corne d'un bœuf une giclée d'un liquide pétillant, tend le gobelet au médecin.

— Qu'est-ce que c'est ?

— Du cidre, seigneur. La vigne ne mûrit pas, par ici.

Il boit. S'essuie la bouche d'un carré de toile fine qu'il a tiré de sa manche. Il se lève, dit seulement :

— Passe devant.

Ce qu'elle fait. Nullement soumise, nullement serve, portant son triomphe comme une reine son diadème. Elle est très belle. Il la suit.

Ils pénètrent dans un épais hallier de charmes.

Le temps semble long à Petit Loup. L'intermède amoureux avive et exaspère jusqu'au sang la plaie abominable. Il se demande s'il ne ferait pas bien de se tuer. Mais les voilà qui reviennent.

Isaac, hiératique, marche cette fois devant. Assez faraud, quand même. La fille le suit en rajustant sa coiffure. Le geste est splendide.

Il se tient maintenant devant elle, ému plus qu'il ne voudrait. Elle lève vers lui ses yeux candides, ses yeux de lumière. Il la prend aux épaules. Il demande :

— Pourquoi, Hermeline ? Pourquoi moi ?

Elle plonge ses doigts dans la barbe-fleuve, ferme les yeux, savourant son plaisir :

— Le prêtre ne fait que des enfants blonds. Par toi, j'aurai un enfant aux cheveux plus noirs que la nuit. Je serai la seule.

Et bon, on reprend la route, le médecin toujours aussi silencieux, même si, pour l'observateur attentif, son silence a quelque peu changé de tonalité. Quant à Petit Loup, il demeure plongé dans son enfer intime. Il s'en était extrait un bref instant, quand Isaac et Hermeline avaient joué devant lui leur intermède galant. La tentation l'avait même effleuré, après coup, de demander au Juif : « Es-tu sûr qu'elle s'était lavé les mains après avoir manipulé de la viande de porc ? » Et puis il s'était dit que c'était une petite pique méchante, inspirée par son chagrin, et il s'était abstenu.

Deuxième partie

LE ROI SE MEURT

IV

La scène est à Metz, cité qui fut toujours, même aux temps de la splendeur impériale, plus germanique que romaine. Plus précisément dans les appartements noblement arrangés que la reine Brunehaut s'est réservés dans la résidence des souverains d'Austrasie.

Brunehaut est assise sur un siège de fer aux maigres pieds croisés, à la mode romaine. Les artisans locaux ne se sont pas encore dégagés de ce qui se faisait autrefois, les conquérants barbares ne se souciant guère d'esthétique mobilière. Des coussins de soie joufflus, brodés d'entrelacs d'animaux fantastiques, rendent moins agressif l'aride contact du siège.

La très belle n'a aucun effort à produire pour siéger en majesté, tant la chose lui est naturelle. Un homme se tient devant elle, non raidement debout ainsi qu'il est prescrit, bien que l'étiquette ne soit guère contraignante à la cour des rois francs et que même elle soit tout à fait muette quand le roi est une reine régnante, circonstance oubliée dans l'énoncé de la loi salique censée régir ces choses, mais assis aux pieds de la souveraine, sur un carré de tapisserie, de façon assez mal commode, à vrai dire.

Détail à noter : nul garde en armes, nulle servante ne se laissent voir dans la haute salle, ce qui donne à penser que la reine a recherché la stricte intimité pour cet entretien. Et, en effet, les propos dénotent un degré de familiarité poussé très loin. L'homme est de noble prestance. La longueur de ses membres laisse supposer une taille imposante lorsqu'il se tient debout. Son visage aux traits bien marqués exprime tout à la fois intelligence, décision et sensibilité, cette dernière qualité si rare chez les guerriers. Or c'est un guerrier, son vêtement, ses façons le disent.

La reine parle. Sa voix n'a rien de la hauteur royale :

— Aimery, mon bien cher amour, ce que tu me contrains à faire est d'une imprudence insensée. Te recevoir ici, seule à seul, en plein jour... Alors que tant d'ennemis sont à l'affût de la moindre de mes défaillances, que tant d'assassins n'attendent qu'un pieux prétexte pour t'égorger dans un coin noir ou, mieux encore, à mes pieds...

Ce disant, elle a pâli, sa voix s'est altérée. Il lui prend les mains, qu'il couvre de baisers :

— Ma reine, mon bel amour, c'est que j'ai à t'annoncer une nouvelle qui justifie toutes les audaces, toutes les imprudences.

— Il faut qu'elle soit bien propice, en effet, pour que tu prennes et me fasses prendre tant de risques.

— Je dirai seulement qu'il y va de ton fils, de ton trône, de ta vie.

Elle se dresse à demi, appuyée aux volutes de fer qui servent de bras à son siège :

— Le médecin ?

— Le médecin. Il est là. Fourbu, plus qu'à demi mort, mais là. Avec sa science et ses remèdes.

— Ainsi, le moine a réussi ! Oh, merci, mon Dieu, merci !

Elle tombe à genoux, se signe, prie avec ferveur, se relève :

— Qu'attends-tu donc ? Que ne l'as-tu déjà mené auprès de mon fils ! Chaque minute compte !

— Tu me juges mal. Il est à son chevet.

La reine a fait dresser un lit dans une chambre toute proche de la sienne. L'enfant roi y repose, veillé par sa nourrice. Nul autre n'en passe le seuil. Des servantes de confiance laissent à la porte les plateaux des repas, que la nourrice goûte et ne présente au petit malade qu'après avoir éprouvé sur elle-même si quelque poison à effet retardé n'a pas été mêlé aux aliments. Précaution superflue : Childebert refuse toute nourriture. Hérigonde, la nourrice, ne parvient qu'au prix de trésors de patience à lui faire avaler quelques cuillerées de lait adouci de miel.

Isaac ben Simon, debout sur le seuil, attend. Hérigonde lui barre l'accès. Pourtant elle a reconnu le médecin qui, naguère, soigna son nourrisson. Peu importe, il lui faut l'aval de la reine. La voici justement.

— Maître Isaac, vous êtes là. C'est bien. Ne perdons pas de temps. Entrez, examinez, dites-moi la vérité.

Le médecin entre, se dirige vers le lit. Derrière lui sort de l'ombre une silhouette imposante. La nourrice s'interpose. La reine a reconnu le jeune colosse.

— Petit Loup ! Mon fidèle ! Mais... Je ne vois pas ma Minnhild ?

Petit Loup baisse le nez, sans un mot. Devant ce désarroi qui laisse présager le pire, Brunehaut, le cœur serré, n'insiste pas. Plus tard, elle tirera au clair ce nouveau malheur.

Maître Isaac, debout au chevet de l'enfant, contemple, sourcils froncés, les ravages du mal sur le mince visage. Il pose sa main sur le front qu'empoisse la sueur, du pouce soulève une paupière, rejette la couverture, découvrant l'étroite poitrine où saillent les côtes qu'une respiration pénible soulève à peine. Il pose sa joue sur l'endroit où bat le cœur, se relève, s'empare du poignet de l'enfant, prend note du pouls, hoche la tête[1]. Il demande :

— Est-ce qu'il tousse ?

La nourrice s'empresse.

— Il a beaucoup toussé. Maintenant, il n'en a plus la force.

Maître Isaac fouille dans son sac de cuir, en tire un abaisse-langue de bois, se penche :

— Seigneur roi, daigne me montrer ta langue.

L'enfant, sans soulever les paupières, tire mollement la langue. Le médecin l'abaisse, fait signe à la nourrice de présenter une petite lampe à bec, exa-

1. Ce qui prouve que, lorsqu'il s'agit de gens haut placés, le contact du Juif n'est plus l'abomination de la désolation.

mine avec soin l'arrière-gorge. Il se relève. Songeur, il laisse tomber, comme pour lui-même :

— *Pneumonia gravissima.*

La reine n'y tient plus. Elle agrippe le bras du médecin :

— Alors ?

Il commence par le moins pénible :

— Ce n'est pas affaire de poison.

— Dieu soit loué !

— Le seigneur roi a pris froid. Il n'a pas été soigné à temps.

— Mais, maintenant, tu es là !

— Il est bien tard.

— Mais pas trop tard ! Il vit. Tu vas le guérir !

— Je soigne. Je ne fais pas de miracles. Les deux poumons sont pris. La fièvre est très forte. Que ne m'a-t-on appelé plus tôt ?

— Cela a été si vite ! Il n'avait d'abord qu'une toux banale. Comme elle augmentait, le médecin d'ici lui a fait avaler des limaces vivantes.

— Ignorant ! Qu'on lui coupe la tête !

— C'est comme cela qu'on soigne la toux.

— C'est comme cela qu'on tue les malades.

— Il n'en voulait pas, il criait, se débattait, il fallait le tenir à quatre valets, puis il vomissait. Si bien que le remède ne pouvait pas agir.

Isaac hausse les épaules. Il contient à grand'peine sa rage. La reine dit :

— Et puis, on pensait surtout au poison.

— Il n'est pas de poison qui fasse tousser.

— Si tu avais été là...

— Dame reine, tu connais le dévouement que je

te porte, ainsi qu'à ton fils, le seigneur roi. Tu sais aussi fort bien qu'à la cour d'Austrasie plus encore qu'ailleurs on n'aime pas les Juifs. On se sert d'eux, de leur savoir ou de leur argent, et puis, de temps à autre, on en fait une joyeuse flambée. C'est, tu le sais, avec grand regret que j'ai dû m'éloigner, laissant aux soins de charlatans à demi sorciers cet enfant qui m'est aussi cher que ta vénérée personne. Peut-être ai-je eu tort...

— Mais te voilà ! Tu vas le sauver, n'est-ce pas ?

— Je ferai tout ce qui peut être fait.

— Fais davantage !

Il la regarde.

— Je ferai ce qui n'a jamais été fait.

Quand la reine est soucieuse, Aimery est au désespoir. Aimery fait l'expérience de ce qu'aimer c'est prendre sur son dos le chagrin de l'aimée en en multipliant la charge. Aimery est novice en ces choses. Il les découvre à mesure que cet amour imprévu croît et l'embrase, incendie qu'attise un vent printanier. Aimery voudrait donner sa vie pour Brunehaut, mais ce n'est pas ce qu'elle attend de lui.

Après Sigebert, après Mérovée [1], après ces envolées éperdues vers le bonheur soudain changées en effroyables boucheries, elle s'était repliée sur elle-même, s'interdisant tout amour charnel. Son besoin de chérir, de protéger, elle l'avait reporté tout entier sur son fils, ce petit Childebert dont elle avait su faire un roi.

1. Voir *Le Sang de Clovis, op. cit.*

Il se trouve que l'enfant roi et le royaume étaient un seul et même trésor, férocement convoité par de puissants rapaces. Veiller sur l'un était veiller sur l'autre. Mère d'un roi imberbe, elle n'était rien, pouvait être tout. Tout, c'est-à-dire régente. Par la force et par la ruse elle s'était imposée à ces brutes sanglantes, à ces prélats cauteleux, à ces chefs de guerre aussi stupides qu'arrogants toujours prêts à se vendre pour des promesses en l'air. Elle avait pris sa tâche à bras-le-corps, y apportant une ténacité, un acharnement à poursuivre envers et contre tous le but qu'elle s'était fixé qu'elle ne se connaissait pas elle-même.

Elle s'était bien vite aperçue qu'elle y excellait.

Elle y avait pris goût. L'élan était devenu enthousiasme, le sens du devoir ambition forcenée. Ayant pris conscience de ses capacités en même temps que de la médiocrité de ses adversaires, elle régnait avec l'orgueil d'une fille du puissant roi des Wisigoths, peuple fier par-dessus tout autre.

Sa chasteté volontaire n'avait eu aucun mal à déjouer les approches grossières des aspirants à sa royale couche — par voie de mariage ou en prenant le raccourci. La réputation de lubricité débridée que lui avait valu sa brève union incestueuse avec Mérovée avait évolué en une aura d'austérité castratrice, ce qui, susurré par les mêmes bouches haineuses, n'était certes pas plus amène.

Et donc, méprisant les critiques, brisant les résistances, elle régnait, administrait, châtiait, récompensait, menait des expéditions punitives contre les bandes pillardes venues d'au-delà du Rhin, entretenait une garde vigilante le long de la frontière avec la Neustrie d'où, à chaque instant, pouvait surgir l'insatiable Chilpéric à la tête d'une armée d'invasion. L'Austrasie, sous sa poigne, prospérait.

Brunehaut avait un projet. À l'instar de ce qu'avaient réussi les rois wisigoths en Aquitaine et de ce qu'ils continuaient de faire en Espagne, elle voulait instaurer en Austrasie un compromis harmonieux mariant la jeune fougue barbare à la sagesse romaine. Elle ne se bornait pas à remettre en état les excellentes voies romaines, à en créer de nouvelles, à encourager leudes et monastères à défricher et mettre en valeur les terres immenses qu'elle leur concédait, à démanteler les temples païens pour, de leurs colonnes et de leurs frontons, orner les églises de la foi nouvelle selon le strict rituel romain dit « catholique » qui, en secret, répugnait à la foi arienne de son enfance wisigothe mais qui, depuis le baptême de Clovis, était celui des Francs. Elle voulait aménager la loi salique des conquérants en y introduisant les principes essentiels du droit romain. Tout cela, il lui fallait l'accomplir en dépit de l'opposition ouverte ou sournoise d'une clique de seigneurs et de prélats acharnés à bannir toute innovation autant qu'à la détruire elle-même, la « putain wisigothe ».

Tout entière engloutie dans ses écrasants desseins, elle oubliait qu'elle avait un sexe, elle oubliait qu'elle avait eu ce que les poètes appellent un cœur.

Alors, Aimery vint.

D'où ? De la guerre. Blessé et fait prisonnier lors

d'une échauffourée à la frontière du nord-est avec des bandes d'Alamans pillards, il n'avait pas été égorgé sur-le-champ, ainsi qu'il en eût dû être, mais, comme il pouvait marcher, emmené contre l'espoir d'une rançon, car ses vêtements, ses armes, aussi bien que ses bijoux, laissaient supposer une famille ayant de quoi.

Toujours est-il qu'il fut livré à la reine en même temps qu'un quarteron d'esclaves d'assez bonne qualité qui faisaient partie de la part de butin revenant à la souveraine, sa rançon éventuelle étant comprise dans le lot échu au trésor royal de par la loi du sort.

À l'instar d'un otage, un prisonnier contre rançon est sacré. Tout au moins tant que la rançon n'est pas payée mais qu'on a bon espoir qu'elle le sera. S'il s'avère qu'on s'est trompé sur la personne, soit que le hère ne fût qu'un flambard sans répondant qui portait tout son avoir sur lui en bijouterie et affûtiaux, soit que personne sur cette terre ne tînt assez au pauvre gars pour mettre la main à l'escarcelle, alors on l'égorge sans façon en pleurant les écuellées de soupe qu'il vous a englouties.

Un prisonnier à rançon se traite en hôte. Aimery fut logé, non dans les visqueuses ténèbres d'un ergastule puant, mais dans un réduit assez propre, attenant au logis du portier du palais, lequel portier se voyait chargé, en sus de ses attributions ordinaires, du rôle de geôlier.

Aimery avait juré sur l'honneur, sur ses ancêtres, sur le Seigneur Christ Jésus et sur tout sur quoi l'on jugea bon de le faire jurer qu'il ne chercherait pas à s'évader. Il ne croyait pas plus que cela en la vertu des serments, quels que fussent les garants invoqués, mais il avait le cœur sensible et n'aurait pas supporté que le brave portier eût la tête tranchée parce que lui, Aimery, aurait eu l'ingratitude de s'évader. Il restait donc, prenant son mal en patience en jouant aux osselets avec les enfants du portier.

C'est au cours d'une de ces parties, qu'il était en train de perdre, que la reine passa devant lui, chevauchant une jument baie. Levant la tête, Aimery vit la reine. La jument — ah, quand le destin s'en mêle ! — fit un écart. Oh, léger. Suffisant. Juste ce qu'il fallait.

Aimery bondit, saisit la bête au mors, de l'autre main la flatta aux naseaux, disant les : « Là... Là... » qui se disent dans ces cas.

De toute façon, la jument en avait terminé. Ce n'avait été de sa part qu'un petit mouvement guilleret, une esquisse de pas de danse, dirons-nous.

Seulement, Aimery avait regardé la reine. La reine avait regardé Aimery.

Aimery s'était figé en un garde-à-vous assez martial. Un peu nonchalant, tout de même, ainsi qu'il sied à un prisonnier qui tient à marquer qu'il garde son quant-à-soi. Il s'était présenté, ses yeux ne quittant pas les yeux de la reine :

— Aimery, fils de Tubald, du pays alaman.

On se serait attendu à ce qu'elle réponde par un sourire, un bref signe de tête, enfin par quelque courtoise expression de gratitude, même si le danger couru n'avait été que symbolique. Ce sont choses qui se font. Mais non. Elle avait passé son chemin, roide, le regard vite ramené à la ligne droite devant elle.

Aimery avait noté cela. Il avait noté aussi la furtive pâleur, puis la furtive rougeur. Il savait le sens de ces nuances contrariées. Aimery n'était pas un novice. Simplement, il n'avait pas conscience de sa propre pâleur, qui devait bien, elle aussi, signifier quelque chose.

Et puis les choses se firent, comme se font les choses. Aimery cherchait à se rendre utile. Il se proposa pour certaines corvées auxquelles le brave concierge, sollicité de tous côtés, n'arrivait pas à faire face. Par exemple porter missives et paquets dans les appartements de la reine. Certains de ces envois nécessitaient d'être remis en mains propres. Ces adorables mains blanches que les doigts d'Aimery ne pouvaient pas ne pas effleurer. D'où échange de pâleurs et de rougeurs de part et d'autre...

Brunehaut, dans son orgueilleuse solitude luttant à armes égales contre des meutes carnassières, ne se savait pas vulnérable. Le mépris faisait sa cuirasse. La seule présence masculine sur quoi elle pût s'appuyer était le duc Gondobald, qui naguère avait partagé son exil et dont jamais le dévouement ne lui avait fait défaut. Le duc l'aimait d'un amour que, depuis l'épisode Mérovée, il savait sans espoir. Son attachement était celui d'un chien, fidèle jusqu'à la mort et que comble un sourire. Brunehaut, ne se sentant pas sensible à cet amour, s'estimait désormais insensible à tout amour.

Et Brunehaut tomba dans les bras du bel Aimery comme tombe une reine : en prenant l'initiative.

L'idylle était vouée au secret. Mais l'orgueil de Brunehaut s'accommodait mal des humiliantes contraintes de la clandestinité. Après tout, à quoi bon être reine, et reine sans roi, s'il faut agir comme si l'on avait des comptes à rendre ? Bientôt, Aimery n'eut plus à raser les murs en se cachant de la lune. Il fut logé au palais, y eut une fonction, créée tout exprès pour lui : échanson. Élevée sur un terroir à vignes, Brunehaut avait à cœur d'introduire chez ces Francs rugueux, engloutisseurs sans discernement d'énormes pintes de cervoise, cette douceâtre macération d'orge fermentée [1], le goût et la connaissance du vin.

Aimery, pur produit des brumes teutonnes, n'avait jamais goûté au vin, n'en avait même jamais vu de près. Elle l'initia patiemment à ce savoir si apprécié des Romains. Il y fit de rapides progrès et fut bientôt capable, tout comme un Lucullus, de mirer le rouge liquide d'un air sagace, de humer le fumet du gobelet en fronçant le sourcil, de se rincer les dents de la première gorgée avec le regard noyé d'un chat qui se soulage dans la cendre, enfin d'énoncer, d'un ton sans réplique :

— De la cuisse, je ne dis pas, mais un peu rétif sur le retour en bouche. Un galopin qui a son charme, je dirais.

Donc la reine avait son échanson, qui goûtait son

1. Ce n'est qu'à partir du IXe siècle qu'on aura l'idée d'ajouter à l'orge fermentée une décoction de houblon, apportant ainsi l'amertume si caractéristique, et que la cervoise deviendra enfin la bière.

vin à sa table et, afin de remplir au mieux ses obligations, se tenait assis à sa gauche, la droite étant, cela va de soi, la place du roi, son fils et seigneur.

En somme, Brunehaut était heureuse. Elle en oubliait presque qu'il existait une Frédégonde et un Chilpéric. Et puis le petit roi tomba malade.

Petit Loup n'aurait laissé à nul autre le privilège de monter la garde à la porte de la chambre où gît l'enfant roi. Lorsqu'il s'était penché sur le mince visage que dévoraient les ombres mauves des orbites, Childebert avait avec peine entrouvert les paupières. Reconnaissant son gigantesque ami, il avait souri, avait soufflé :

— Tu es là. C'est bien. Et Griffon ? Et Adèle ?

Petit Loup l'avait rassuré quant à ces deux-là, s'efforçant de ne pas laisser voir à quel point le bouleversait l'état du petit malade.

La reine ne quitte plus le chevet de son fils. Le médecin ne cache pas son pessimisme. Brunehaut ne peut se tenir de voir là une punition du ciel. Elle s'est laissée aller à un amour coupable. Son fils aurait dû passer avant tout. Le prêtre attaché au palais, son confesseur, n'a pas manqué d'évoquer la vengeance divine, brandissant les mots terribles de « luxure » et de « fornication impure ». Elle sait faire la part de la sale délectation du tonsuré à la traîner dans l'opprobre, elle qui, jadis, n'a pas cédé à ses invites. Elle le soupçonne d'ailleurs d'espionner au profit de

Frédégonde. En changer ? Mais quiconque, autour d'elle, n'est pas déjà vendu à la destructrice le sera bientôt. Autant avoir sous la main un traître avéré, qu'on peut surveiller, qu'on peut leurrer.

Brunehaut n'en est pas moins ébranlée. Elle se fait de terribles reproches mais, même au plus fort de la panique, comment pourrait-elle ne pas aimer Aimery ?

Maître Isaac se relève. Par-dessus la couche où gît l'enfant inerte, son regard désespéré croise celui de la reine. Elle n'ose comprendre, retient son souffle. Il dit :

— Je ne puis plus répondre de la vie du seigneur roi.

Elle n'a pas un mot. Elle se penche sur cet enfant qui va mourir, sur cet enfant pour qui elle a tant lutté, cet enfant dont la mort, par-delà le deuil cruel, signifie l'effondrement de tant d'espoirs...

Le prêtre agenouillé à la tête du lit interrompt ses prières sur un rapide signe de croix :

— Il me faut administrer les saints secours. Qu'on fasse venir deux diacres avec les saintes espèces.

La reine se redresse, le cloue d'un regard.

— Te voilà bien pressé. Le roi n'en est pas là.

Elle ne sait trop pourquoi elle a dit cela. Un instinct...

Il s'insurge :

— Mais, le médecin...

Isaac a compris. Il n'aurait pas dû parler devant ce bélître. Il profère, docte :

— Tu dis fort bien, reine. Ma science n'a plus rien à proposer. Mais la nature peut nous réserver plus d'une surprise.

Il ajoute :

— Et les ferventes prières de ce bon père ne peuvent manquer d'avoir effet d'intercession auprès du dieu des chrétiens.

Le prêtre a un mauvais regard.

— Tu blasphèmes, Juif ! Rien qu'à évoquer Son nom, tu blasphèmes ! Prétends-tu donc m'empêcher d'administrer l'extrême-onction à notre roi ?

— Je n'insinue rien de tel. Je te prie seulement de différer le sacrement et de me laisser seul avec le roi et la dame reine, sa mère. Il me reste un ultime recours. C'est un secret.

Il se tourne vers la reine, qui, d'une voix sans réplique, intime au prêtre :

— Sors, mon père.

— Dame reine, je m'oppose ! Il s'agira de quelque sortilège impie. On les connaît, ces Juifs !

— Tu tiens à la vie de ton roi ?

— Plus qu'à tout au monde, hormis mon salut éternel.

— Alors, ne lui refuse pas cette dernière chance. Sors.

Le prêtre balance, enfin se résigne, hargneux :

— Ce sera long ?

— Autant qu'il le faudra.

Le tonsuré hausse les épaules, qu'il a fort épaisses, tourne les talons, s'en va.

À peine le prêtre a-t-il quitté la place, la reine hèle :

— Petit Loup !

Il accourt. Elle ordonne, éperdue :

— Cours ! Rattrape-le et...

Isaac, brutalement, s'interpose :

— Non, reine ! Pas lui.

Elle regarde le Juif, comprend, se tait. Petit Loup s'étonne :

— À ton service, dame reine. Commande.

C'est Isaac qui répond :

— Cours prévenir le chef des gardes. Qu'il soit ici immédiatement.

Petit Loup se tourne vers la reine. D'un signe de tête, elle acquiesce. Petit Loup part en courant.

Brunehaut pose sa main sur le bras du médecin.

— Merci, maître Isaac. La douleur m'occulte l'entendement.

— Ce garçon n'est pas celui qu'il faut pour de telles besognes.

— Tu as raison. Mais nous perdons du temps. Si le prêtre a eu le temps de parler...

S'entend une cavalcade. Paraît le chef des gardes, hors de souffle, poussé par Petit Loup. La reine s'adresse à lui :

— Tu as fait vite. Peut-être est-il encore temps.

Elle se tourne vers Petit Loup :

— Tu n'as pas à entendre ce qui va se dire. Va

faire bonne garde à l'entrée du corridor. Que nul n'approche. Va !

Au garde essoufflé :

— Tu as vu un prêtre passer, sortant d'ici ?

— Dame reine, en fait de prêtre, j'ai vu passer le curé du palais, si c'est ce que tu veux dire. Même qu'il s'est arrêté pour pisser le long d'une statue tout en marbre, le sagouin, et ça tombait ! Un vrai déluge, au respect que je te dois.

— C'est bien lui. Cours, rattrape-le, tue-le. Sans qu'on te voie. Sans qu'il crie.

— Comme si c'était fait.

— C'est un traître. Il empoisonnait le roi.

— Tu n'as rien à m'expliquer.

— Le pape t'absoudra.

L'homme est déjà loin.

La reine n'a pas hésité. Quand il faut, il faut. Elle n'en est pas moins secouée. Que n'a-t-elle l'aisance insouciante d'une Frédégonde ! Isaac ben Simon la rappelle à l'urgence présente.

— Maintenant, dame reine, faisons revenir Petit Loup. Mettons-le dans le secret.

— Oh, oui. Il est bien le seul qui puisse...

Elle n'achève pas. Isaac va à la porte, hèle le jeune colosse, qui accourt. Isaac le prend à part :

— Personne ne doit entendre ce qui va se dire ici. Sommes-nous en sûreté ?

— Je me suis fait remplacer. Nul ne peut forcer l'entrée du corridor qui mène à cette chambre.

— Bien. Installe-toi. Nous devons parler.

La reine s'assied sur l'unique tabouret, les deux hommes s'accroupissent à ses pieds, jambes croisées. Cela fait, au pied du lit où s'éteint l'enfant, un groupe compact qui se fond peu à peu dans les ombres d'un jour sur son déclin.

Isaac commence, à voix contenue :

— Il n'est que trop certain, hélas, que le roi vit ses derniers instants. Nul hors d'ici ne le sait, nul même n'a connu la gravité de son mal. La reine y a veillé. On croit à un banal refroidissement dont le roi profite pour se prélasser au lit. Sa nourrice a été envoyée pour quelque temps se reposer dans son village.

« Si la vérité était connue, ce serait aussitôt, sans même attendre l'issue fatale, la ruée des prétendants au trône ou à la régence, la guerre civile dans toute sa férocité, l'invasion de l'Austrasie par les armées de Chilpéric et, couronnant le tout, la mise à mort de la dame reine Brunehaut et sa tête promenée en triomphe.

Petit Loup a suivi avec attention. Il intervient :

— J'ai bien compris. La sauvegarde de la reine, c'est la vie de son fils. Mais ne viens-tu pas de dire que, à moins d'un miracle, la mort du roi est chose quasiment sûre ? Dans ce cas, on ne pourra pas tenir la vérité cachée au-delà de quelques jours.

Il réfléchit :

— Bien sûr, quelques jours, cela peut suffire pour organiser la fuite de la reine, la mettre hors de portée des furieux et l'emmener en lieu sûr, par exemple chez son frère, le roi des Wisigoths d'Espagne.

Brunehaut s'emporte :

— Fuir ? Abandonner aux brutes sanglantes ce royaume que j'ai fait de mes mains, de mes peines, de mes terreurs ? Plutôt ma tête au bout d'une lance !

Petit Loup se tait. Il devine que, jusqu'ici, tout cela n'était que préambule et mise en train. Le sérieux va venir maintenant. Isaac lève la main et dit :

— Dame reine, droit au fait. Il ne faut pas que le roi meure. Or il va mourir. Mais si personne ne sait qu'il est mort, il vit. Que faut-il donc ? Qu'on le voie. Qu'on l'entende. Si ce n'est lui, ce sera un autre lui-même. Or, cet autre lui-même, cette copie conforme du roi, elle existe ! Et bien vivante. Et pleine de feu. Et tellement semblable que quiconque d'autre que sa mère — ou que moi — s'y tromperait.

Isaac marque un temps. Petit Loup ne comprend pas tout, mais il attend la suite avec confiance. La reine, penchée sur son enfant moribond, l'inonde de ses larmes silencieuses. Apparemment, il a perdu conscience, sombrant dans un sommeil qui lui sculpte déjà le visage gris de la mort.

Le médecin reprend :

— Tu connais, Petit Loup, et même plus que quiconque, pour y avoir payé de ta personne et risqué ta vie sans marchander, l'équipée funeste du mariage de la dame reine Brunehaut avec le seigneur Mérovée, fils du roi Chilpéric[1]. Tu en as vécu l'épouvantable épilogue, tu as pu sauver la vie de la dame reine et de son fils, le seigneur roi Childebert, alors en ses primes enfances.

1. Voir *Le Sang de Clovis, op. cit.*

Attentif à ce qui va suivre, Petit Loup opine muettement. Isaac poursuit :

— Il est cependant une conséquence de cette brève union que tu ignores, parce que tous l'ignorent, excepté la dame reine Brunehaut, le roi des Burgondes Gontramn et moi-même. C'était jusqu'ici un secret lourd de menaces. Ce peut être aujourd'hui le salut.

Petit Loup pressent que la solution du mystère n'est pas loin. À portée de la main, pour ainsi dire. Il l'a sur le bout de la langue. Il se contient cependant, laissant à Isaac la jouissance de l'effet de la révélation. C'est sans surprise qu'il entend :

— L'union en légitime mariage de la reine et du seigneur Mérovée devait donner un fruit.

Il marque un temps, pour laisser à l'auditoire le loisir de se remettre du choc. Petit Loup sent qu'on attend de lui quelque exclamation stupéfaite. Pas contrariant, il dit :

— Ben voyons.

Un peu déçu, Isaac enchaîne :

— Un fils.

Petit Loup apprécie :

— Je le sentais venir.

— Et, le croiras-tu, un fils qui est le portrait vivant de sa mère, ainsi que l'était déjà son frère aîné, notre Childebert, si bien que, étant tous deux semblables à leur maman, ils sont de ce fait semblables entre eux.

— Comme disait Euclide de ses triangles.

— Pardon ?

— Ne fais pas attention. Mon grand-père le Hun

Blond a tenu à m'initier à la géométrie des Grecs d'autrefois.

— Ne peux-tu être sérieux un instant ?

— Je vais essayer. Mais je crois avoir compris où tu veux en venir. Et j'y vois un obstacle. Un gros obstacle.

— Dis.

— Quand la dame reine épousa le seigneur Mérovée, le seigneur roi Childebert était âgé de pas tout à fait quatre ans. Il était tout petit dans le panier. Le temps que, comme tu dis si bien, cette union porte son fruit, cela reporte à quelques mois de plus, neuf exactement. Le roi doit avoir, aujourd'hui, pas loin de douze ans. Son frère, à tout casser, pas plus de huit. Quelle que puisse être cette merveilleuse ressemblance, il est difficile de confondre un garçonnet de douze ans et un bambin de huit.

— Sauf quand le garçonnet — pardonne-moi, dame reine — est fort chétif et retardé en taille, alors que le bambin est aussi haut que lui et gaillard en proportion.

— À ce point-là ?

— Peut-être pas tout à fait tout à fait, à dire vrai. Mais compte tenu qu'à sa réapparition le roi relèvera de maladie, se montrera peu au peuple et seulement de loin, cela vaut d'être tenté.

La reine, occupée à passer bien doucement un linge humide sur le front du moribond, soupire :

— Ça ne me rendra pas mon aîné.

— Ça te gardera ton royaume.

— Tu parles bien durement, médecin.

— C'est la vie qui est dure. Pleure, reine, celui que tu perds, mais réjouis-toi de ce que tu sauves.

Petit Loup voudrait qu'on s'en tienne aux choses pratiques.

— Et où se trouve-t-il, ce double du roi ?

Isaac répond :

— Quand la grossesse de la reine ne put plus se dissimuler, elle s'en alla passer quelque temps en Burgondie, chez son beau-frère le roi Gontramn. Là, elle accoucha secrètement, entre mes mains, d'un fils bien constitué, très beau, qu'elle aima tendrement mais qu'elle dut, le cœur navré, laisser à la garde de son parent. Le roi Gontramn n'avait pas de fils. Il se prit de grande affection pour le petit. Bien évidemment, la reine ne pouvait laisser savoir que son union avec le prince Mérovée, réputée incestueuse, adultère et sacrilège et dont on ne sait que trop ce qu'il en aurait été si le malheureux prince avait survécu, que cette union, donc, avait produit un enfant, un bâtard doublé du résidu d'un inceste double [1].

Petit Loup a écouté avec attention. Il tire la conclusion :

— Au bout de tout ça, je saute sur Griffon et nous galopons jusqu'à... Jusqu'où, au fait ?

— Jusqu'à la cité de Lyon, où réside habituellement le roi Gontramn. À moins qu'il ne se promène en tournée d'inspection avec sa cour dans ses bonnes

1. Brunehaut était la tante de Mérovée par le mariage de sa sœur Galswinthe avec Chilpéric, frère de son mari, et d'autre part par son propre mariage avec Sigebert, frère de Chilpéric. L'inceste, même non consanguin, constituait l'un des pires sacrilèges qui se pussent commettre. On admettait à la rigueur les bâtards, mais les enfants nés de l'inceste étaient exposés là où les bêtes féroces pouvaient les dévorer.

villes de Troyes, de Bourges ou d'Orléans, à moins aussi, peut-être, qu'il ne rôde le long de sa frontière avec la Provence, car je sais qu'il nourrit de ce côté certaines visées d'agrandissement.

— C'est absolument fou, mais bon... Un détail : le seigneur roi Gontramn laissera-t-il volontiers partir cet enfant auquel, dis-tu, il s'est tellement attaché ?

Brunehaut intervient :

— Gontramn sera heureux pour son filleul — oui, il l'a tenu sur les fonts baptismaux — qu'un royaume lui échoie. Il n'est pas illusoire d'espérer que, par la suite, Gontramn fasse de lui son héritier pour la Burgondie, réunissant ainsi en un seul royaume Austrasie et Burgondie.

Petit Loup pense que voilà bien de la prescience en haute politique de la part d'une mère pleurant au chevet de son enfant chéri qu'agrippent les griffes de la mort. Il dit :

— Il me faudra une lettre, un signe, enfin quelque chose qui fera foi auprès du seigneur roi Gontramn que je suis bien celui que je prétends être et qu'il ait à me remettre ce que tu sais.

La reine va pour parler. Isaac la coupe :

— Tu ne porteras sur ta personne rien de tel. Que tu sois dépouillé, capturé ou tué par je ne sais quels malandrins d'entre tous les malandrins qui infestent les campagnes, la découverte sur toi d'un tel gage aurait des suites épouvantables, tu t'en doutes bien.

— Donc ?

— Donc tu n'auras comme sauvegarde et recommandation auprès du roi que les mots que va te confier à l'oreille la dame reine, mots que, pour ma part, je ne veux pas connaître.

Petit Loup se tourne vers la reine, met un genou au sol afin que son oreille vienne à hauteur de la royale bouche. Il attend. Brunehaut détache avec peine ses yeux de la face maintenant étrangement sereine de son fils, dont le souffle, soulevant imperceptiblement le drap, atteste que la vie ne l'a pas encore quitté. Elle fait effort pour en revenir aux nécessités de l'heure, plisse le front, dit enfin :

— Tu sais le latin, je crois ?

— Je le sais, dame reine.

— Je veux dire, pas seulement le latin des rustres gallo-romains, mais la langue classique.

— Comme Cicéron lui-même.

— Bien. Tu écoutes, tu graves cela dans ta mémoire, tu l'enfouis, tu l'oublies, jusqu'à ce que tu te trouves devant Gontramn, et alors, alors seulement, souviens-toi des mots et prononce-les, à voix basse, tout contre son oreille.

— Ainsi sera-t-il fait. Mais... les mots ?

Elle se penche, ses lèvres effleurent l'oreille attentive :

— Les voici : *Non est hic bocus*[1].

— C'est tout ?

— Cela suffira.

— C'est de ce vieil Horace, me semble-t-il.

— Peu importe.

1. « Ce n'est pas ici le lieu. » Nous dirions : « Ce n'est pas le moment ! »

— « Ce n'est pas le moment »... Et ça convaincra le roi Gontramn ?

— Tu seras surpris de l'effet produit.

— Si tu le dis...

V

C'est un Petit Loup reposé — pour autant qu'on puisse se reposer quand le désespoir vous ronge et bannit le sommeil —, monté sur un Griffon dûment pansé, lustré, fortifié de bonne avoine et que nul chagrin d'amour ne tourmente, lui, qui s'élance sur la grande route de Troyes. Renseignements pris, le roi Gontramn séjourne en sa ville de Troyes. C'est une aubaine, le trajet sera bref.

Passé la porte qui ouvre sur l'occident, la route file, droite, vers l'horizon. À cette heure presque encore nocturne et tout empoissée de brume, elle est pour ainsi dire déserte. Courir les chemins la nuit serait aller à la mort. De rares paysans, poussant leurs ânes chargés à crouler des produits de la glèbe, s'acheminent vers la ville. De loin en loin, un grossier chariot aux roues de bois pleines, aux essieux couinants, tiré par une paire de bœufs aux yeux de jeunes filles, s'écrase à grand fracas d'ornière en nid-de-poule. Voilà une route dont l'entretien a échappé à la vigilance de la reine, penserait Petit Loup s'il était d'humeur à penser. Mais, rencogné dans son manteau à capuchon, Petit Loup ne voit ni n'entend.

De loin en loin, machinalement, il presse des genoux les vastes flancs de Griffon, qui n'a certes pas besoin de cela pour savoir que le temps presse et maintenir l'allure.

Soudain s'entend, assez loin devant, un galop désordonné, comme d'une bête fourbue sur le point de s'abattre. Il en faudrait davantage pour arracher Petit Loup à ses noirs pensers. Davantage ? Qu'à cela ne tienne ! Voilà que de la brume jaillit un cheval aux yeux fous, une espèce de bête de l'Apocalypse couverte d'écume, montée — si l'on peut dire ! — par un cavalier minuscule, affalé sur l'encolure comme un corps mort. L'animal, à bout de forces, s'arrête pile devant Griffon, tremblant des quatre membres, sans s'abattre cependant. C'est son cavalier qui s'abat, projeté à terre par l'arrêt brutal.

Griffon, pour une fois désobéissant à la consigne qui est d'aller le plus vite possible sans tenir compte des contingences étrangères à sa mission, fait halte, lui aussi. Et lance vers le ciel un hennissement formidable, un hennissement — mais oui ! — de pure allégresse.

Cette fois, Petit Loup est tiré de son isolement morose. Il ouvre les yeux sur l'univers, y voit tout d'abord une haquenée en piteux état qu'il lui semble reconnaître, puis, écrasé au sol, un amas inerte qu'il reconnaît sans hésiter.

Il saute à terre, empoigne aux épaules le cavalier sans connaissance, le dresse à bout de bras devant lui. La tête s'affale de côté, un visage apparaît, craquelé de boue figée. Un visage...

— Minnhild !

Seul l'amour pouvait déceler les traits de Minnhild sous ce masque croûteux. Une onde de joie parcourt Petit Loup, si puissante qu'elle fait mal. Mal bienheureux... Mais, tout de suite après, l'horreur : « Et si... ? » Il la couche doucement sur l'herbe, colle son oreille à la poitrine gracile. Le cœur bat. Ouf. Maintenant, que faire pour la ramener à la conscience ? La couvrir de baisers, peut-être ? C'est facile, ça. Il s'y met. Avec une telle ardeur que, traversant l'épaisse carapace inerte de boue séchée, quelques atomes d'amour atteignent la belle évanouie, qui bat des cils, pousse un soupir et dit : « Où suis-je ? » C'est ce qui se dit. Pourquoi s'en priverait-elle ?

Alors Petit Loup, à genoux, dresse le torse, pointe le nez vers le ciel et pousse à pleine gorge le hurlement du loup qui salue la lune nouvelle. Il n'y a pas de lune, il n'y a que Petit Loup qui ne sait pas pourquoi il hurle, ça lui est venu comme ça, c'est sorti de lui tout seul, le chagrin qui s'en va, peut-être, ou le bonheur qui revient, va savoir. Petit Loup hurle. Un croquant, inquiet, bâtonne son âne pour qu'il s'éloigne plus vite du possédé. Minnhild, du coup tout à fait revenue à elle, allonge une paire de gifles bien sèches à son homme qui lui fait honte. Petit Loup se tait enfin, la regarde, éclate de rire, éclate en sanglots, la prend à pleins bras, l'enserre, l'étouffe, la bise, la rebise, l'élève haut en l'air, l'assied sur l'herbe, se campe devant elle, demande :

— Au fait, d'où tu sors, toi, là ?

Il ne rit plus, ne sanglote plus. Plus du tout.

Elle commence :

— Eh bien, voilà. Figure-toi que...

Il se souvient, se frappe le front, la coupe :

— Ce n'est pas le moment ! Troyes. Le roi. En selle !

Elle devrait être habituée. Là, c'est quand même beaucoup.

— En selle ? Bleuette est pour mourir. Tu l'as vue ?

— Alors, en croupe !

Il saute en selle, harponne Minnhild par le haillon qui lui couvre les épaules, la hisse en croupe. Elle lui bourre le dos de coups de poing — ses petits poings ! —, crie :

— Ma Bleuette ! Je ne la laisserai pas !

Petit Loup avise un paysan qui, médusé, regarde de tous ses yeux.

— Toi, là ! Prends ce cheval. Soigne-le, nourris-le. Tu en réponds sur ta tête. C'est ta maison, là tout près ?

Le paysan fait oui de la tête, tout en saisissant la bride de la jument. Petit Loup lui lance un sou d'or, somme considérable, mais il n'a pas de monnaie. Le pauvre hère contemple la pièce, qui luit comme un soleil sur sa paume couleur de terre, de terre aride.

Griffon hennit un « Au revoir ! » à une Bleuette qui ne rêve qu'écurie et picotin, et se met en devoir de rattraper ce temps perdu qui, paraît-il, ne se rattrape jamais.

Griffon mène tranquillement un petit trot allongé qui avale la route comme en se jouant. Petit Loup flotte sur un lac de félicité. Son soulagement est à la mesure de ce que fut son désespoir. Minnhild est là, ses bras mignons lui enserrent la taille, sa joue repose contre son dos, rebondissant au rythme du trot, rien d'autre ne compte. Ne devrait compter. Pourtant l'ombre d'une inquiétude trouble ce ciel bleu, un désir de savoir où pointe peut-être quelque chose comme un soupçon de jalousie.

Il se garde bien de questionner. Plus tard, les explications. Il veut d'abord savourer tout à plein son bonheur présent. Il croyait jusque-là que rien au monde ne pouvait être meilleur qu'être ensemble. Il découvre en cet instant que se retrouver après s'être perdus dépasse tout. Ce qui lui remet en mémoire cet axiome qu'aime à énoncer son grand-père le Hun Blond : « Il n'y a qu'une chose qui soit meilleure que la santé, c'est la guérison. »

Un détail devrait l'étonner, s'il daignait prêter attention aux contingences : le silence de Minnhild. Minnhild qui doit avoir tant à raconter, tant à expliquer, tant — qui sait ? — à se faire pardonner. Or, Minnhild se tait, blottie contre le vaste dos.

Aussi dur à la fatigue que soit un cavalier, aussi enragé à brûler les étapes, il lui faut cependant, de loin en loin, s'imposer de courtes haltes, ne serait-ce que pour ménager son cheval, lequel, après tout, fait tout le travail. Le moment est venu d'une de ces trêves, rares mais nécessaires. Griffon, sommairement bouchonné, soulagé de la selle pour un bref instant, le nez plongé dans le sac à picotin, refait ses forces. Affalés dans l'ombre d'un ormeau, le cavalier et sa passagère, n'ayant faim ni l'un ni l'autre, se gorgent sans se rassasier du bonheur de se mirer l'un dans l'autre.

Minnhild se dit : « Maintenant. » Elle n'attend pas la question :

— Comme tu as dû être inquiet !

— Inquiet ? Je t'ai crue morte. Dévorée par les bêtes ou je ne sais quoi.

— Ça aurait pu.

— Mais ça n'a pas été ! Il y a des moments, on voudrait croire en un dieu, n'importe lequel, pour le remercier.

— Ou pour l'injurier. Si j'avais vraiment été morte ?

— Tu ne l'es pas.

La suite est son affaire, à elle. Comme ça tarde à venir, il lance un timide :

— Alors ?

— Alors, j'ai été enlevée, voilà.

— Enlevée ? Par qui ?

— Tu me laisses raconter ? C'est déjà bien assez difficile comme ça... Bon. Je m'étais éloignée pour un petit pipi, tout à coup je me sens soulevée, empoignée, bâillonnée, emportée comme un paquet, un tout petit paquet, par je ne sais quoi, bêtes ou gens, mais qui sentaient fort, en tout cas, et qui couraient, qui couraient...

— Ils parlaient ?

— Rien du tout ! Des fantômes. Et pas le moindre bruit, pas un froissement d'herbe. J'ai su plus tard qu'ils allaient pieds nus. J'ai eu peur ! Et puis j'ai pensé à toi, qui ne me trouverais pas à ton côté en t'éveillant, alors j'ai pleuré, mais sa grosse main m'étouffait.

— Sa main ? Ce n'était donc pas une bête.

— C'étaient des hommes. Trois hommes. Trois frères. Des charbonniers. Mais ça, je ne l'ai pas su tout de suite. C'est toi, aussi. Tu m'embrouilles. Tais-toi. Laisse-moi aller mon train. Bleuette avait tout vu. Elle ne voulait pas me laisser. Elle nous galopait derrière. Un des trois frères a sauté dessus.

« Nous sommes arrivés en un endroit, dans la forêt, où il y avait une hutte de charbonniers. Mais naturellement je ne pouvais pas la voir, il faisait trop noir. Ils m'ont couchée sur la paille, sans brutalité, je dois dire, et ils m'ont laissée là jusqu'au matin. Inutile de te dire que je n'ai pas dormi.

Elle marque un temps, hésite, coupe court :

— Enfin, voilà, quoi. Ce sont des charbonniers. Ils coupent du bois dans la forêt, en font une grosse meule, tassent de la terre dessus, y mettent le feu je ne sais comment, ça fume, il y a un trou, ça fume longtemps, et le bois devient tout noir, ils appellent ça du charbon, c'est très utile pour fabriquer du fer, ne me demande pas comment, tout ce que je sais maintenant c'est que ces charbonniers-là sont réputés au loin pour la qualité de leur charbon qui fait, paraît-il, des lames d'épées merveilleuses.

Elle se tait. Petit Loup reste sur sa faim.

— Mais, ces charbonniers, pourquoi t'ont-ils enlevée ?

Eh, oui. C'est là le point. Et c'est là que les choses deviennent délicates à expliquer. Minnhild prend son parti. Elle lève le menton, darde ses yeux droit dans les yeux de Petit Loup. Excellente tactique. Les yeux de Minnhild... Elle se lance :

— Il faut savoir les choses. Les charbonniers, vois-tu, c'est du monde très seul. Ça fait peur. Les gens des villages les fuient comme la peste. On les dit païens, sorciers, envoûteurs, voleurs de poules, mangeurs de petits enfants... Tout ça parce qu'ils sont si noirs, tu comprends. C'est le charbon. Alors, bien sûr...

Elle s'attarde sur les points de suspension. Elle voudrait bien qu'il le dise à sa place, ou même qu'il ne dise rien du tout. Mais Petit Loup, qui ne se paie pas de silences et de sous-entendus, va droit aux conséquences :

— Alors, bien sûr, les filles ne veulent pas épouser des charbonniers.

— Voilà.

— Et quand l'envie de ce qu'on fait avec une femme les prend au bas du ventre, ils vont en voler une.

— En gros, c'est ça.

Petit Loup prend sa tête entre ses paumes. Faut-il pousser plus loin l'interrogatoire ? Ça va faire mal. Mais ça fait déjà mal. Autant tout recevoir d'un seul coup.

— Donc, tu as été la femelle d'un charbonnier.

Il n'aurait pas dû dire « femelle ». Ça l'a vexée. Elle se redresse, l'affronte :

— Des trois.

Elle rougit, quand même.

Qu'ajouter ? Tout est dit. Petit Loup est confronté à de l'imprévu. Il sent enfler en lui une violence inconnue, il se dit : « La jalousie. Ce doit être ça. » Il sait que la jalousie pousse à détruire, à tuer. Il ne veut tuer personne. Il connaît sa prodigieuse force, il en a peur. Il n'aurait qu'à tendre la main pour qu'Adèle y saute, qu'à laisser faire son bras pour que tombe la tête aimée... Il sait aussi qu'ayant fait il l'aimerait encore, et que ce serait l'enfer. Non, Petit Loup ne tuera pas. Mais alors, quoi ? Il voudrait... Il voudrait que tout ce gâchis n'ait pas eu lieu, na ! Une voix lui susurre : « Eh bien, fais que ça n'ait pas eu lieu. Ignore. Supprime. »

Minnhild attend. Non qu'il la tue, elle le connaît, mais peut-être qu'il saute à cheval et s'en aille, sans un mot. Cela lui ressemblerait assez. Le silence dure, le malaise aussi. Elle lève les yeux, et ce qu'elle voit l'emplit d'une joie plus puissante mille fois que ne fut celle des retrouvailles. Elle lit dans ses yeux à lui ce qu'il attend. Il attend qu'elle dise quelque chose, tout simplement. Eh bien, d'accord. Elle lui doit bien ça. Mais tout ce qu'elle trouve à dire, d'une pauvre petite voix, c'est :

— Tout de même, je suis revenue.

Et voilà. C'est tout juste ce qu'il fallait dire ! Il ouvre les bras, elle s'y jette, ils pleurent ensemble, ils se croient bien malheureux, ils ne savent pas que ce qu'ils vivent est très bon, et c'est très bon. Il se jure de ne poser aucune question. Il questionne :

— Tu t'es échappée. C'est donc que tu étais malheureuse ?

— J'étais malheureuse du manque de toi.

Il la serre plus fort, pose un baiser sur ses cheveux.

— Tu étais ligotée ?

— Seulement entravée aux chevilles. Avec des trucs en fer. Je ne pouvais marcher qu'à tout petits pas.

Elle baisse la tête :

— Tu sais, je faisais surtout la tambouille.

Sans s'arrêter à ce « surtout », il s'étonne :

— Tu sais faire la cuisine ?

— Des fèves bouillies avec du lard, tout le monde sait faire ça.

C'est plus fort que lui :

— Et la nuit...

Elle éclate :

— Pourquoi « la nuit » ? Le matin, le midi, le soir, toute la journée, tout le temps sur le dos ou à quatre pattes ! Qu'est-ce que tu crois ?

Il veut vraiment se faire mal :

— Les trois ensemble ou l'un après l'autre ?

— Des fois comme ça, des fois autrement. Ça dépendait du travail, de leur envie... Ils étaient très tendres, si tu veux tout savoir. Des petits enfants, tout petits, avec un cœur bien gros.

Il ne la rate pas, celle-là :

— C'était... mieux qu'avec moi ?

Elle lui échappe, l'œil plein d'éclairs :

— Bon. Si ça doit être comme ça tout le temps, autant en finir tout de suite. Tu ne me tueras pas, c'est bien dommage. Alors, va-t'en. Laisse-moi. J'irai reprendre mon bébé en Armorique, et adieu la famille.

Il se flanquerait des coups sur le nez. Il le fait. Ça saigne. Elle rit. Il dit, piteux :

— Écoute. On en finit une bonne fois. Raconte-moi tout, bien bien, et on n'en parle plus. Fais vite, le temps presse.

Elle raconte. Les trois noirs esclaves du charbon de bois s'activant, démons nus, autour de leur meule, leur parfaite entente, leurs épaisses saouleries à l'hydromel qu'ils tiraient du miel d'abeilles sauvages mis à fermenter, les champignons maudits dont eux seuls avaient le secret, philtres puissants précipitant qui les mâche dans les régions des délices plus qu'humaines et des horreurs sans nom. Elle raconte comment, un soir d'orgie, l'un des trois, ayant abusé de ces choses, voulut entrer dans la hutte sans passer par la porte, en forçant un trou droit devant lui, et comment, ayant pris la meule où couvait le feu pour la hutte, il s'y était forcé un chemin jusqu'au cœur embrasé et avait cuit tout vif. Elle raconte comment, ce même soir, l'ours — ils avaient un ours, oui —, saoul aussi, ils le forçaient à boire, était tombé assommé sur le deuxième frère et l'avait aplati mort sous sa masse, comment alors Bleuette, la haquenée fidèle, rendue folle par l'odeur d'homme grillé, avait tué le troisième d'une ruade en pleine poitrine, et comment enfin Minnhild, qui à ce moment se trouvait justement sans entraves aux chevilles parce que ce troisième frère se préparait à user d'elle charnellement et préférait — c'était un délicat — qu'elle s'ouvrît largement pour l'accueillir — pardonne-moi les détails, il est nécessaire que tu comprennes bien tout, après on n'en parlera plus jamais —, comment, donc, étant donné tout cela, Minnhild avait sauté sur Bleuette et galopé droit devant elle, se guidant au soleil, en direction de la ville de Metz. C'est bien à

Metz que nous allons, n'est-ce pas ? C'est donc à Metz que je savais te trouver.

Il y a là-dedans des choses dures à digérer. Petit Loup s'y attendait, il s'était blindé. Il ne dit mot, saute sur ses pieds, boucle la selle sur Griffon. Minnhild se lève, se rajuste, tire de sous la loque qui la vêt bien peu un objet encombrant, le tend à Petit Loup. C'est un poignard. Elle dit :

— Je n'en ai plus besoin : tu es là. Il est fait du fer coulé à partir du charbon des frères. À les croire, il est meilleur que tout autre.

Petit Loup vainc sa répugnance, prend le poignard, du gras du pouce en essaie le fil.

— Il est en effet excellent.

— Je les ai entendus dire qu'ils fournissaient les forgerons et armuriers de la reine Frédégonde. Elle raffole, paraît-il, des beaux poignards. Ils parlaient en grande admiration de certain poignard très précieux, dont la lame est ciselée de dessins en creux, très beaux à voir, mais surtout destinés à contenir un poison mortel qu'elle avait fait concocter tout spécialement pour en munir un jeune homme d'une grande beauté qui devait se faire aimer de la reine Brunehaut et guetter le moment propice du total abandon pour la tuer.

Petit Loup, un pied déjà dans l'étrier, se fige.

— C'est maintenant que tu me dis ça ?

— Je te le dis quand ça me vient. Et alors ?

— Il fallait commencer par là, stupide ! Et moi qui écoutais tes histoires de charbonniers enragés du cul, d'ours ivrognes et de soupe au lard !

— On a dit qu'on n'en parlait plus !

— D'accord, d'accord ! Mais ce poignard...

— Oh, le poignard ? J'ai entendu ça, j'en ai entendu bien d'autres, sur ta Frédégonde. S'il fallait prendre tout au sérieux...

— Ah, oui ? Écoute. Le beau jeune homme, je l'ai vu. Il vit de présent chez la reine. Il s'est fait aimer d'elle.

— Ouh la la... Et le poignard ?

— Tu penses bien qu'il n'en fait pas parure ! Laisse-moi réfléchir. Voyons. Je dois galoper jusqu'à Troyes, c'est ma mission. Je n'ai perdu que trop de temps.

— Par ma faute, dis-le.

— Inutile, tu viens de t'en charger. Au premier hameau, j'achète un cheval, tu sautes dessus, tu files ventre à terre jusqu'à Metz, tu expliques tout à la reine.

— Je lui ferai beaucoup de peine.

— Tu lui sauveras la vie. Qu'elle fasse fouiller les affaires de cet Aimery — il s'appelle Aimery —, on verra bien si le poignard s'y trouve. Pourvu qu'il ne soit pas déjà trop tard... Allons, en selle !

— Je suis bien fatiguée.

— Tu aimes la reine ?

— Tu as raison. Allons !

L'esclave gauloise affectée à ces soins — ce sont les meilleures — lustre d'un dernier coup de peigne la chevelure de la reine Frédégonde, dont les ébats consécutifs à un soudain regain de désir pour le beau Lantéric aux reins toujours d'attaque pour le service avaient dérangé la splendide ordonnance. Ayant congédié la fille d'un geste à peine esquissé, les yeux encore brillants d'un plaisir qui ne doit rien à personne — le fier Lantéric lui appartient aussi bien que le dernier des esclaves d'écurie —, la plus que belle se tourne vers le favori, à qui la poussée d'orgueil du mâle venant de faire crier la femelle sous son étreinte donne des airs de propriétaire — méfie-toi, Lantéric, ça se voit ! — et, au lieu du sourire comblé attendu, lance tout à trac :

— Ne devais-tu pas m'apporter des nouvelles d'Austrasie ?

Lantéric est toujours prêt, Lantéric fait toujours front :

— J'en ai.

— J'en ai qui ?

— J'en ai, dame reine.

— À la bonne heure ! Ne t'avise d'oublier le respect que dans les moments d'abandon, car, tu le sais, je déteste râler d'amour sans écho. Encore devras-tu les deviner par toi-même, ces moments, ne compte pas sur moi pour te prévenir, j'ai ma dignité, et ne te trompe surtout pas. Encore ceci : ne t'oublie pas à me donner du « Frédégonde ! » ou du « Chérie ! » comme cela t'est trop souvent arrivé.

— Ça ne m'arrive plus depuis longtemps.

— Continue comme ça. Donc, tu as des nouvelles. C'est fait ?

L'œil de Frédégonde s'allume. Elle est une petite fille qui, de joie, bat des mains. Il répond :

— Ça se fait.

Elle ne bat plus des mains. L'œil s'assombrit.

— Quand je dis « des nouvelles », je veux dire « de bonnes nouvelles ». « Ça se fait » n'est pas une bonne nouvelle. Gare à ta tête, mon doux aimé.

Preste, elle plonge la main dans le débraillé mal rajusté du vêtement inférieur de l'homme, la ressort, tirant et pinçant entre ses durs petits doigts le membre flasque qui, tout à l'heure, fut triomphant et ne l'est plus guère. Lantéric retient un cri, se mord la lèvre. C'est qu'elle fait mal ! Patience, tout ça se paiera un jour.

Elle soupire :

— Je suppose qu'il me faudra me contenter du genre de nouvelles que tu as ramassées. Tâche au moins qu'elles ne soient pas mauvaises au-delà du supportable.

— Juges-en. Le beau gosse que tu as envoyé là-bas...

— Attends voir. Aimery, c'est ça ?

— C'est ça.

— C'est vrai qu'il est beau. Je me le serais bien gardé. La politique a de cruelles exigences, Lantéric.

— Un bellâtre. Rien dans la tête...

— Tout dans la culotte. C'est ce que tu allais dire ? Et alors ? Cet aspect des choses n'est pas à mépriser. Pas par moi, en tout cas. Ça te va bien de critiquer, toi qui me tiens par ça.

Afin de bien se faire comprendre, elle tord le pauvre engin de Lantéric, qui blémit mais, stoïque, se tait. Elle n'a pas perdu le fil :

— Donc, le bel Aimery, disais-tu ?

— Eh bien, elle l'a mis dans son lit.

— Dans son lit, l'inapprochable veuve ? Deux fois veuve, au fait.

— Plus elles sont veuves, plus elles en veulent.

— C'est un jeu de mots ? Il est insultant pour nous autres, femmes. Sache qu'en toute femme il y a une veuve qui espère.

— Celui-ci est meilleur. Je m'incline.

— Bon. Il couche avec elle, le petit sagouin. Il lui donne du plaisir. De l'amour, peut-être. Sûrement, même. Je connais le genre : la grande sentimentale qui n'ouvre les cuisses que si son cœur s'est donné pour la vie.

— N'est-ce pas ce que tu voulais ?

— Pas du tout ! Il devait lui plaire assez pour qu'elle le laisse approcher tout près. Là, il l'enlaçait tendrement, d'un bras, le gauche. Tiens, comme ça — elle lui montre —, tandis que l'autre bras, le droit, donc, le bon, lui enfonçait le couteau dans le tendre du ventre, bien profond, le poison finissait le travail, et lui, ma foi, il se faisait massacrer sur place pour mes beaux yeux. C'était le plan. Qu'avait-il besoin de coucher ? Un petit pelotage respectueux suffisait. Et même, j'y pense : au lit, pour faire l'amour à une dame, on y va tout nu, tu es bien d'accord ? Alors, dis-moi : où pourrait-il cacher le poignard ?

Elle hoche la tête, soucieuse :

— Non, non. Il y a du louche, là-dessous. La Wisigothe devrait être morte. Ton bonhomme est tombé amoureux, tu paries ?

— Ce n'est pas « mon » bonhomme. Tu l'as choisi. Et formé.

— Cette manie que tu as de vouloir toujours avoir raison ! Tu y laisseras la tête, un de ces jours.

Elle continue machinalement à torturer l'appendice viril de son souffre-douleur, y enfonçant ses ongles taillés en pointe. Lantéric endure. Profitant d'un silence, il suggère :

— Pourquoi n'aurait-il pas voulu se donner un peu de bon temps, puisqu'au bout de tout ça il devait être massacré ? Tant qu'il y était, il aurait pu avoir l'envie de tâter de ses blanches cuisses, à la Bru... à la Wisigothe. C'est qu'elle est bien belle !

— On le saura !

Cette fois, Lantéric ne peut retenir un gémissement. Si elle n'a pas arraché l'engin, c'est qu'il est bien accroché. Elle conclut, sinistre :

— J'attends encore deux jours. Si, d'ici là, on n'entend pas les trompes de deuil sonner sur l'Austrasie, je considérerai que le coup est manqué.

Elle lâche enfin ce dont s'amusaient ses doigts.

— Le petit merdeux ?

— Il va bien. Il a eu un léger refroidissement, il garde encore la chambre, par précaution. On l'entend rire et chanter.

— Sale engeance[1].

On pourrait penser que le pli vertical qui se creuse entre les sourcils de Petit Loup tandis qu'il aban-

1. Le langage de Frédégonde, populacier et volontiers ordurier, peut paraître quelque peu outré. Non. Elle était réellement comme ça, et le fut de plus en plus en prenant de l'âge. Ses querelles avec sa fille aînée étaient des assauts d'obscénités, de véritables empoignades de poissardes.

donne à Griffon le soin de régler son allure en vue du délicat équilibre à maintenir entre l'économie de ses forces — il faut tenir jusqu'au bout — et sa vitesse maximale — il faut y être très vite ! —, que ce pli vertical est le reflet des bouleversements qui agitent son âme depuis qu'il reçut les scabreuses confidences de Minnhild retrouvée. Ce serait faire erreur. Un souci plus pressant aiguillonne cet être tout de dévouement, ravalant au second plan son propre tourment.

L'amour de Petit Loup pour Minnhild n'a jamais effacé l'éblouissement où le ravit sa première rencontre avec Brunehaut. Dès cet instant, il s'est donné corps et âme à l'inaccessible, peu lui chaut si c'est sans espoir, si même elle voue son cœur à d'autres, si elle s'abandonne dans d'autres bras. Elle est sa dame, c'est comme ça [1].

Son tourment présent a nom Aimery. Minnhild arrivera-t-elle à temps ? Saura-t-elle convaincre la reine ? Et si cet Aimery n'était pas ce que laisse supposer le récit de Minnhild ? S'il n'était vraiment qu'un prisonnier à rançon dont Brunehaut s'est éprise ? À bien regarder, pour autant que le sache Petit Loup, il n'a rien fait pour la séduire, ni même pour l'approcher. C'est elle qui le remarqua, alors qu'il croupissait dans le réduit du portier. Le hasard seul la fit passer par là... Petit Loup craint que le seul soupçon, même si aucun poignard empoisonné ne se découvre, n'émeuve la reine au point de lui faire livrer le suspect au bourreau.

1. Petit Loup, sans s'en douter, invente l'amour courtois, que les troubadours ne feront fleurir que quelques siècles plus tard.

S'étant dit cela, Petit Loup prend soudain conscience qu'il ne l'aurait pas pensé jadis. Si pourtant il l'a pensé, c'est que quelque chose, en lui, a noté que Brunehaut a évolué. Qu'elle a évolué en un sens qu'il lui faut bien nommer dureté de cœur.

Il revoit en pensée l'émotion de la reine à l'annonce de la mort désormais inéluctable de son fils tant aimé. Elle fut bouleversée, atterrée, elle versa des larmes sincères, mais aussi, au même instant, elle mesurait l'ampleur du désastre, sa régence perdue, ce grand œuvre de la rénovation de l'Austrasie soudain réduit à rien. Elle voyait s'opérer le dépeçage du pays, le triomphe de Chilpéric et de Frédégonde, elle n'acceptait pas, ne se résignait pas, elle cherchait comment faire face, et elle trouvait. Elle combinait l'invraisemblable substitution des deux enfants, entreprise folle, entreprise mortelle et, par-dessus tout, entreprise sacrilège ayant toutes chances de déboucher sur un massacre, le sien, mais aussi celui de tous ceux qui y auraient pris part. Cela au chevet de la couche où agonisait le fils bien-aimé, ce fils qui était en même temps le seul lien qui la maintenait en place, lui permettant de mener à bien le grand œuvre.

Un mot fulgure dans l'esprit de Petit Loup : ambition. Mot pestiféré contre lequel le mirent en garde ses deux aïeux, le Hun Blond et Otto. Dans le cas de Brunehaut, ambition noble, ambition louable, certes, mais, comme toute ambition triomphante, finissant par dominer tout autre sentiment, par dessécher l'être au point qu'il n'est plus qu'un projectile filant droit vers son but, écrasant au passage tout ce qui risque de l'en détourner.

À cette lumière nouvelle, des détails surgissent à la mémoire de Petit Loup, auxquels sur le moment il n'avait pas prêté grande attention. Ainsi la disparition du prêtre, seul tiers ayant entendu le diagnostic de la mort prochaine de l'enfant roi. Petit Loup s'avise soudain d'une évidence : ce prêtre est mort. Il ne pouvait plus vivre, détenant un tel secret. Brunehaut l'avait donc condamné. Froidement ou en se faisant violence, elle l'avait fait. Petit Loup n'aimerait pas être à la place de la reine.

Cette nouvelle Brunehaut, cette implacable qui, il ne peut se le cacher, ira s'il le faut de crimes en trahisons pour se maintenir et mener à bien la tâche qu'elle s'est fixée, l'aime-t-il ? Il a peur de lire en lui la réponse. Il secoue la tête, donne du genou à Griffon qui se laisse un peu aller, hausse les épaules et s'interdit d'y penser. Pour l'instant : Troyes, le roi Gontramn, l'enfant.

VI

Aimery n'est pas sérieux. Il s'est chargé d'une mission précise pour l'amour de la reine Frédégonde. Il a rempli au mieux la première partie de cette mission, qui était de se laisser capturer par les Austrasiens au cours d'un combat truqué, puis, mettant à profit les circonstances, de s'introduire dans l'entourage de la reine Brunehaut, de conquérir ses bonnes grâces et, n'ayons pas peur des mots, de la séduire comme on séduit une veuve depuis trop longtemps sevrée de tendresse. Bien. Mais ce n'étaient que les préliminaires du programme, lequel consistait à occire la reine par le moyen de l'introduction en profondeur dans son corps charmant de la lame aux gracieuses ciselures bourrées de poison d'un poignard aisément dissimulable et forgé tout exprès dans ce dessein.

Cent fois l'occasion s'est présentée. Cent fois Aimery l'a repoussée. Pourtant, de quelle ardeur joyeuse il avait envisagé de réduire à merci la hautaine Brunehaut, de la saigner à mort en criant « Frédégonde ! » puis de se laisser tuer sur place par l'engeance austrasienne tant honnie !

Que s'est-il donc passé ? Tout simplement ceci : tandis que le charme émanant d'Aimery agissait sur Brunehaut, de son côté le charme de Brunehaut agissait sur Aimery. Chose imprévue. Comment cela se pouvait-il ?

Quand on est à Frédégonde, on ne peut être à nulle autre. Ou bien alors... L'irrésistible attrait de la Séductrice perdrait-il de son efficacité avec la distance ? Auraient-elles quelque fondement de vérité, les rumeurs évoquant certains recoins secrets du domaine de Braisne où de hideux savantasses bouilleurs de mixtures maudites — ceux-là mêmes qui lui concocteraient ses poisons — mûriraient pour elle philtres d'amour et élixirs de fascination ? Ce qui expliquerait qu'un Aimery, trop longtemps maintenu loin de l'influence, et de Frédégonde, et de ses drogues, ait pu sentir s'amenuiser sa dépendance tout en devenant disponible pour un amour nouveau.

Quoi qu'il en soit, Aimery ne veut plus tuer, Aimery est amoureux comme il n'aurait jamais cru pouvoir l'être, Aimery donnerait joyeusement sa vie pour Brunehaut, laquelle préfère qu'il la lui conserve.

— Seigneur, il y a là, à la porte, un cavalier tout petit, tout en haillons et bien sale, qui est arrivé sur un cheval de labour sans selle, bien fatigué, pauvre bête, il s'est abattu à pas cinquante toises d'ici, si bien que le petit bonhomme a dû finir à pied. Tellement noir de poussière, il est, qu'on ne voit même pas à quoi il peut bien ressembler. Il a les cheveux noués en queue-de-cheval, comme les Huns. C'est peut-être un Hun ?

— Il t'a parlé ?

— Comme je te vois.

— En quelle langue ?

— Oh, du tudesque, mais pas tout à fait celui des Francs de par ici. Un accent un peu comme celui de la dame reine, je dirais.

— Un Hun avec un accent wisigoth ? Tiens donc ! Et que dit-il ?

— Il dit qu'il veut parler à la dame reine Brunehaut, voilà ce qu'il dit. Seulement ça. Qu'est-ce que j'en fais ?

— Tu ne le conduis sûrement pas à la reine. Amène-le-moi. Je veux voir de quoi il a l'air.

— D'un Hun, je te dis. Petit, sale et puant pareil.

— Je verrai bien. Va.

— Je le fouille, avant ?

— Pas la peine. Je serai sur mes gardes.

— Tu vas me suivre. Mais, dis-moi, je suis curieux de nature : tu es un Hun ou pas un Hun ?

— Qu'est-ce que ça peut te faire ? Mène-moi à la reine.

— Je suis curieux, je t'ai dit, c'est tout. Suis-moi.

— On va chez la reine ?

— Pas tout à fait. On passe chez le seigneur Aimery, d'abord.

— Aimery ? Surtout pas !

— Voyez-vous ça ! Tu le connais, le seigneur Aimery, on dirait ?

— Pas du tout. C'est seulement que tu m'énerves. Je veux voir la reine et personne d'autre.

— Ça, c'est pas possible, ça.

— Alors, je me mettrai sur son passage. J'attendrai. Elle me reconnaîtra.

— Pour ça, camarade, faudrait que tu te débarbouilles le museau. Ta mère ne te reconnaîtrait pas.

— Ma mère, peut-être, mais la reine, elle, me reconnaîtra.

— Tu as l'air bien sûr. Elle te connaît donc ?

— Écoute. J'ai ici un sou d'or. Un seul. Tiens, le voici. Il est pour toi si tu vas discrètement trouver la reine, la reine seule, tu entends bien, et si tu lui dis à l'oreille simplement ce mot : « Minnhild ».

— Ça, je connais. C'est un nom de fille. Et même de fille de par chez les Wisigoths.

— Tu veux le sou ?

— Donne.

Il le mire, le mord, le soupèse, s'en va.

La sentinelle peut juger de l'efficacité de ce simple nom, « Minnhild », murmuré à l'oreille de la reine. Celle-ci se trouvait alors, en compagnie du médecin juif, dans la pièce contiguë à la chambre où gît son fils. Un jeune garçon, fils de la nourrice et donc frère de lait du petit roi, joue avec des guerriers en miniature taillés dans des morceaux de bois, chantonnant et donnant à mi-voix des commandements militaires. C'est une ruse afin de donner à croire à qui entend que le roi, s'il garde encore la chambre, est en vie, et même plein de vie.

À l'ouïe de ce nom, Brunehaut sursaute, montre les signes d'une vive émotion.

— Elle est ici ?

— Ah, non, dame reine, elle n'est pas ici.

— Qui t'envoie, alors ?

— Pas une « elle ». Un « il ».

— Un homme ? Qui aurait pris ce nom pour mot de reconnaissance ?

— Un homme très petit, à mon avis un Hun, avec une queue-de-cheval, et sale comme s'il l'avait fait exprès. Ah, oui : il a dit que, sale ou pas, tu le reconnaîtras.

Elle a un sourire :

— C'est ma Minnhild, bien sûr ! Cours la chercher.

— Tu es vivante !

— Tu es vivante !

Les deux exclamations ont jailli à la même seconde, se sont entrechoquées à mi-chemin et fondues en une seule, tandis que les deux exclamatrices — puisque, décidément, le petit homme serait une petite femme —, sous le regard intéressé du garde, s'enlacent en personnes de connaissance.

Passé le premier élan de cette familiarité qu'autorisaient l'émotion des retrouvailles, et aussi, pour Minnhild, la constatation que le pire ne s'était pas produit — pas encore ! —, Minnhild, qui fut jeune fille de haute lignée à la cour raffinée des rois wisigoths, retrouve le sens de la déférence due aux personnes royales et, tombant à genoux, saisit la main que lui abandonne la reine et la baise dévotement. Brunehaut la fait se relever.

— Viens, ma Minnhild. J'ai tout à te conter. Il se passe des choses terribles. Viens. Je n'aurai pas de secret pour toi. Tu es la compagne de Petit Loup, tu cours les mêmes dangers, tu dois savoir ce qu'il sait et ce qu'il fait pour moi.

— Je sais tout cela, dame reine. Enfin, presque tout. Il me l'a confié. Et bien davantage encore.

— Tu l'as donc vu ? Il t'a retrouvée ?

— Je me suis retrouvée toute seule. Mais je te raconterai mes malheurs plus tard. Il y a plus urgent.

— Je comprends. Il faut avant tout que tu prennes un bain et que l'on te trouve des vêtements convenables.

— Ça aussi, ça peut attendre. Bon. Tu vis, ouf ! Je ne suis pas arrivée trop tard. Mais tu es en danger. Il faut agir, et tout de suite.

— Que veux-tu dire ? En danger ? Je ne suis pas en danger, pas dans l'immédiat, en tout cas, à moins que l'état réel de la santé du roi ne vienne à la connaissance de mes ennemis. Mais rien n'en transparaît hors d'ici. J'y veille.

— Cela, c'est vrai, c'est un danger aussi. Seulement, comme tu le dis, pas dans l'immédiat. Et, en ce moment même, Petit Loup y pourvoit pour l'avenir. Je te parle d'autre chose. D'une mort par traîtrise, brutale, prompte, mûrement calculée, qui peut jaillir à tout instant. Je ne comprends d'ailleurs pas pourquoi ce n'est pas déjà fait.

Un gaillard de belle mine s'encadre dans l'ouverture. Il salue distraitement, on sent qu'il est chez lui. Il s'adresse à la reine :

— Je te cherchais.

Il hésite. Il se voudrait plus tendre. Ce besoin qu'il a de la prendre dans ses bras... La présence de cet étranger — cette étrangère ? — aux pieds de la reine le paralyse. Brunehaut, devinant son embarras, lui sourit. Il y a de l'adoration dans ce sourire.

— Entre, Aimery. Je te présente ma tant aimée Minnhild. Je t'ai bien souvent parlé d'elle. Sache que sous ce masque de bête fauve jaillie d'un marécage se cache le plus adorable minois de toutes les Gaules et les Espagnes.

Aimery s'avance, salue brièvement de la tête.

— Tu es donc Minnhild. On m'avait annoncé un Hun féroce. C'était toi ?

— Ce devait être moi. Hun, non. Féroce ? Qui sait ?

Elle ne sourit pas.

Brunehaut sent monter la tension. Le regard de Minnhild s'est durci. Aimery, de son côté, frustré dans son élan de tendresse, boude. La reine voudrait bien qu'on n'ajoute pas à ses pesants soucis le tracas des bisbilles domestiques. Elle dit :

— Prends un siège, Aimery. Tu peux tout entendre. Ce qui me concerne te concerne.

Minnhild sursaute :

— Ce que j'ai à te dire, je ne le dirai qu'à toi seule.

Aimery se force à sourire :

— Secrets de femmes. Je me retire.

Il salue, quitte la pièce. Brunehaut est contrariée. Elle ne peut le cacher.

— Petite, tu as fait affront à cet homme de bien. Sache que je l'aime, que j'ai en lui la plus totale confiance, que...

— Qu'il partage ta couche comme un époux, et que tu en ferais volontiers, pour de bon, ton époux. Je sais cela.

— Je ne m'en cache pas. Je te l'aurais déjà dit, si nous en avions eu le temps. Allons, qu'as-tu à m'apprendre de tellement urgent ? Quel est ce mystérieux danger ?

Voilà Minnhild au pied du mur. Poussée par la nécessité d'arriver à temps pour arrêter le bras de l'assassin, elle n'avait pas jusqu'ici songé un seul moment aux modalités. Maintenant que l'instant est là, qu'il lui faut tout à trac révéler à cette amie, sa souveraine qu'elle chérit depuis toujours, que celui à qui elle s'est donnée, qu'elle aime au point de vouloir lui vouer sa vie et ses combats, n'est qu'un imposteur, un voleur d'amour placé là par l'Ennemie pour la saigner comme on saigne un porc, profitant de l'instant de l'abandon total entre ses bras... Brunehaut s'impatiente :

— Eh bien ? C'est si pénible à dire ?

Minnhild s'abat, sanglotante, sur la royale poitrine. Brunehaut entrevoit de sinistres perspectives. Elle dit — sa voix tremble :

— Cela concerne Aimery, n'est-ce pas ?

La petite secoue la tête. D'arrière en avant. C'est un « oui ».

La reine se sent pâlir. Il lui semble que son cœur

s'arrête. Elle prend entre ses deux mains les joues de Minnhild, la force à la regarder en face.

— Maintenant, Minnhild, tu dois tout me dire, tu le comprends bien. Tu es venue exprès pour cela. Pour me préserver d'un grand danger. Il ne peut s'agir que de ma mort. Je ne te demande pas qui veut me tuer. Ils sont trop. De Frédégonde à Raukhing et à tous les leudes rapaces. Ce n'est jamais qu'une tentative de plus.

« Laissons cela. Là n'est pas l'essentiel. Tu es bouleversée et n'oses plus parler depuis que tu as rencontré Aimery, et surtout depuis que tu as compris quel amour je lui voue. Tu as bien jugé. Ce n'est pas là une passade, un engouement de femme délaissée...

Sa voix se brise. Minnhild voudrait mourir. Brunehaut, avec effort, reprend :

— Je ne sais pas encore si tu n'as que des soupçons ou si tu m'apportes des certitudes étayées par des preuves irréfutables, mais, quoi qu'il en puisse être, je sais déjà que tout est pourri. Je ne puis pas ne pas l'aimer. On n'arrache pas de soi un tel amour parce que l'aimé en est indigne. En même temps, je ne puis oublier que cet amour n'est que mensonge. Qu'il veuille m'assassiner n'est pas le pire. Il a feint l'amour par calcul, par tactique. Il ne m'aime pas... Comprends-tu, Minnhild ? Il ne m'aime pas !

Minnhild se tait. Et que dire ? La prescience de la reine a devancé son accusation, elle devrait être soulagée. Elle sait cependant qu'elle n'en a pas fini. Les questions vont jaillir, pressantes. Les voici. Brunehaut a un soutien : son orgueil. C'est d'une voix raffermie qu'elle constate :

— Tu ne m'as pas interrompue. C'est donc que j'ai touché juste. Maintenant, je veux des détails. Et d'abord, comment peux-tu être au courant ? Un pareil complot ne se crie pas sur les toits.

Minnhild raconte son enlèvement, son séjour chez les charbonniers — elle glisse sur certains détails —, les propos entendus où il était question du merveilleux poignard et de sa destination.

Brunehaut l'interrompt :

— Rien ne prouve que l'assassin au poignard ciselé soit Aimery.

Minnhild reste muette. La reine s'obstine :

— Je me raccroche à un fétu, je le sais bien. Que ferais-tu, à ma place ?

— Je me raccrocherais à un cheveu.

— Et tu aurais raison. Voyons. Il existe un moyen bien simple d'en avoir le cœur net. Je fais fouiller ses effets. On verra bien si le fameux poignard s'y trouve.

— Dame reine, un poignard ne prouve rien. Quel homme, quel guerrier, surtout, ne porterait sur lui au moins un poignard ? C'est la moindre des choses, en fait d'armes.

— Tu oublies que ce poignard-là n'est pas un poignard ordinaire. Tu m'as toi-même décrit sa lame richement ornée de ciselures profondes d'un dessin admirable et remplies d'un venin non moins admirable, dans son genre.

Le raisonnement est sans défaut. Minnhild ne peut

que s'incliner et attendre la suite des événements. La reine va pour appeler. Elle se ravise :

— Non. Je dois régler cela moi-même. Viens, ma Minnhild. Tu me soutiendras de ta présence.

La chambre dévolue au seigneur Aimery est une pièce carrée, percée d'une fenêtre que peut fermer un volet de bois, meublée fort sommairement d'une litière de feuilles de roseau et d'un coffre de chêne renforcé de gros clous dont les têtes s'ordonnent en un dessin approximativement géométrique. Des vêtements et des parures pendent aux murs, des bottes et des sandales jonchent le sol. C'est l'habitat typique d'un jeune guerrier insoucieux menant une vie d'aventure, loin de toute contrainte familiale.

Brunehaut comptait trouver la chambre vide. Elle n'avait pas songé à se préparer une attitude congrue pour le cas où elle ne le serait pas. S'il ne s'y était trouvé qu'une esclave occupée à quelque tâche domestique, elle l'eût chassée, simplement. Elle est déconcertée lorsqu'elle découvre l'occupant légitime des lieux, le seigneur Aimery en personne, assis sur le couvercle du coffre et, apparemment, bayant aux corneilles, à moins qu'il ne soit en train de combiner dans sa tête d'échanson royal quel cru marier avec le chou au lard, mets national et plat unique du royaume d'Austrasie.

Aimery, d'un mouvement plein de grâce, quitte son siège, s'incline. Il se retient de se jeter au cou de la bien-aimée, la présence étrangère le gêne, une fois de plus. Le dépit le rend sarcastique :

— Tu n'as toujours pas fait débarbouiller ton amie, c'est dommage. Est-elle donc si laide qu'elle doive se tremper chaque matin le visage dans un seau de boue afin de ne pas effrayer les petits enfants ?

Brunehaut vient droit à lui. D'un ton qu'elle voudrait ferme mais qui n'est que douloureux, elle ordonne :

— Seigneur Aimery, je te prie de garder le silence. Tiens-toi debout dans ce coin, n'en bouge pas, garde tes mains devant toi.

Il a compris. Il est blême, mais il fait front. Il dit :

— Fouiller est indigne d'une reine. Ne cherche pas. Permets-moi de bouger, je te le donnerai.

D'un signe de tête, elle permet. D'un pas nonchalant il va droit au coffre, en bascule le couvercle, en tire un paquet de hardes, quelques buffleteries, enfin, enveloppé dans ce qui semble être un châle de soie d'où s'échappe une bouffée d'effluves grisants, un objet oblong qu'il démaillote posément.

Apparaît une gaine de cuir richement travaillée — Frédégonde ne fait pas les choses à demi — d'où émerge le manche d'ivoire d'un poignard. Aimery tire le poignard hors de sa gaine. La lame luit de l'éclat sinistre de l'acier fait pour tuer. S'y détachent les circonvolutions savantes des ciselures en un noir profond aux reflets verdâtres.

La reine dit seulement :

— C'était donc vrai.

Il ne nie pas. Comment le pourrait-il ?

— Oui, reine. C'« était » vrai. Ça ne l'est plus.

— Explique, si tu peux.

— Ce qui était vrai : j'ai accepté de te séduire pour te tuer.

— Frédégonde ?

— Frédégonde. Je suis venu. Je t'ai vue. Je ne pouvais plus te tuer.

— Tu as conservé le poignard.

— Le poignard ! Je n'y pensais plus, au poignard ! Je n'y pensais plus, à Frédégonde, à sa mission de mort, à me laisser massacrer sur place avec le sourire après t'avoir tuée ! J'étais... Je suis... Oh, et puis, bon, crois ce que tu veux. Tue-moi. Fais-moi tuer. De toute façon, tout est foutu. Je t'aime. Je mourrai en criant que je t'aime.

— Comment te croire, en effet ?

— Eh bien, ne me crois pas.

— Te croirais-je que je m'interdirais de te croire. Pourquoi m'avoir laissée découvrir l'abomination ? Que ne m'as-tu avoué la vérité quand il en était temps ?

— M'aurais-tu cru, alors ?

— Oui.

— M'aurais-tu pardonné ?

Elle reste un long moment silencieuse. Comme pour elle seule, elle murmure :

— Non. L'ombre d'un soupçon, c'est déjà trop.

— J'ai donc bien fait de me taire. J'aurai du moins connu ces instants que tu m'as donnés.

— Empoisonnés par le mensonge.

— Ce n'était pas un mensonge, puisque j'avais renoncé au mensonge. J'avais renié le complot, oublié le crime projeté. Je me donnais à toi dans toute l'innocence de mon cœur. Comme un adolescent à son premier amour. Tu es mon premier amour.

— J'ai failli y croire.

— Tu y as cru ! Tu y crois ! Tu m'aimes !

— Oui. Bien sûr. Aussi fort qu'on puisse aimer.

— Alors, dis-le.

Elle le regarde, à travers ses larmes qui ne couleront pas.

— Je t'aime, Aimery.

Elle tourne le dos, s'en va.

Minnhild, que les grandes histoires d'amour triste bouleversent, jette un dernier regard au jeune homme. Il s'est laissé tomber sur le coffre, son poignard à la main. Il semble ne rien voir. Minnhild rejoint la reine.

— Dame reine, pourquoi ?

— Pourquoi quoi, Minnhild ?

— Pourquoi te déchirer le cœur ? Tu l'aimes. Il t'aime. Il est sincère, je sens ces choses. Tu en es convaincue, toi aussi. Quelle que soit l'occasion qui vous a fait vous rencontrer — ici la mission de te tuer —, ce n'était qu'une occasion. Vous vous êtes trouvés, reconnus, donnés l'un à l'autre. Frédégonde sème la mort, elle récolte l'amour. Quelle gifle !

— Frédégonde ne renonce jamais. Ce n'est pas une gifle qui la fera reculer. Aimery est à elle, elle ne le lâchera pas. Qu'il le veuille ou non, s'il est chez moi, Frédégonde y est.

— Mais tu l'aimes, et lui...

— Oui, je l'aime. Tant pis pour moi. Il m'aime ? Tant pis pour lui.

— Tu es bien dure, pour lui et pour toi.

— Pour lui, ça ne durera guère. Ce doit même être déjà terminé. Va donc voir ce qu'il en est.

Minnhild craint de comprendre. Elle regarde Brunehaut avec épouvante.

— Va, te dis-je. Tu me rendras compte.

La blessure au ventre aurait dû prolonger l'agonie pendant des heures, d'épouvantables heures. Mais le poison était de bonne qualité. Aimery a pris soin de s'allonger sur la couche de roseaux, le sang s'est perdu dans le feuillage. Ça fait un mort propre, tout à fait convenable.

Minnhild ne peut en supporter davantage. C'est trop poignant, tout ça, trop raffiné dans le malheur. Elle est pour s'en aller, elle en a assez vu pour « rendre compte ». C'est alors qu'elle croit voir les lèvres du mort bouger. Oh, à peine. Il ne serait donc pas tout à fait mort. Il veut dire quelque chose. Elle se penche, tout près. Il lui semble entendre un mot : « Dommage. » C'est justement ce qu'elle pense elle-même. Elle est contente de n'être pas seule de cet avis.

VII

Gontramn, puissant roi des Burgondes, est un souverain relativement débonnaire. Non qu'il ne sache châtier quand il le faut, et même châtier par précaution à la moindre rumeur de complot, mais c'est là un effet de l'insécurité de ces temps où l'assassinat politique constitue l'argument décisif de la diplomatie. Cela mis à part, le roi Gontramn, par comparaison avec ses insatiables frères, est un roi pacifique. Le royaume de Burgondie, récemment conquis par son père Clotaire et ses oncles, les fils de Clovis, lui est échu en héritage. Il a tenu à respecter les sages structures qu'y avaient imposées les rois hérétiques, à commencer par la loi Gombette, formulée par Gondebaud, l'oncle de la reine Clotilde, loi plus « romanisée », c'est-à-dire plus égalitaire et plus conforme aux principes du droit que la loi salique qui régit les autres royaumes francs.

Gontramn n'a mené aucune guerre de conquête ni n'a cherché à éliminer ses frères de leurs royaumes respectifs. Il ne lui advint de prendre les armes que pour repousser sur les Alpes une attaque des Lombards, ces nouveaux venus qui n'avaient fait qu'une bouchée de l'Italie du Nord. Dans son désir d'union et d'harmonie — ce que d'aucuns nomment sa couardise —, il s'entremit maintes fois lors des terribles guerres entre ses deux frères, Sigebert et Chilpéric. Il est vrai qu'il lui arriva de s'allier à l'un ou à l'autre quand il y trouvait quelque intérêt, sans toutefois y risquer ses armées.

En ce moment même, le roi Gontramn donne audience à un immense gaillard qui, bien que recroquevillé à ses pieds sur un tabouret minuscule, le domine de la tête et des épaules, lui qui trône sur un lourd siège de chêne aussi massif qu'une pièce de charpente.

Le roi, la tête légèrement penchée de côté, enserre son menton dans sa main, le bras appuyé sur l'accoudoir du meuble. Aucun des deux ne dit mot. Le roi réfléchit. Il laisse son regard errer sur le visage avenant de son visiteur, comme pour y chercher s'il peut se confier à lui. Il parle enfin :

— Je conçois qu'il ne pouvait t'être confié de message écrit. Tu as prononcé les mots qu'il fallait. Tu n'as certes pas l'air d'un assassin, mais justement, le meilleur assassin est celui qui en a le moins l'air... Pour parler franc, j'aurais préféré que qui tu sais soit venue en personne.

— Seigneur roi, c'était impossible. Je t'ai expliqué...

— Eh, oui, c'était impossible, quoi. Me voici donc devant une décision à prendre qui comporte des risques terribles.

— Seigneur roi, il y va de la vie de la reine, de la sauvegarde du royaume.

— J'en suis bien d'accord.

— Et puis-je te rappeler que le risque se réduit à rien quand tu as affaire au petit-fils de Loup, fils de Bouzil, le Hun Blond ?

— Tu ne serais pas le premier à faire mentir ton sang.

— Seigneur roi !

— Tout doux. C'était juste pour dire. Tu sais bien que ma décision est prise. Je n'ai pas le choix.

Le roi quitte son siège. Petit Loup saute sur ses pieds. Gontramn saisit le grand gaillard par le bras et l'entraîne hors de la pièce, dans une courette déserte qu'entoure une double rangée de colonnettes. Tout en marchant, il se penche vers Petit Loup et lui confie, à voix prudemment contenue :

— Te l'avouerai-je ? L'aventure m'amuse. Il me semble que, tout au fond de moi, j'attendais ce moment.

Petit Loup pressent que l'écheveau des confidences va se dérouler. Il n'aime pas cela, Petit Loup. Les confidences des grands sont assurance de mort violente. Mais comment s'y dérober ? Le roi reprend :

— Vois-tu, le fils de Sigebert est un enfant charmant, mais je le vois mal s'imposer à ces ruffians. Et puis, sa santé... Il faut être fort, pour régner. Celui-ci l'est, oh oui !

Il rit, se frotte les mains.

— Et sais-tu quoi ? Je ne devrais pas te le dire, mais moi, je suis comme ça : tout ou rien. Quand je commence à faire confiance, je ne m'arrête plus. Alors, écoute. Je n'ai pas de fils. Je suis trop vieux pour en faire un, ou alors en me faisant aider, mais tu as beau faire liquider le prête-couilles à la porte même de la chambre, tout finit par transpirer, et ça fait des contestations et des guerres civiles. Merci bien !

« Cet enfant est du sang de Clovis, par Mérovée, fils de Chilpéric. Chez lui, ce sang-là piaffe et bouillonne. Il est fait pour régner. Pour régner sur tous les Francs, sur l'empire de Clovis réunifié. Pour commencer, je lui donne la Burgondie.

— En plus de l'Austrasie ?

— Après ma mort, bien sûr. J'en fais mon héritier.

— Seigneur roi, puis-je faire part de cela à la dame reine Brunehaut ?

— Je le lui dirai moi-même. Ne m'ôte pas cette joie.

Petit Loup se demande dans quelle mesure cette générosité est un effet du charme de l'irrésistible veuve. Et pourquoi pas ? Ce charme qui, il lui faut bien le reconnaître, opère sur lui-même, Petit Loup, en dépit qu'il en ait, au point de le jeter dans des équipées sans queue ni tête, pourquoi n'agirait-il pas sur d'autres ? Sur d'autres pour qui l'espoir est permis. Oui, bon... Il fait respectueusement remarquer :

— Seigneur roi, il me faut maintenant faire vite. La reine ne saurait prolonger la supercherie beaucoup plus longtemps.

— Hum... Le plus dur reste à faire. La supercherie à venir sera autrement plus audacieuse. Ton cheval est pansé et nourri. Il n'a guère pu se reposer, malheureusement. Mais je suppose que tu refuseras si je t'offre un des miens ?

— Tu supposes bien, seigneur roi.

— Tu peux donc prendre la route sur-le-champ.

— Quelle route, seigneur roi ?

— C'est vrai. Il me faut ici te découvrir le secret des secrets. Écoute bien. Je ne répéterai pas.

— J'écoute, seigneur roi.

— Sur la route qui va d'ici en Austrasie, passé Chaumont, tu trouveras une rivière assez médiocre, le Rognon. Ce n'est pas moi qui lui ai donné ce nom. Suis cette rivière. Un gué la coupe près d'une bourgade nommée Andelot.

— Je la connais. Elle est pour ainsi dire à cheval sur la frontière d'Austrasie.

— Elle ne s'en trouve pas moins en terre burgonde. Ne va pas jusqu'à Andelot. Juste avant le bourg, prends à main gauche. Il se trouve là, dans une clairière de la grande forêt, une abbaye, l'abbaye des Sept-Fontaines. C'est un monastère d'hommes. Au frère portier, présente simplement ceci.

— Ce sont des tablettes.

— Précisément. Elles seront scellées de mon sceau privé. C'est ce sceau que tu présenteras. On t'ouvrira sans poser de questions. On te conduira au père abbé. Tu présenteras de nouveau ces tablettes scellées. Quand l'abbé aura examiné le sceau tout son saoul, prie-le de le briser. Ce qu'il fera. Il pourra donc ouvrir les tablettes, qui sont à la romaine, en argile molle, comme tu peux voir [1]. Sur cette argile,

1. Les tablettes à la romaine, longtemps utilisées, se composaient de deux petites boîtes très plates reliées par des charnières. On étalait dans chaque boîte une couche d'argile ou de cire molle sur laquelle on écrivait en creux au moyen de l'extrémité pointue d'un style. Pour effacer, on lissait avec la partie postérieure, plate, du style.

je grave ces mots — tu peux lire — qui enjoignent au père abbé d'avoir à te remettre tel enfant que tu lui désigneras, car tel est mon désir. Je referme les tablettes, nous allons les sceller ensemble et tu partiras aussitôt.

« J'oubliais : ne laisse pas ces tablettes dans le monastère. Dès que tu seras hors de vue, efface le message, brise menu ce qui restera du sceau, ou, mieux : brûle le tout.

Petit Loup est pensif. Tout cela semble lui avoir donné matière à réflexion. Malgré la hâte qui le presse, il ne peut se tenir de faire part desdites réflexions au roi Gontramn :

— Seigneur roi, je remarque que ce monastère est bien proche de cette cité d'Andelot, laquelle elle-même, comme je te l'ai fait remarquer, se trouve quasi à cheval sur la frontière entre Burgondie et Austrasie, et justement, si je ne me trompe, à l'endroit où passe le chemin le plus court qui conduit à Metz. Veuille pardonner ma curiosité, mais est-ce là un effet du hasard ou bien faut-il y voir le résultat d'un calcul de ta part ?

Le roi a un sourire de renard.

— Toi, tu sais poser deux à côté de deux jusqu'à ce que ça fasse quatre ! Puisque, de toute façon, tu as un pied dans le secret, autant t'y plonger tout entier. L'idée n'est pas de moi. Elle est de la reine Brunehaut. Tu n'ignores pas qu'elle a donné le jour à cet enfant dans le plus grand secret. Elle a su dissimuler sa grossesse jusqu'à ce que la chose devienne impossible. Elle a mis à profit une entrevue politique qu'elle devait avoir avec moi en Burgondie pour venir y accoucher de l'enfant du malheureux Mérovée. Elle a tout de suite voué au petit être né de cet homme qu'elle avait tant aimé une véritable passion. J'étais — je suis — le seul de ses parents en qui elle puisse avoir une totale confiance. L'enfant fut mis en nourrice chez les religieux des Sept-Fontaines. Ces bons pères ne sont pas dans le secret, ils ne demandent pas à l'être, je les ai sauvés du massacre lors d'une de ces terribles et imprévisibles révoltes des Vieux Burgondes, ces ariens irréductibles et fanatiques qui, aujourd'hui encore, ensanglantent périodiquement la Burgondie. Le petit a reçu une éducation de prince, comme s'il devait régner un jour.

Petit Loup cligne de l'œil.

— Seigneur roi, ne pressentais-tu pas qu'il régnerait effectivement, et n'étais-tu pas prêt à aider le destin, au besoin ?

— Si tu insinues que j'ai, d'une façon ou d'une autre, pris part au malheur qui frappe le fils aîné de Brunehaut, tu me fais injure. Que j'aie regretté que le plus apte à régner ne règne pas en effet, c'est autre chose. Ne perds pas de vue, s'il te plaît, que l'entreprise que nous sommes en train de mettre sur pied est excessivement risquée, qu'elle a toutes chances d'échouer et de se conclure par un bain de sang. Je n'aurais pas combiné de gaîté de cœur une pareille folie.

— Et donc cette proximité des Sept-Fontaines et de Metz a été voulue par la reine, afin qu'elle soit à même de voir son fils aussi souvent qu'il lui serait possible, tout en le sachant en sécurité sous ta protection ?

— Tu as tout compris. Et j'avoue que j'ai moi-même plaisir à rencontrer ma chère belle-sœur en ce lieu sis bien commodément à mi-chemin de nos deux séjours.

On amène Griffon, tout heureux de se retrouver en famille. Petit Loup vérifie le bouclage des harnais, saute en selle, incline brièvement la tête pour saluer le roi. Celui-ci, levant la main, l'arrête :

— Dis-moi, mon ami, cette hache de bûcheron que tu portes par le travers du dos...

— Adèle, tu veux dire ? Eh bien ?

— Elle ne te gêne pas ?

— Parle bas quand tu parles d'elle. Et ne l'appelle pas « hache ». Dis « Adèle ». Elle se trouve bien là, alors je l'y laisse. Il lui arrive de me rendre de menus services.

— Ce n'est même pas une hache d'armes.

— C'est Adèle. L'Adèle la plus lourde du monde. Moi seul suis admis à la manier. Elle n'accepte nul autre. Elle sent venir le danger longtemps avant moi. Elle me saute dans les mains, je n'ai qu'à la laisser faire. Le travail, elle s'en charge. Je dois la retenir. Sinon, quelles hécatombes ! Elle m'en veut un peu à cause de ça. Elle me trouve timide. Que veux-tu, seigneur roi, je ne tue pas. C'est de famille. Je me contente de parer les coups. Sur ce, reçois mon salut dévoué. J'ai à faire.

Tout s'est passé sans anicroche. Le sceau royal a fait merveille. Au moment de la séparation, le prieur n'a pu cacher son émotion. « Nous ne devrions pas, a-t-il dit, nouer des affections terrestres, nous qui avons fait vœu de nous consacrer uniquement à ce qui touche au Ciel. J'en étais venu à considérer ce petit Domeric comme mon fils. Cet enfant est très en avance sur son âge, tant en taille qu'en force physique et en vivacité d'esprit. J'aurais aimé qu'il reste parmi nous, bien que son caractère ne soit pas tourné vers la méditation. Tout au contraire, ses aptitudes comme son tempérament le portent à l'action. Je ne sais quel destin lui réserve le roi. Quel qu'il soit, il s'en montrera digne. »

Les dalles usées et fendues de la vieille chaussée romaine assemblées selon l'appareil classique dit « opus incertum » défilent sous les sabots de Griffon. L'enfant, bien calé entre Petit Loup et l'encolure, regarde, sans un mot mais de tous ses yeux attentifs, le paysage venir à lui et puis s'enfuir. Petit Loup, qui se repose entièrement sur Griffon du soin de régler l'allure au mieux, laisse son esprit désoccupé vagabonder à sa guise. Ces vagabondages se portent tout naturellement sur les événements présents, deviennent réflexions, réflexions qui s'ajustent l'une à l'autre en une suite logique. Petit Loup se dit furtivement qu'il ne devrait pas. Il n'est dans cette grandiose machination que l'instrument dévoué, docile, sourd et muet, qui remplit sa part de la tâche sans chercher à contempler l'ensemble de la trame. Mais l'esprit va où il veut, et celui de Petit Loup n'y manque pas. Voici les étapes de sa progression :

« Cet enfant, il me faut bien l'admettre, ressemble étrangement au petit roi Childebert. S'il n'avait pas ces joues pleines, cet œil vif et cet air de belle santé, on s'y tromperait. Il est grand pour son âge, l'autre est petit pour le sien. Il est solidement membré, l'autre est chétif. En s'aidant de vêtements amples — comme il sied à un roi — et en le montrant le plus souvent en position assise ou couchée, c'est jouable. Tiré par les cheveux, certes, mais jouable. Et puis, il relève de maladie, on ne l'a pas vu depuis quelque temps, le médecin l'a tellement bien soigné qu'il aura forci, pris des couleurs... Bref, il faudra jouer serré, mais ce n'est pas mon affaire.

« Il est joli et doué de bien charmantes manières. Il est hors de doute que le roi Gontramn en a véritablement fait un futur roi. Qu'espérait-il donc, le vieux rêveur ? Aurait-il eu l'arrière-pensée de lui donner la Burgondie en héritage ? Comment aurait-il pu justifier cela ? D'où aurait-il sorti ce miraculeux ayant-droit ? Le présenter comme un de ses propres bâtards, caché jusque-là ? Trop risqué. Il existe une Frédégonde, une hyène qui rôde à l'affût d'héritages, qui a deux fils de son Chilpéric, tout ce qu'il y a de plus légitimes, pur sang de Clovis. La Neustrie allant à l'aîné, elle veut la Burgondie pour l'autre et y travaille en douce... Un prétendu bâtard de Gontramn serait vite démasqué. Et puis, l'enfant ressemble trop à Brunehaut. Le scandale éclaterait : ou ce serait un fils clandestin de Mérovée — ce qui est le cas —, fruit trois fois maudit de l'inceste et du sacrilège, d'où horreur et abomination sur le royaume, peut-être même excommunication suivant que le pape aura été acheté par l'une ou l'autre partie... Ou ce serait le produit d'amours cachées entre Gontramn et Brunehaut, ce qui ne vaudrait pas mieux.

« Voilà un Gontramn bien embarrassé. Cet enfant, il l'aime. Il veut lui trouver un royaume ! Que faire ?

« Et voici que se présente l'occasion. Du coup, cela va tout seul. Encore mieux que ça, même, puisque, au-delà de toute espérance, l'enfant roi réunira un jour Austrasie et Burgondie.

« Que d'espoirs basés sur une ressemblance ! »

Il lui revient en mémoire un autre voyage, un autre enfant calé devant lui. Les mêmes boucles blondes, mais quelle fragilité, ne serait-ce que dans son assiette à cheval sur l'encolure ! Dans ce silence, aussi. Le premier était bavard, câlin, voulait tout savoir, riait aux calembredaines que lui débitait Petit Loup sur Griffon et sur Adèle. Celui-ci ne dit mot, observe, nonchalamment ancré d'une seule main à la crinière. Un sanglot serre Petit Loup à la gorge. Peut-être réussira-t-on à le faire passer pour l'enfant roi qui, en ce moment même, se meurt dans l'or de ses boucles répandues. Pour Petit Loup, il n'y aura jamais qu'un Childebert, celui qui pouffait dans le panier, au bout de la corde, le long du mur.

Petit Loup, qui a parcouru maintes fois l'itinéraire, s'attendait à trouver un pont pour franchir la rivière de Moselle, encore toute jeunette et fort impétueuse en cet endroit où la route l'enjambe. Il a la mauvaise surprise de ne découvrir là que des débris de pont, le dernier hiver fut tempétueux et les croquants du cru, au lieu de réparer l'ouvrage, en ont emporté les débris pour se chauffer. Petit Loup note cela mentalement afin de signaler à la reine que le seigneur leude chargé d'administrer cette province néglige ses fonctions. Il le connaît, d'ailleurs. C'est le duc Raukhing, un bravache qui s'est nommé lui-même Maire du palais, quoi que ce puisse être, et que Petit Loup soupçonne d'accointances avec les leudes hostiles à la reine, peut-être même avec Frédégonde. Il n'est pas loin de voir dans ce pont négligé l'effet d'un sabotage dûment combiné.

Toujours est-il que, puisqu'il lui faut passer de l'autre côté, Petit Loup devra longer la berge jusqu'à ce qu'il trouve un autre pont ou un bac, ce qui ne saurait être que là où la rivière coupe une route suffisamment fréquentée, chose contrariante quand on voyage secrètement.

Une demi-lieue en amont, le bac attend, bercé par les clapotis, au pied d'une colline que somment quelques huttes de torchis coiffées de chaume. Une hutte toute semblable se tient de guingois sur quatre pieux, les pieds dans l'eau. L'habitation du passeur, à n'en pas douter.

Petit Loup donne de la voix. Un visage hirsute, coiffé du bonnet de laine des nautes, se montre dans l'ouverture.

— Voilà, voilà ! On arrive ! C'est pour passer ?

— Pour quoi d'autre voudrais-tu que ce soit ?

— Oh, pour noyer quelqu'un, disons. Cet enfant-là, par exemple. On noie beaucoup d'enfants, ces jours-ci. Les temps sont durs. Je ne déteste pas. Ça paie mieux.

Il rit. Petit Loup ne rit pas. S'il pouvait voir le visage de l'enfant, il aurait la surprise de le voir sourire.

Le batelier, du regard, jauge Griffon.

— Tu as là un sacré bestiau. Vu le courant, faut bien être deux pour ramer. Tout seul, j'y arriverai jamais.

— Je ramerai.

— Jamais de la vie ! Le passager ne touche pas aux rames, ni aux gaffes, ça porte malheur. Je prends mon beau-frère avec moi ou il n'y a rien de fait.

— Prends qui tu veux, mais fais vite.

L'autre grimace un sourire matois.

— Ça fera plus cher, dame. Le beau-frère, faut que je lui donne sa part.

— Ton prix est le mien. Appelle le beau-frère.

— On paie d'avance.

Petit Loup tire une bourse d'où il fait tomber dans sa paume quelques piécettes. Il les tend au passeur.

— Ça ira ?

— Tout juste. Mais bon, si tu es content, tu y mettras une rallonge, une fois passé.

Le beau-frère, hélé, se montre. C'est un gaillard aussi haut que Petit Loup et plus massif encore. Sa hure au crâne rasé est posée sur ses épaules comme une pomme sur une meule de foin. Il ne cherche pas à donner le change sur son ennui d'être dérangé. Il finit posément de mastiquer quelque chose, des noix, peut-être, avec la coquille, d'après le bruit. Il cligne en homme qui passe de l'ombre à la lumière, effleure de ses petits yeux méchants la compagnie qu'il va falloir faire passer de l'autre côté de l'eau, les pose plus longuement sur le gamin aux boucles blondes, les ouvre alors tout grands, tire son beau-frère — puisque beau-frère il y a — par la manche de son bliaud[1] et lui parle à l'oreille. Il en dit peu, assez toutefois, pour que le passeur semble vivement intéressé. Il jette à son tour un coup d'œil au garçon, puis, constatant que son mouvement de surprise et son consécutif intérêt n'ont pas échappé à Petit Loup, il invite, soudain toute ardeur et toute cordialité :

— On embarque !

Les quatre bras des deux rustauds s'activent. Petit Loup, à qui rien n'échappe, constate que le courant n'est pas si terrible et qu'un seul rameur s'en serait sorti sans trop de peine. Et puis il se dit que les croquants du coin doivent être plutôt serrés de l'escarcelle, quand encore ils ne paient pas en raves, en poireaux et autres produits rustiques, et que donc l'aubaine de pouvoir arracher de bon argent à des voyageurs apparemment bien garnis ne doit pas se présenter souvent.

Autrement inquiétants lui ont paru tout à l'heure l'œil soudain élargi du colosse et le bref aparté entre les deux compères. C'est pourquoi, sans en avoir l'air, il se tient sur ses gardes et n'est en aucune façon pris au dépourvu quand le colosse, qui lui fait face, arrache d'un mouvement vif l'aviron droit à son tolet — qui devait être bricolé dans ce but —, le fait sauter en l'air, le rattrape à deux mains et le

1. Bliaud : sorte de tunique grossière.

pousse en grande violence contre le cou de Petit Loup, visant l'endroit précis où se trouve un organe que les savants nomment « larynx » et qu'il suffit d'écraser pour faire passer l'intéressé de vie à trépas par voie d'étouffement fort douloureux.

Étant, donc, sur ses gardes, ledit intéressé se révèle encore plus vif dans l'esquive. Il lève promptement ses deux avant-bras à la hauteur convenable, et c'est contre ces deux poteaux d'os épais et de muscles bandés que vient frapper le bois homicide. Deuxième temps : après la parade, la riposte. Petit Loup repousse en sens inverse l'aviron assassin ainsi que le rameur félon, lequel s'étale sur le dos et reçoit aussitôt le poids considérable de sa victime manquée augmenté de celui de sa rage devant la révélation d'une telle vilenie.

La position de l'agresseur étant devenue fort désavantageuse, le combat en arrive rapidement à sa conclusion, qui ne peut être autre que la mise hors d'état de nuire du vilain sire sous les terrifiants coups de poing de l'ex-agressé.

Petit Loup se relève quand l'enfant, assis à la proue, s'écrie :

— Attention ! Derrière !

Eh, oui. Dans l'ardeur de son juste combat, Petit Loup a oublié que les gredins allaient par paire. L'acolyte, lui, c'est un long couteau qu'il brandit, et l'on peut déduire, de la façon dont il le tient, qu'il se propose d'égorger Petit Loup. C'est compter sans Griffon.

Les gens non prévenus oublient trop souvent de compter avec Griffon. Oubli funeste.

Tel qu'il se trouve placé, Griffon, ne pouvant utiliser son arme favorite, à savoir la ruade, doit cette fois se contenter de se cabrer tout debout et, de là-haut, d'abattre le tranchant des fers de ses pieds de devant sur le crâne du deuxième larron, qui explose sans plus de façons, projetant par les espaces des choses salissantes.

Et voilà. C'est fini. Adèle n'a même pas eu à s'en mêler.

Le bac oscille à peine, c'est un lourd radeau bâti pour porter des chariots croulant sous les denrées. Privé de rameurs, il se laisse aller au fil de l'eau. En quelques coups de rame, Petit Loup le remet dans le droit chemin. On débarque enfin sur la rive d'en face.

Petit Loup est abattu. Il s'en prend à Griffon, qui baisse la tête, conscient d'avoir mérité ce qui va suivre.

— Tu ne pouvais pas frapper moins fort, grosse brute ? Il est mort, voilà. Tu es content ? Tu sais ce que ça veut dire, mort ?

Oui, Griffon sait. Griffon est malheureux. Griffon a horreur de la mort. Il ne connaît pas sa force, c'est tout. Il a eu tellement peur pour son ami !

Petit Loup prend alors conscience de ce que l'enfant a vu le carnage. Il y a assisté tout du long, étonnamment calme, d'ailleurs. Maintenant, sans un mot, il contemple le tableau.

— Ne regarde pas !

Mais ce n'est pas le mort qu'il regarde. C'est l'autre, le balourd, l'assommé, qui, justement, geint, semble sur le point de revenir à lui. L'enfant le montre du doigt :

— Celui-là, il n'est pas mort.

— J'espère bien !

L'enfant hoche la tête, ramasse le couteau, le plonge droit au cœur du pauvre diable, jusqu'à la garde, et le laisse là, le manche pointant vers le ciel. L'homme a un soubresaut, une écume rouge lui monte aux lèvres, c'en est fait.

Les choses vont décidément trop vite pour Petit Loup. L'enfant ne lui laisse pas le temps de se récrier. C'est d'une voix posée, de la voix mélodieuse d'un enfant sage, qu'il explique :

— Cet homme a cru reconnaître qui tu sais. Celui à qui je ressemble, ou plutôt qui me ressemble. Celui qui est moi, désormais. Ayant vu cela, il ne pouvait plus vivre.

Il a un sourire à fossettes. Petit Loup ne sait plus où il en est. L'enfant le secoue :

— Hé ! Remets-toi ! Je t'étonne ? Parce que j'ai fini par comprendre des choses ? On ne se méfie pas des enfants. On s'extasie sur leur précocité, mais on n'en tient aucun compte. On a tort. Je voyais, j'entendais, je sentais un mystère, je voulais comprendre... Les moines si empressés, si déférents... Mon oncle Gontramn, la belle dame qui venait me voir, me serrait, m'embrassait, et pleurait, pleurait... Devant moi, un petit enfant, un innocent, on parle, on ne se gêne pas... J'en sais peut-être plus que toi, qui n'es qu'un comparse, un messager d'occasion. Tiens, toi, le croquant que tu as corrigé, tu l'aurais laissé repartir, pas vrai ? Avec sa langue et ton secret. Notre secret. Je me trompe ? Tu vois bien. Tu n'es pas fait pour être roi, pas même pour faire des rois.

« Et je vais te dire une chose, la dernière : si le Childebert n'est pas mort à mon arrivée, je l'y aiderai.

« À partir de maintenant, quand nul ne pourra nous entendre, appelle-moi "seigneur roi". Et souviens-toi que mon nom est Childebert, deuxième du nom, fils de Sigebert et de Brunehaut, arrière-petit-fils de Clovis le grand.

« Allons, en selle, messager ! »

« Et ça n'a pas encore huit ans ! pense Petit Loup. Quelle éducation ces bons pères lui ont-ils donnée ? Le sang des Clovis et des Chilpéric est là, il bat dans ces jolies veines bleues qui courent sous cette peau délicate... Guerres et massacres, poignard et poison, parjures, trahisons... Oh, quel avenir d'épouvante elles charrient, ces veines charmantes ! Ne devrais-je pas étrangler ce petit monstre, là, tout de suite, ni vu ni connu ? »

Petit Loup sait qu'il n'en fera rien. On ne s'improvise pas tueur, et tueur de sang-froid. Et puis, qu'en serait-il de la suite ? À peine connue la mort du vrai Childebert, l'oncle Chilpéric et sa Frédégonde fondraient sur l'Austrasie, acclamés par les leudes félons, et ce serait le bain de sang, suivi bientôt de l'invasion de la Burgondie. Petit Loup comprend qu'il n'est pas de la race de ceux qui changent les destins des empires.

VIII

Le chef des gardes particuliers de la reine Frédégonde se tient, rigide, dans l'embrasure. Il porte sous le bras quelque chose qui ressemble à un paquet enveloppé dans une étoffe de soie précieuse. Il attend qu'on daigne prendre note de sa présence.

Le roi Chilpéric, que la politique ennuie, suit de l'œil le vol capricieux d'une grosse mouche aux reflets mordorés dont le hasard des zigzags amène le guerrier immobile à pénétrer dans le champ visuel du monarque. Celui-ci se tourne vers la reine :

— Il y a là quelque chose pour toi, je pense.

Frédégonde, elle, aime la politique, la politique telle qu'elle la conçoit, c'est-à-dire plutôt en conciliabules d'affidés qu'en proclamations au peuple. Agacée, elle interpelle l'honnête militaire :

— Eh bien, Rikulf ?

Il fait un pas en avant, tend le somptueux colis :

— Pour toi, dame reine. Un cavalier est passé au grand galop, il a lancé cette chose à la sentinelle en lui criant de te la remettre en main propre. Et puis il a filé, sans même ralentir.

— Tu l'as fait poursuivre, évidemment ?

— Évidemment.

— Et tu l'as raté, évidemment.

— Le temps de donner l'alarme, de seller les chevaux, de se mettre en route...

— Ne m'en parle pas ! Bon, il nous reste le paquet. Eh bien, ouvre-le. D'ailleurs, je sais ce qu'il y a dedans, je reconnais l'étoffe, je l'ai moi-même entortillée autour du poignard pour que cet imbécile n'aille pas se piquer. Allons, déroule-moi ça.

Le brave Rikulf déroule, avec peine, c'est tout collé, et quand enfin il en vient à bout, une tête blonde roule sur le dallage.

La reine fait la grimace.

— J'en étais sûre. Ça traînait trop.

Elle se tourne vers Lantéric :

— Tu sais quoi ? Elle devient aussi dure que moi.

Il lui glisse à l'oreille :

— Aussi garce, ce ne serait pas possible.

D'un battement de cils, elle apprécie le compliment. Ægidius, l'évêque, qui, non sans dégoût, s'est penché sur le beau visage qu'on dirait de cire, remarque :

— Pas si dure que ça. Les lèvres sont noires. Poison.

Frédégonde apprécie :

— Ainsi donc, il s'est tué lui-même ? Avec mon poignard ? En murmurant dans un dernier souffle le nom bien-aimé ?

Le roi, heureux de la diversion, demande :

— Et la rose ? Il a une rose entre les dents. Tu ne parles pas de la rose, l'évêque.

Frédégonde récite :

— Une rose rouge : amour ardent. Non seulement elle me les retourne comme des peaux de lapin, mais elle fait du sentiment.

Elle réfléchit.

— À moins que ce ne soit ce que les Romains nommaient « sarcasmus [1] »... En tout cas, ça devient intéressant. On va s'amuser, toutes les deux.

Elle se tourne vers le duc Raukhing et l'évêque Ægidius :

— En attendant, j'aimerais bien savoir pourquoi toi, mon gros père Raukhing, tu es accouru ici sans que je t'aie fait mander, désertant tes hautes fonctions de Maire du palais d'Austrasie et de torche-cul du petit merdeux, et pourquoi toi, Ægidius, tu as, au même instant, abandonné aux tentations du démon les ouailles de ton diocèse, ce dont je me soucie comme d'une couenne de lard rance, mais aussi, ce qui est plus grave, ton service officiel de conseiller de la Wisigothe et celui, plus discret, d'espion à mon service.

Le duc ouvre la bouche pour répondre mais, Ægidius ayant levé la main, il la referme. L'évêque sait mieux manier la parole, et surtout il tient à prendre l'avantage d'exposer la situation. Raukhing n'a rien de plus à dire que lui-même, alors autant ne pas lui en laisser le bénéfice. Il se racle la gorge et lève les deux avant-bras comme pour, du haut de la chaire, les dégager des vastes manches sacerdotales. La reine s'inquiète :

1. Nous dirions « humour ».

— Ho, l'évêque ! Pas de sermon. Droit au fait.

Décidément, cette tête coupée agit sur l'humeur de Frédégonde plus qu'elle ne voudrait le laisser voir. L'évêque s'incline :

— Seigneur roi, et toi, dame reine, il me faut tout d'abord préciser que le duc et moi-même n'avons pas concerté notre venue. J'ai, pour ma part, constatant ce qui se passe dans la proximité du seigneur roi Childe...

— Dis « le petit merdeux », si tu tiens à ta tête.

— Dame reine, je relate. Je ne juge ni n'apprécie. Ce n'est pas à moi de donner des qualificatifs aux faits, pas plus qu'aux auteurs des faits. Décider des surnoms que l'Histoire accolera aux noms des rois est privilège royal...

— J'ai dit : pas de sermon. Va, va...

— Il se passe, disais-je, dans l'entourage immédiat du r... du trône, des choses inhabituelles. Des choses que ma vigilance remarque et dont mon faible entendement s'étonne sans les comprendre. Je me contente donc de les rapporter fidèlement à vos royales personnes, assuré que les facultés supérieures attachées à vos royales intelligences sauront en tirer la signification profonde.

— C'est de la lèche, ça. Pas des faits.

— Voici. Le r... l'enfant est tombé malade. Oh, un léger refroidissement. Il gardait le lit, cependant. Et voilà que cela durait. On ne le voyait plus. Làdessus, le médecin attaché au palais — une brute ignare et ivrogne, entre nous, mais placée là par moi et qui nous était bien utile — disparaît. Le chapelain également, juste après qu'on l'eut vu quitter la chambre en grande fureur. La nourrice, habilement questionnée, a affirmé que le r... que son nourrisson se rétablissait à vue d'œil, qu'il jouait et babillait comme un petit oiseau, mais, tandis qu'elle parlait, les larmes lui coulaient.

— C'est tout ?

— Non. Certain médecin juif de grand renom aurait été aperçu, celui-là même qui, déjà, a soigné et guéri l'enfant.

— On liquide l'incompétent, on le remplace par un maître. J'en aurais fait tout autant. Donc, le petit merdeux va mieux ?

— Il va mieux, en effet. Beaucoup mieux. Mieux même qu'il n'allait avant de prendre froid. Mieux, en fait, qu'il ne s'est jamais porté...

— Ces médecins juifs sont plus ou moins sorciers.

— ... tellement mieux qu'on croirait voir un autre enfant.

L'évêque marque l'arrêt, en bon chien de chasse qui signale que là gîte le lièvre. Frédégonde aime la chasse avec passion, avec furie. Elle en connaît les finesses. Elle comprend le langage des chiens.

— Un autre enfant ?

Le duc Raukhing, qui, jusque-là, n'a pas pu placer un mot, saisit l'occasion. Il dit, en se frisant la moustache :

— Ah, ah !

La reine attend mieux que cela. Elle hausse le sourcil. L'évêque reprend :

— On l'a fort peu vu, récemment, et toujours de loin. Il est encore convalescent, n'est-ce pas, il faut qu'il se ménage. Pour un rhume ! Je l'ai aperçu. Autant que j'aie pu en juger, il s'agit d'un enfant aussi solide, aussi pétant de santé qu'il était — j'allais dire « que l'autre était » ! — malingre et pâlichon. Ce sont des faits, ça.

— Des rêveries, tout au plus. Et qui mèneraient où ?

— Tu m'as suivi jusqu'ici, dame reine. Tu en sais maintenant autant que moi. J'aimerais t'entendre formuler les déductions que je suis moi-même amené à formuler.

Le roi Chilpéric trouve qu'on tourne un peu beaucoup autour du pot. Il s'étonne de ce que sa femme, si fine d'habitude, n'ait pas encore compris ce qu'il y a à comprendre. Lui, il a compris, il en est le premier surpris, mais, bon, il a compris, et il veut que ça se sache. Avec un maître coup de poing sur la table, il lance :

— Eh, il y a eu substitution !

Le coup les a fait sursauter. Chilpéric, tout spécialement pour Frédégonde, qui le traite trop souvent d'empoté de la cervelle, précise sa pensée :

— Ce n'est pas le même ! Le vrai est mort, tiens donc ! On nous la joue belle !

Mais Frédégonde n'en est déjà plus là. Elle a rattrapé son retard. Sa pensée galope loin en avant sur la route des conséquences et des perspectives. Elle demande, sans préciser à qui :

— Voyez-vous ce que je vois ?

Raukhing, duc félon, Ægidius, évêque félon, et

Lantéric, confident intime de la reine, opinent gravement. Chilpéric, roi, tout content de son exploit, n'opine pas. Estimant qu'il en a assez fait, il se repose. La reine s'impatiente :

— Vous opinez, mes gros pères, l'air d'en penser long et de voir loin, mais vous vous gardez bien de dire ce que vous voyez, ou ce que vous croyez voir. Eh bien, je vais le dire pour vous. Vous voyez un bâtard de Wisigothe mort subitement comme l'avorton qu'il était et remplacé furtivement par un je-ne-sais-quoi qui lui ressemble plus ou moins.

Raukhing lève la main :

— Pas « plus ou moins », dame reine. À s'y méprendre. C'est lui, c'est tout à fait lui, en plus frais.

— Admettons. On s'est toujours extasié sur sa ressemblance avec sa mère, vous en êtes d'accord ?

La voix de nez de l'évêque se mêle à l'organe râpeux du duc en une discordante polyphonie :

— Entièrement d'accord, dame reine.

— Donc, ce remplaçant — si remplaçant il y a — ressemble forcément, lui aussi, à la Wisigothe ?

Là, il ne s'agit plus seulement d'acquiescer, mais de raisonner. Ægidius, l'intellectuel, répond seul :

— La déduction est juste et les faits la corroborent.

— Déduisons plus loin : il ne pourrait donc s'agir que d'un autre enfant de cette hypocrite. Toujours d'accord ?

Ægidius n'avait pas pensé à ça. Raukhing n'avait pas pensé du tout. Lantéric ricane comme s'il y avait pensé avant tout le monde. Chilpéric attend que les autres aient fini de penser à sa place. Frédégonde continue à penser tout haut :

— Ce n'est pas en aval, c'est en amont qu'il faut chercher. Certains faits me reviennent en mémoire... Mais bien sûr ! Les dates, les âges correspondent ! Cette truie incestueuse s'est fait coller un gosse par son Mérovée, pauvre ange sans défense ! Un fils, qu'elle aura fait élever en secret.

La rage de Frédégonde s'exaspère à ses propres paroles.

— Qui sait combien de petits rois de rechange cette pondeuse de bâtards a-t-elle mis de côté ?

C'est du « sarcasmus ». Lantéric rit. Ægidius laisse fuser deux petits cris de souris. Raukhing estime qu'il n'y a pas de quoi rire. Il dit, gravement :

— Depuis la mort du seigneur Mérovée, la dame r..., euh, la dame wisigothe a vécu chastement. Sa... euh... rencontre avec le seigneur Aimery est trop récente, elle ne peut pas avoir déjà donné de... euh... résultat. J'ai dit une bêtise ?

La reine préfère passer outre. Elle poursuit ses cogitations à voix haute :

— Accoucher, faire baptiser l'enfant, le mettre en nourrice, l'élever... Comment a-t-elle pu se débrouiller de tout cela, et garder aussi bien le secret ?

Les quatre s'entre-regardent. Aucun d'eux ne sait. De toute façon, ce n'était pas vraiment une question, juste un point d'appui dans l'irrésistible progression de la pensée vers la solution de l'énigme. Et la voici, la solution !

— Praetextatus !

Ah, que c'est bon d'avoir trouvé ! Surtout quand, à la satisfaction purement intellectuelle de l'énigme enfin résolue, vient s'ajouter la joie puissante de découvrir que la solution consiste en la mise en lumière d'un coupable, que ce coupable n'est autre qu'un être que l'on hait d'une haine ravageuse, qu'on va pouvoir écraser cette vermine en toute bonne conscience et même, au prix d'un peu de savoir-faire, avec la loi pour soi et les applaudissements des honnêtes gens.

Chilpéric s'étonne :

— Praetextatus ? Tu veux dire l'évêque de Rouen, qui est une ville à moi ?

— Tu en connais un autre ? Praetextatus, parfaitement, le traître, le simoniaque, le parjure à ses vœux, le sacrilège, l'impie, la vieille chèvre bêlante qui osa marier ton fils à sa propre tante et que tu négligeas de punir comme il le méritait, chiffe molle que tu es.

— Il était bien vieux...

— Il n'y a pas d'âge pour la crapule. Et pendant que tu le ménageais, que tu te laissais attendrir par ses pleurs et ses serments, pendant qu'il se traînait à tes pieds comme une sale vieille guenille, il aidait la Wisigothe pleine à cacher sa grossesse, à accoucher de son bâtard va savoir où... Et puis il s'est chargé du colis, l'a fait élever en secret dans un de ces monastères félons qui parlent de moi comme d'une Jézabel et de toi comme de l'Antéchrist... Tout devient clair !

— Admettons. Mais alors, qu'y faire ? Si cela

s'est passé comme tu le dis, ni la Brunehaut ni l'évêque n'auront laissé de témoin pour en attester.

— Si. Il y en a un.

— Ah, oui ?

— Praetextatus lui-même.

— Jamais il n'en conviendra.

— Il faudra pourtant bien qu'il l'avoue à la face du monde. Il faut que les leudes d'Austrasie sachent que leur prétendu roi n'est pas le fils de Sigebert, mais un imposteur, et de la pire espèce : le fruit de l'inceste, de l'adultère et du sacrilège.

— Pour ce qui est du mariage incestueux, le pape l'a absous, de même qu'il a absous Br... euh... la Wisigothe. On ne peut pas revenir là-dessus. Pour ce qui est de l'enfant, il niera. Je ne sais pas si l'on peut soumettre un évêque au jugement de Dieu. De toute façon, il est trop vieux pour se battre, il se choisira un champion, et à partir de là nous sommes soumis au sort des armes. Trop risqué. Imagine : si mon champion est battu, je dois faire amende honorable devant ce vieux débris et lui baiser l'anneau devant tout le monde ! Pourquoi pas le cul, aussi ?

— Justement. Ce n'est pas là-dessus qu'il convient de l'attaquer.

— Ah, bon ? Sur quoi, alors ?

— Je ne sais pas, moi ! Réveille le peu de cervelle qui se dessèche dans un recoin de ta tête. Et vous aussi, les trois parasites !

Le duc Raukhing lève la main. Trop vite, comme toujours. Les trois autres se préparent à ricaner. Il dit :

— Il faut crier partout que c'est un voleur.

Les trois autres ricanent. Ce Raukhing, quel comique !

La reine ne ricane pas. Elle pointe l'index vers le duc :

— Mais oui ! La voilà, l'idée ! Un voleur ! Un pauvre méprisable sale voleur ! Duc, tu t'es racheté.

Elle se tourne vers le roi.

— Seigneur — quand elle est contente d'elle, elle retrouve le respect —, te souviens-tu du trésor de la Wisigothe[1] ?

— S'il m'en souvient ? Je n'en ai plus guère que cela : le souvenir. Il y a longtemps que tu l'as dévoré, le trésor de la Wisigothe.

Ce disant, Chilpéric louche avec quelque insistance vers une splendide agrafe d'or sertie de grosses pierres rouges et vertes qui retient sur l'épaule le léger manteau de Lantéric.

— Ne sois pas mesquin. Ce trésor fabuleux — dont tu lui laissas stupidement une petite part — n'a jamais pu être reconstitué intégralement. Il en manque toujours une partie.

— Tu as compté ? Une toute petite partie, alors.

Elle frappe du pied.

— Une énorme partie. Une partie considérable. La quasi-totalité.

— Si tu le dis...

— Elle s'était engagée, par serment solennel prononcé sur l'Évangile et sur les reliques sacrées du grand saint Martin — elle se signe, les hommes en font autant —, à te verser l'intégralité du trésor.

— Elle l'a fait.

1. Voir *Le Sang de Clovis*, *op. cit.*

— Elle ne l'a pas fait. Je le sais. Et qui l'a aidée ? Qui, par conséquent, t'a volé ?

— Tu vas me le dire, je pense.

— L'évêque, tiens donc !

— Praetextatus ?

— On a retrouvé sous son église métropolitaine, dans un souterrain bien dissimulé, une partie du trésor, oui ou non ?

— C'est vrai. Mais il s'en est expliqué. Il a dit qu'il s'agissait du reliquat que j'avais consenti à la r... à la Wisigothe, laquelle l'avait chargé d'en prendre soin pendant son exil.

— D'abord, rien ne prouve qu'elle n'a pas menti pour récompenser la vieille fripouille de l'avoir mariée en dépit de l'interdit. Ensuite, qui t'assure que c'était là tout ce qu'il recelait ? Qu'il n'a pas enfoui des sommes énormes, va savoir où ? Je te le répète : dans le décompte de ce qui te revenait, il y a un trou.

— Il y a un trou, bon.

— Un trou énorme. Où est ce qui manque ? Entre les pattes molles de Praetextatus, ce voleur.

Elle reprend souffle. Entre-temps, il lui est venu une autre idée. Elle est comme ça, Frédégonde, quand elle commence, elle n'arrête plus.

— Ce n'est pas tout. Praetextatus et ton fils dégénéré avaient projeté de t'assassiner.

— Oh !

— Pour prendre ta place.

— Cela va de soi. Tout le monde veut m'assassiner. Tout le monde veut prendre ma place. Ils ne voient que le bon côté de la chose. S'ils savaient tous les tracas...

— Tu penses bien qu'une pareille idée n'aurait pu germer toute seule dans l'esprit du petit. C'était ton fils, après tout.

— Un bon petit.

— Jusqu'à ce qu'il rencontre cette ogresse.

— Cette mangeuse d'enfants.

— Et ce Praetextatus. Je suis sûre que c'est lui qui lui a fourré en tête l'idée de supprimer son père.

— Ce n'est pas possible autrement.

— C'est absolument certain.

— Dis-moi, je ne vois pas très bien... Où ça nous mène, tout ça ? On le traîne devant les juges ?

— Dans son cas, il faudrait réunir un concile.

— Réunissons !

— Pas si vite. N'oublions pas que ce que nous voulons, c'est faire avouer publiquement à l'évêque la substitution d'enfant afin que l'Austrasie, privée de roi, s'ouvre bien grande à la survenue du sauveur, c'est-à-dire à toi, Chilpéric Ier, roi de Neustrie et — bientôt — d'Austrasie.

— Ah, tiens, c'est vrai. J'avais oublié.

— L'accusation de vol, de tentative d'assassinat et d'incitation à parricide, nous la gardons en réserve, pour le cas où il s'obstinerait à ne pas vouloir reconnaître la substitution de roi et l'infamie de la Wisigothe.

— En somme, nous lui faisons peur de quelque chose de pire afin qu'il avoue quelque chose de moindre.

C'est par cette formule bien balancée que fut décidée la perte de Praetextatus, évêque.

Troisième partie

LE ROI EST MORT

IX

Le roi Chilpéric siège en majesté sur son trône aux épaisses membrures. La reine Frédégonde se tient debout, un peu en arrière, appuyée du coude au dossier. On pourrait croire qu'elle souffle au roi les paroles qu'il prononce. Peut-être est-ce vrai. Chilpéric parle :

— Évêque, je t'ai fait prier de venir t'entretenir avec moi car il y a entre nous un litige — un malentendu, dirais-je — qui met de l'animosité dans nos rapports. Ce n'est pas bon. Je suis le temporel, tu es le spirituel. Si l'accord fait défaut entre nous, la cité va à vau-l'eau. Parlons donc comme de braves gens désireux de s'entendre afin de mener à bien leurs tâches respectives.

L'évêque Praetextatus se tient debout devant le roi, redressant sa taille qu'accablent les années, drapant sa maigreur dans les plis d'une robe grossière qui n'a rien d'épiscopal. De la tête, sans quitter le roi du regard, il désigne les deux hommes en armes qui l'encadrent et le serrent de près.

— Seigneur roi, il est bien vrai que tu m'as fait prier, et d'une façon qui ne me laissait pas le loisir du refus. Ces deux gaillards, soutenus par une douzaine d'autres armés comme pour la bataille, m'ont proprement enlevé, m'ont arraché à ma maison, m'ont entravé les mains et les pieds et m'ont jeté sur ces dalles sans même daigner me faire part de ta gracieuse invitation.

Il semble bien à Chilpéric flairer je ne sais quel effluve de « sarcasmus » dans ces paroles apparemment pleines de respect. S'il pouvait voir le visage de Frédégonde qu'illumine la plus pure des haines, il ne douterait plus de son odorat. Mais, placée comme l'est la reine, il ne la voit pas et, dans le doute, il décide d'ignorer l'outrage, si outrage il y a. Ce qu'il va dire est grave. Il fronce le sourcil.

— Évêque, il nous faut tout d'abord faire place nette. Qu'aucun sujet d'aigreur ne subsiste entre nous. Pour ma part, j'oublie tout. Absolument tout. Tu n'as jamais dérobé un trésor considérable qui m'appartenait. Tu n'as jamais, pour complaire à une goule affamée de chair fraîche, incité mon fils bien-aimé à perdre son âme éternelle dans un inceste abominable avec sa propre tante. Tu n'as jamais profané le saint sacrement de mariage. Tu n'as jamais comploté vilainement contre moi, ton roi devant Dieu. Tu n'as jamais armé le bras de mon propre enfant afin qu'il m'assassinât.

D'un geste qui rejette au néant toute rancune, le roi balaie l'espace devant lui. Sa propre grandeur d'âme l'émeut au point que les larmes lui viennent et qu'il ne prend pas garde à l'ébahissement du vieillard, à la bouche édentée désespérément ouverte en une vaine tentative de protestation. Il conclut :

— Voilà comme je suis, moi. J'oublie. Rien de tout cela n'a jamais eu lieu. Embrassons-nous, évêque.

Tant de crapulerie a enfin raison de la paralysie vocale de Praetextatus. Il parvient à articuler :

— Quelle boue de mensonges remues-tu là ?

Il en dirait bien davantage, mais Frédégonde veille au grain. Elle donne du coude dans la nuque de son époux qui, bien dressé, passe à la deuxième partie de la démonstration. C'est d'une voix renforcée, quoique toujours aussi bienveillante, qu'il reprend :

— Note bien que j'y ai du mérite, car, mis à part mon légitime ressentiment — que j'ai décidé d'oublier, n'en parlons plus —, il est de fait que ce sont là crimes horribles, crimes sanglants, crimes de haut parage qui, devant une assemblée d'évêques, te vaudraient immanquablement les peines majeures de la déposition et de l'exil, puisque l'Église s'interdit de condamner à perdre la vie. Tu n'éviterais cependant la mort que pour peu de temps, car elle te serait quand même appliquée, en dehors de toute juridiction, par une populace enragée de croquants ignares s'estimant porteurs de la justice divine, tu sais comment sont les croquants.

« Surtout quand l'or d'un Chilpéric sonne dans leurs poches », pense l'évêque.

Il s'est résigné à se taire, l'évêque. Il attend que Chilpéric se décide à mettre sur table ce qu'il cache derrière son épaisse ironie bonasse. Rien de bon, assurément... C'est Frédégonde qui donne le signal :

— Seigneur roi, tu oublies tes griefs. C'est grand, c'est noble. Ne serait-il pas souhaitable que le seigneur évêque, de son côté, fasse maintenant table rase de tout sujet d'amertume, ou même de malentendu, entre vous ? Chacun doit mettre son âme à nu, c'est l'équité même.

Chilpéric se la joue très empereur de Rome :

— Femme, quand c'est au roi de parler, la reine se tait. D'ailleurs, j'allais y venir. Voyons, évêque, qu'as-tu à oublier, toi ?

Praetextatus flaire le piège, mais il ne discerne pas en quoi il peut bien consister. Il répond, prudent :

— Seigneur roi, les seuls griefs qu'il pouvait y avoir entre nous sont ceux que tu viens d'énoncer. Je n'en vois pas d'autres. Si tu les oublies, alors, moi aussi, de grand cœur, j'oublie les persécutions et les avanies qu'ils m'ont values de ta part et je me proclame à la face du ciel le plus dévoué de tes serviteurs, après le service de Dieu, naturellement.

Chilpéric prend un air qu'il voudrait espiègle :

— Tu es certain qu'en cherchant bien tu ne trouverais pas un petit quelque chose de plus à oublier ?

— Seigneur roi, je peux le jurer sur les Livres saints, il n'y a rien d'autre.

— Même pas, disons, une innocente entourloupette autour d'un petit enfant qui ressemble beaucoup à sa mère et à son frère ?

Praetextatus n'a aucune peine à feindre l'ébahissement.

— Seigneur roi, non... Je ne vois pas...

Frédégonde trouve que l'on a assez joué. Il est grand temps de passer aux choses sérieuses. Coupant son effet à Chilpéric qui s'était fignolé, toute prête, une réplique pleine de « sarcasmus », elle lance :

— Tu nous amuses, l'évêque. Tu sais très bien de quoi il s'agit. Néanmoins, je précise, afin que tu n'ignores pas que nous sommes au courant. La copulation sacrilège de la Wisigothe et de Mérovée a donné un fruit maudit. Un garçon. Tu l'as aidée en cela comme tu l'as toujours aidée. L'enfant a été mis au monde et élevé en secret, par tes soins. Ce qu'il est devenu, toi seul au monde le sais. Et sa mère.

Le pauvre vieux Praetextatus n'y comprend rien. Tout ce qu'il peut dire, c'est qu'il n'a rien à voir avec cette fantasmagorique histoire d'enfant clandestin. Il n'a pas su que Brunehaut fût enceinte. « Je suis perdu », se dit-il. Il ne peut même pas mentir, ne sachant de quoi il s'agit. Pour Frédégonde, l'innocence n'existe pas. De toute façon, il en connaît trop, désormais.

Frédégonde parle :

— Voici le marché.

Il a un pauvre sourire :

— C'est donc un marché ?

— C'en est un. Tu acceptes de reconnaître par serment, devant les leudes et les évêques de Neustrie et d'Austrasie, et même de toutes les Gaules, que Brunehaut a eu un enfant clandestin de sa scandaleuse union avec Mérovée. Tu reconnaîtras ce bâtard quand on te le présentera et tu l'identifieras formellement. Nous ne t'en demandons pas plus. Moyennant quoi, le roi Chilpéric oubliera effectivement tout ce qui peut vous séparer.

— Et toi ?

Elle fait un visible effort.

— Moi aussi.

Elle irradie la haine.

— Si je refuse ?

— C'est qu'alors tu ne joues pas franc jeu. Je ne vois pas pourquoi le roi se prêterait à ce marché de dupes. Si tu refuses, le synode sera convoqué. Au programme : un évêque voleur, assassin et régicide.

— Le peuple de Rouen m'aime. Il ne laissera pas la calomnie...

— Le peuple n'aura pas la parole, tu le sais bien. Seuls parleront et jugeront, c'est-à-dire condamneront, les évêques. Connais-tu un seul évêque qui oserait dire « Non » quand Chilpéric dit « Oui » ?

Praetextatus n'en connaît pas.

Petit Loup n'a jamais été ce que l'on est convenu d'appeler « très causant ». Quand il a une conversation avec Griffon, c'est surtout Griffon qui parle. Devenir plus taciturne encore paraît difficile. C'est pourtant le cas depuis quelque temps. Minnhild, qui parle pour deux et même pour quatre, finit par le remarquer. Elle s'inquiète :

— Quelque chose ne va pas ?

À quoi bon nier l'évidence ? Petit Loup reconnaît :

— C'est vrai.

Il contemple Minnhild, hoche la tête, la saisit à la taille, la pose sur un coffre afin qu'elle ait les yeux à la hauteur des siens, et là, plongeant ses yeux à lui dans ces yeux-là, il demande :

— Que faisons-nous ici ?

— C'est ça qui te coupe la parole ?

— Cela même.

— Alors, je vais te dire. Moi, ça me rend bavarde.

— La même chose ?

— La même. Ce qui te rend muet me fait jacasser.

— Alors, toi aussi ?

— Moi aussi. Je m'emmerde [1]. Voilà, c'est dit.

— Donc, nous nous emmerdons. C'est un fait. Nous ne nous le disions pas, par pure délicatesse, parce que je t'aime autant que tu m'aimes...

— Moi, plus !

— ... et que nous évitions de faire de la peine à l'autre qui, croyions-nous, s'amusait bien.

— Quand je dis « Je m'emmerde », je ne veux pas positivement donner à penser que je m'ennuie.

— Je vois ce que tu veux dire.

— J'exprime un état de malaise intime, fort désagréable, et de plus en plus pénible à supporter à mesure que le temps passe.

— Tout à fait ce que j'aurais dit.

— Bien. L'effet étant décrit, la démarche suivante consiste à en déterminer la cause.

— Tu parles comme feu Aristote.

— Aristote s'emmerdait ?

— Aristote raisonnait.

— Raisonnons donc. Il est désormais établi que cet effet pernicieux agit en même temps sur chacun de nous deux. Il s'ensuit, en toute logique, que la

1. « Je m'emmerde. » Ce n'est pas un anachronisme. Le recours aux verbes péjoratifs construits sur la racine « merde » est une des tendances les plus universelles qui soient. Ceci est une adaptation fidèle, je dois donc, dût-il m'en coûter, respecter les verdeurs de langage des protagonistes de l'épopée.

cause doit en être unique. Arrête-moi si je me trompe.

— C'est maintenant Aristote secondé par Pythagore.

— Tu connais du monde bien. L'effet agissant, en nous, sur cet organe subtil que les connaisseurs appellent « âme », il n'est pas aventureux d'en déduire que la cause procède de la même nature subtile et déliée.

— Nous dirons qu'elle se situe dans la sphère éthérée des phénomènes immatériels.

— Là, tu parles en théologien.

— Toi, en mécanicienne.

— Si nous parlions l'un et l'autre en bons mangeurs de soupe au lard ?

— Je te suis.

— Compte sur tes doigts en même temps que moi. Je commence. Premièrement, il se passe ici des choses qui ne me plaisent pas.

— Comme, par exemple, le remplacement d'un enfant roi par un autre.

— Non. Là, il y avait nécessité. La mort a été naturelle. Ses conséquences en eussent été terribles pour la reine. Elle avait sous la main, par chance, de quoi parer au pire, elle l'a fait promptement, on ne peut lui reprocher ça.

— N'empêche, il y a félonie.

— Il y en aurait eu bien davantage à laisser les charognards dépecer ce royaume régénéré par ses soins, tandis qu'elle-même aurait été vouée aux pires outrages et à la mort.

— Je baisse les bras.

— Tâche de ne plus m'interrompre pour des bêtises. Je reprends. Premièrement, il y a que la reine, ma très aimée Brunehaut, n'est plus la même. Surtout depuis la terrible conclusion de l'épisode Aimery.

— Ce trou-du-cul.

— Il n'était pas si vilain à regarder.

— Comparé à un charbonnier...

— Tu ne vas pas ramener tes charbonniers jusqu'à la fin des temps ?

— « Mes » charbonniers...

— La chose a commencé bien avant la trahison et la mort d'Aimery, qui n'ont fait qu'accentuer la tendance. La reine évolue.

— Dans le mauvais sens.

— Elle durcit. Voilà.

— Dure, elle l'est déjà terriblement. J'ai vu des choses...

— Sais-tu quoi ? J'ai peur qu'elle ne devienne semblable à Frédégonde.

— Oh, pour cela, jamais ! Frédégonde est mauvaise. Frédégonde est le mal, tout ce qu'elle fait est tourné vers le mal. Brunehaut agit pour le bien.

— Mais les moyens sont trop souvent les mêmes. Et les moyens, dans le feu de l'action et sous la pression de la nécessité, peuvent masquer le but. L'action devient grisante en elle-même. La quête du bien en arrive trop souvent à justifier des actes qui, employés pour le mal, nous apparaîtraient pour ce qu'ils sont : des scélératesses.

— Faudrait-il donc, pour garder les mains propres, laisser les méchants triompher ?

— Ce n'est pas à nous d'en décider.

— Passons donc au deuxièmement. Le nouveau Childebert, deuxième du nom.

— Celui-là, point n'est besoin qu'il devienne dur. Il l'est de nature.

— Il s'est assis sur le trône comme s'il y était né.

— Il a d'emblée senti toutes les implications de la situation. Il en joue en maître.

— En maître fourbe.

— Sa mère ne peut rien lui refuser. Il la tient par le secret partagé.

— Secret qu'il ne pourrait révéler sans se vouer lui-même à la mort.

— Qui sait ce qui peut passer par la tête d'un enfant ? Car, pour précoce qu'il soit, ce n'est malgré tout qu'un enfant, un enfant capricieux, imprévisible. Il pousse sa mère, par pure bravade, à se montrer encore plus ferme avec les leudes, à confiner les évêques et les abbés dans le strict domaine de leurs devoirs religieux. Il a fallu couper quelques têtes.

— Leudes et clercs n'aiment pas cela. On murmure, on complote.

— Excités par les promesses de Chilpéric, envoûtés par les charmes de Frédégonde.

— Bref, il règne en ce royaume, et surtout dans ce palais, un air d'intrigue et de suspicion irrespirable. Je surprends des regards qui en disent long. Toi et moi, inconditionnels soutiens de la reine, nous sommes à la merci du premier assassin stipendié.

— Nous ne valons pas la peine d'un coup de poignard...

— ... tant que notre véritable rôle n'est pas

connu ! N'oublie pas que la reine, le roi, et aussi le médecin Isaac ben Simon, le connaissent, eux. Nous pouvons devenir un danger. Nous le sommes déjà : nous connaissons le terrible secret.

— Tu oublies la nourrice.

— C'est vrai. Il y a aussi la nourrice. Mais je ne crois pas que ce soit d'elle que nous devions nous méfier.

— D'autant plus qu'elle est morte.

— Oh, oh... Subitement ?

— Comme un bœuf sous la masse. Elle est tombée le nez en avant dans son écuellée de soupe.

Une toux discrète signale qu'un tiers, survenant, désire attirer l'attention des personnes présentes.

— Le salut sur toi, seigneur Petit Loup.

— Et sur toi, Oreste. Que me veux-tu ?

— Moi, rien. La dame reine Brunehaut, quelque chose, je ne sais pas quoi, tu le sauras si tu y cours.

— C'est bien. Va lui dire que j'arrive.

— La dame Minnhild aussi doit venir.

— Que nous arrivons, alors.

— Seigneur Petit Loup, tu dois te trouver bien désœuvré, parmi cette cour, toi qui tant aimes chevaucher par monts et par vaux.

Petit Loup frissonne. La voix n'a rien perdu de son charme, ni le visage de son éclat. Les années passent sur cette femme comme des caresses, comme une brise de printemps sur un lis. Les yeux magnifiques, dont Petit Loup sait combien ils peuvent exprimer d'implacable détermination, pour l'instant sourient, illuminant la pénombre. C'est un de ces moments où Petit Loup pourrait regretter de n'être pas fils de roi. Mais puisque, fils de roi, il ne l'est pas, c'est en sujet dévoué qu'il répond :

— Il est vrai, dame reine, que l'inaction me pèse quelque peu. Mais dès que c'est pour veiller à ta sauvegarde et à celle du seigneur roi ton fils, la contrainte m'est légère.

— C'est joliment dit. Tu vas pouvoir te dégourdir les jambes, ou plutôt celles de ton cheval. J'ai une mission à te confier.

— J'écoute.

— Il faut d'abord que tu saches les choses. Te souviens-tu de Praetextatus, l'évêque ?

— Celui qui vous unit en légitime mariage, toi et le seigneur Mérovée ? Comment pourrais-je l'oublier !

— Eh bien, le roi Chilpéric — ou plutôt sa Frédégonde — s'est mis en tête de faire un procès à cet homme de bien. Je ne sais ce qu'il leur a pris, quoique de la part de cette femme il faille s'attendre à tout, à commencer par des bouffées de vieilles haines qui lui remontent à la gorge comme de puants relents d'égout.

Petit Loup trouve la comparaison un peu bien rude, sortant de cette bouche adorable, mais il est vrai que la seule évocation de la diabolique femelle rendrait enragé plus d'un agneau. La reine continue :

— Un clerc, tu le sais, ne relève que du droit canon. Un évêque ne peut être jugé que par ses pairs, réunis en concile. Chilpéric, en ce moment même, bat le rappel de tous les évêques de Neustrie, qui sont sous sa loi, et aussi de ceux des diocèses d'Austrasie, d'Aquitaine et de Burgondie désireux de se mettre en ses bonnes grâces — les gueux ! —, et même il cherche à rameuter des évêques d'au-delà des Gaules. S'il le pouvait, il enrôlerait le Saint-Père en personne !

« Ce concile se réunira en la ville de Paris, malgré l'interdiction faite, à la mort du roi Clotaire, à chacun des rois francs d'y entrer en armes et d'y séjourner. Chilpéric y a d'ores et déjà fait pénétrer une armée considérable, tandis que lui-même s'est installé dans l'ancien palais de la Cité, que toi et moi connaissons, hélas, si bien.

« Il est évident que Chilpéric, c'est-à-dire Frédégonde, veut donner à ce procès un éclat formidable. Je ne comprends pas très bien quel intérêt elle peut avoir à cela. Pour se venger du pauvre vieux Praetextatus, un assassin suffisait.

Minnhild, qui écoute, accroupie sur un tabouret, le menton calé entre ses poings serrés, demande :

— De quoi l'accuse-t-on ?

— De trop de choses pour la vraisemblance. Quand on est sûr de son fait, une seule accusation, bien étayée, suffit. On parle de sacrilège et de simonie à propos de mon mariage avec Mérovée. Mais ce sont là de vieux griefs, d'ailleurs absous entre-temps par le pape. On parle aussi de vol de bijoux précieux appartenant au roi, de trafic d'objets religieux, de tentative d'assassinat, d'appels à la rébellion... Pourquoi pas de viol sur des nonnes, tant qu'on y est ? Je connais trop bien l'évêque. C'est une âme pure. Un peu simplette, c'est vrai. Mais tout à fait incapable du moindre larcin, à plus forte raison d'un crime ou d'une incitation à l'émeute ! Ça ne tient pas debout. Il y a derrière ce tintamarre autre chose que ce qui fait officiellement l'objet de la poursuite.

La reine soupire.

— Cet « autre chose », il se pourrait bien qu'il me concerne, ou qu'il concerne le roi mon fils.

Elle darde sur Petit Loup son regard le plus bleu :

— Tu vas te rendre à Paris.

— C'est ce que j'avais cru comprendre.

— Tu assisteras aux séances du concile.

— Le peuple y est admis ?

— Qu'il le soit ou non, toi, tu le seras.

— Je le serai.

— Minnhild part avec toi.

— Ce n'est pas le plus désagréable. Quoique, avec tous ces charbonniers qui courent les chemins...

Minnhild ne laisse rien passer :

— J'en étais sûre ! Encore une allusion, une seule, tu entends, et je te quitte !

La reine s'étonne :

— Quels charbonniers ?

— Ce n'est rien.

— Ce n'est pas rien. Je veux savoir.

— Dame reine, à mon retour, je te conterai l'affaire.

— Je brûle de l'entendre. Tu m'as mis l'eau à la bouche.

Petit Loup est cramoisi. Il bafouille :

— Tu seras déçue, dame reine.

— N'importe, la curiosité m'aiguillonne. Il s'agit

de choses indécentes, n'est-ce pas ? Je sens que ce sont des polissonneries !

Petit Loup veut répondre. Minnhild lui cloue le bec :

— Bien fait ! Toi et tes allusions ! Te voilà bien avancé.

La reine reprend son ton de souveraine :

— Toi, Minnhild, tu iras par la ville, tu fouineras, tu parleras, tu feras parler... Je compte sur vous. Trouvez ce que cache ce procès imbécile. Allez.

Petit Loup salue, les deux femmes s'embrassent. Comme les voyageurs vont franchir le seuil, la reine recommande :

— Prends soin de toi, ma Minnhild.

Elle cligne de l'œil :

— Et reviens me raconter les charbonniers !

X

Le concile[1] se tient en haut du mons Cetardu[2] dans l'église où repose l'ancêtre de la lignée, le grand Clovis, en compagnie de Clotilde, son épouse, et de la sainte femme Geneviève. Ainsi en a décidé le roi Chilpéric.

Il est raconté que, prié par Clotilde de faire construire en ce lieu une église dédiée aux apôtres Pierre et Paul, Clovis l'avait voulue, non seulement grande et magnifique afin de proclamer sa propre gloire, mais encore témoignant par ses proportions mêmes de la force de son bras. Il avait donc lancé sa hache d'armes aussi loin qu'il pouvait et décidé que la distance couverte par ce jet marquerait la longueur de la plus grande dimension de l'église.

Les seigneurs évêques, en grande tenue, ont pris place dans la vaste nef qui étincelle de l'éclat des ors et des pierres précieuses. Ces prélats chamarrés

---

1. Grégoire de Tours emploie tantôt le mot de « concile », tantôt celui de « synode » pour désigner la même assemblée. Les dictionnaires donnent à l'un et à l'autre mots le sens d'« assemblée d'évêques et de théologiens réunis pour discuter de questions de doctrine ou de discipline ecclésiastique ».

2. Aujourd'hui la montagne Sainte-Geneviève.

ne sont pas trop tranquilles. Ils savent qu'autour de l'église une épaisse muraille de soldats armés en guerre les coupe du monde extérieur et que la ville tout entière, au mépris de la foi jurée, est investie par les troupes de Chilpéric.

La menace est cynique, le mépris de la justice et des juges insolent. Peu s'en offusquent. Ils savaient très bien, en se rendant à l'invitation, parfois musclée, du roi de Neustrie, qu'ils partageaient par là même son point de vue. S'il estime bon de faire juger leur collègue Praetextatus, c'est qu'il veut le voir condamner. Ils condamneront donc.

Plus éhontée est la crapulerie, plus ostensible est le respect des formes. À tout concile il faut un président. Ils en choisirent un parmi eux. Est-ce par hasard qu'ils élurent le plus corrompu, le plus avide, le plus pompeux, le plus fourbe, celui qui vit dans un luxe de lupanar romain de la décadence, qui se prélasse sur un lit de maîtresses, putains et femmes mariées mêlées, et qui, bravant l'enfer, n'hésite pas à puiser parmi les saintes épouses du Seigneur Christ comme dans un harem personnel ?

Non, ce n'est pas par hasard qu'ils firent cela : Bertramn, évêque de Bordeaux, est, chacun le sait, sauf Chilpéric, bien sûr, un des amants en titre de la reine Frédégonde.

L'accusateur n'est autre que le roi Chilpéric en personne. Il siège sans vergogne à la haute place, celle qui devrait revenir au président, lequel, assis à la gauche du roi sur un tabouret, fait figure de comparse. La reine Frédégonde se tient à la droite de son époux. Elle s'est arrangée pour que sa tête soit au niveau de celle de Chilpéric.

Sur un appel de trompe, l'assemblée fait silence. On introduit l'accusé. Ses chaînes lui sont ôtées. Le grand vieillard est l'image même de l'accablement. Ses épaules se voûtent, ses jambes fléchissent. Si le regard reste ferme, l'habituelle douceur qu'il pose sur toute chose n'est plus qu'hébétude et incompréhension.

Le président Bertramn ayant déclaré la séance ouverte, le roi, aussitôt, bouscule le rituel. Il se dresse et, ignorant les juges et tout l'appareil solennel, tend le poing à l'accusé qu'il interpelle à voix furieuse :

— Évêque parjure et félon, évêque ennemi de la foi du Seigneur Christ et du bien de l'État, je t'accuse à la face de Dieu et des évêques, tes pairs, ici réunis, d'avoir marié mon fils en une union incestueuse, adultère et scélérate à la propre femme de son oncle, laquelle se trouvait, en outre, être mon ennemie déclarée.

« Je t'accuse d'avoir sciemment volé et dissimulé un trésor considérable qui m'appartient de plein droit, ainsi que des ciboires, ostensoirs, chandeliers et autres objets du culte, ce qui est crime de simonie majeure.

« Je t'accuse d'avoir calomnié mon épouse vénérée, la reine Frédégonde, ici présente.

« Je t'accuse d'avoir répandu à poignées l'or et l'argent — que tu m'avais volés — parmi le peuple, parmi l'armée et parmi les clercs attachés à ma personne afin de les détourner de la fidélité qu'ils me doivent et les inciter à se rebeller contre moi.

« Je t'accuse enfin d'avoir constamment cherché, par trahison, assassinat, parricide, régicide et incitation du peuple à l'émeute, à m'ôter la vie et à livrer mon royaume à mon pire ennemi.

Tout au long de cette harangue, la voix de Chilpéric, comme révulsée d'horreur à l'énoncé d'aussi épouvantables forfaits, a gravi tous les degrés de l'indignation, s'enflant jusqu'au hurlement pour conclure :

— Trahison ! Tu as trahi ton dieu et ton roi ! Tu as voulu me tuer et tu le veux encore, serpent ! Trahison, mes fidèles ! On en veut à la vie de votre roi ! Trahison !

Ce discours forcené glisse sur les ors des évêques, qui en ont entendu bien d'autres et se contentent d'apprécier en connaisseurs le jeu de l'acteur. Il n'en va pas de même pour les troupes en armes massées derrière les portes closes, à qui, en fait, ces paroles sont tout spécialement adressées. Au mot de « Trahison ! », ils hurlent leur fidélité à leur roi, font un grand vacarme d'acier frappant les boucliers, veulent mettre à mort le régicide, exigent qu'il leur soit livré sur-le-champ, enfin se mettent à enfoncer les portes massives pour aller le chercher eux-mêmes.

Les voilà qui font irruption dans l'église, qui bousculent évêques, diacres et menue clergeaille, distribuant en grand entrain coups de plat d'épée sur les épaules dorées et coups de bottes cloutées dans les vastes fessiers ecclésiastiques.

Debout au centre du cercle vide, l'accusé Praetextatus tremble et prie, résigné au martyre, bien qu'il ne discerne pas clairement la signification mystique de celui-ci : un évêque massacré par des chrétiens, quel symbole est-ce là ?

Les membres du synode, semant leurs bonnets aux riches broderies[1], s'égaillent en tous sens comme volaille apeurée, les moins perclus par le poids des ans se taillant à grands coups de leur crosse pastorale un chemin dans la masse couinante des plus chenus.

Chilpéric, les poings aux hanches, laisse ses brutes enferraillées s'amuser quelque temps. Lorsqu'il estime avoir suffisamment indiqué aux juges intègres où se trouve leur devoir, il vient se poster en une attitude tout à fait noble au côté de Praetextatus en prière, le couvre de sa main — il a lu quelque part que cela se faisait chez les empereurs de Rome : couvrir de sa main étendue ou de son bonnet celui que l'on a décidé d'épargner, il trouve le geste élégant — et, de sa voix puissante, il crie : « Halte ! »

Tous se figent. Il poursuit :

— Cela suffit, mes braves ! Mais vous n'auriez pas dû. La justice doit s'exercer hors de toute influence, de toute intimidation. Quittez les lieux et rentrez dans vos rangs.

Les soudards obéissent comme à la parade. Un peu déçus, bien sûr, ils étaient si bien partis pour une bacchanale monstre... Enfin, on a quand même bien rigolé. Ils se retirent en bon ordre, mettent chacun un genou en terre et se signent avant de quitter le lieu saint, chrétiens avant tout.

---

1. Les évêques ne porteront des mitres proprement dites qu'à partir du xe siècle.

Du haut de son siège surélevé, la reine Frédégonde fait la grimace. Devant l'assaut des hommes d'armes, elle s'était à demi dressée, toute rose de plaisir, certaine qu'au bout de tout ça la tête chauve de Praetextatus serait promenée en procession autour du saint lieu, plantée sur un fer de lance. Elle hausse les épaules. Et puis elle se reprend. Les véritables enjeux lui reviennent à l'esprit. Il n'y a pas que l'amusement, dans la vie d'une reine. N'oublions pas que ce procès n'est qu'une mascarade. Le but réel : terroriser le vieux pour qu'enfin il avoue l'existence d'un Childebert de pacotille et sa participation à lui, évêque, à la substitution.

C'est un galetas perché sous le toit pentu d'une auberge de la rive gauche. La clientèle en est de nautes au bonnet de laine, de débardeurs de la grève, de compagnons charpentiers en nefs et barcasses et aussi de vignerons, de tonneliers et autres membres des professions vinassières, car si la Seine porteuse de marchandises coule au pied de la colline, les vignes la tapissent jusqu'en haut. Or là où il y a vignes il y a chais, et aussi facteurs de futailles.

Ils se retrouvent là, le soir venu, Petit Loup et sa Minnhild, pour faire le point sur ce qu'ils ont pu capter, chacun selon sa mission assignée, concernant les événements du jour, et aussi, pourquoi pas, pour se donner d'ardents témoignages de leur mutuelle tendresse.

Petit Loup s'est splendidement débrouillé. Il s'est souvenu que, ayant délivré Mérovée des sbires de

Chilpéric, il avait, avec lui, trouvé refuge en l'église métropolitaine de Tours, vouée au grand saint Martin, patron des Gaules. Là, il avait pu apprécier l'amitié que portait l'évêque Grégoire à la reine Brunehaut ainsi qu'à son jeune époux, malgré la regrettable inconvenance de leur situation, qu'il déplorait tout le premier. Lui-même, Petit Loup, avait lié des rapports d'affectueuse estime avec l'indulgent mais intraitable évêque.

Et donc, débarquant à Paris en quête d'une raison sociale qui lui donnerait accès à l'enceinte où devait se dérouler le procès, il s'en était allé frapper à la porte du provisoire logis parisien de l'évêque de Tours. Grégoire, répondant à la convocation du roi Chilpéric, dont il était sujet, la Neustrie englobant — quoique abusivement — le diocèse de Tours, avait fait le voyage de Paris, avec d'autant plus d'empressement que les accusations portées contre l'honnête Praetextatus puaient la mauvaise querelle. L'iniquité du procès qu'il prévoyait et la servilité non moins certaine des juges-évêques lui dictaient son devoir : s'il n'y en avait qu'un pour défendre l'accusé et veiller au respect des règles et de l'équité, il serait celui-là, quitte à braver ouvertement le roi Chilpéric et sa Frédégonde.

Grégoire avait trouvé à se loger dans une villa patricienne du faubourg situé sur le versant méridional du mons Cetardus, versant opposé à celui où s'érige le palais royal[1].

Petit Loup s'était donc présenté au logis de l'évêque de Tours, qui lui avait ouvert grand les bras

1. Aujourd'hui, versant que dégringole la rue Mouffetard.

en souvenir du bon vieux temps. Respectant le secret auquel il était tenu, Petit Loup n'avait confié à Grégoire qu'un minimum plausible : comme quoi il était mandaté par la reine Brunehaut pour assister au déroulement du procès de Praetextatus, lequel procès éveillait un retentissement énorme dans toute la chrétienté, et lui en rendre compte point par point afin qu'elle pût, si besoin était, argumenter un recours auprès du seigneur pape. Grégoire s'était montré d'autant plus compréhensif que lui-même s'attendait à une parodie de justice et se promettait de veiller au grain. Sa vive admiration pour la personne de Brunehaut avait encore facilité les choses.

L'évêque avait offert à Petit Loup de le prendre auprès de lui comme domestique tout spécialement attaché à sa personne, allant jusqu'à feindre une douloureuse claudication, conséquence d'un rhumatisme tenace qui justifiait la présence d'un aide compétent pour parer à tout accident.

Le serviteur particulier d'un évêque ne saurait être que clerc. Petit Loup sait assez de latin pour tenir le rôle de façon convaincante. Il n'y manquait que la tonsure. Minnhild avait pleuré en portant les ciseaux dans la fauve crinière, mais, ainsi que le lui fit remarquer l'intéressé : « Faut ce qu'il faut. »

Minnhild, de son côté, n'était pas, comme on se plaît à dire, restée les deux pieds dans le même sabot[1]. Mettant à profit le tohu-bohu provoqué par la soudaine affluence d'évêques et de leurs suites,

1. L'âge vénérable de cette expression encore bien vivace nous apprend que, dès le VIe siècle, les paysans gaulois, fatigués de s'écorcher les pieds sur les silex comme il en avait été pendant toute l'antiquité gréco-romaine, avaient enfin inventé les sabots de bois.

qui jetait la ville sens dessus dessous, elle s'était proposée comme femme à tout faire dans une riche maison où l'on manquait chroniquement d'esclaves, ceux-ci ayant la détestable habitude de prendre le large et de se faire bandits de grands chemins ou filles à soldats plutôt que d'endurer les caprices et avanies prodigués par la maîtresse des lieux, au risque de se voir couper la langue, les mains ou les pieds s'ils étaient repris.

La cause de cette déplorable tendance à la désertion de la domesticité lui était devenue limpide lorsqu'elle avait incidemment appris que, sans le savoir, son service se situait dans les communs et offices du logis où résidait la reine Frédégonde, laquelle occupait une aile du palais de son royal époux.

Minnhild s'était tout d'abord épouvantée de cela, et puis, quand elle avait confié la chose à Petit Loup lors de leur première rencontre nocturne pour faire le point, celui-ci s'était réjoui de l'heureuse opportunité qui — assurait-il —, si elle savait habilement jouer sa partie, la plaçait à la source même de tout savoir.

— Mais, avait objecté la petite, la reine m'a vue, naguère [1].

— Une seule fois, et il faisait bien noir.

— Elle a des yeux de lynx, une mémoire d'éléphant.

— Oh, oh ! Aurais-tu lu dans le texte les *Histoires naturelles* du bon vieux Pline ?

— Tout le monde sait que le lynx voit la nuit et que l'éléphant n'oublie jamais. Et ce que ton Pline

1. Voir *Le Sang de Clovis, op. cit.*

ne dit peut-être pas mais que je sais très bien, moi, c'est que je tiens, peut-être exagérément, à ma langue, à mes mains, et aussi, figure-toi — quelle prétention ! —, à mes pieds.

— J'objecte. D'abord, tu es femme libre, et non esclave. On ne te couperait donc pas ces appendices auxquels tu sembles tenir. Ensuite, pourquoi chercherais-tu à t'évader ? Tu es censée t'estimer fort heureuse de frotter les dalles et de vider les pots de chambre pour gagner de quoi nourrir ta pauvre vieille maman et ta grouillante marmaille.

— Tu iras dire cela à Frédégonde. D'autant qu'en fait, j'espionnerai.

— Espionner est différent, en effet. J'ai ouï dire que la reine fait écorcher vifs les espions et espionnes, puis en fait tanner la peau pour s'en tailler des vêtements fort seyants, rehaussés de l'effet des touffes de poils apparaissant en des endroits surprenants.

— Mes touffes de poils... Tu oses évoquer mes touffes de poils semées sur...

Le sanglot menaçait. Petit Loup s'employa à consoler son équipière, le maintien du moral de l'équipe ne pouvait se satisfaire à moins. Il s'y employait assez souvent, depuis quelque temps. Précisément chaque fois qu'il amenait la conversation à ces taquineries cruelles. Petite revanche sur un épisode mal digéré ? Celui des charbonniers, par exemple ?

Toujours est-il que Minnhild a pris son service dans les régions sans prestige du palais, tandis que Petit Loup escorte son évêque.

Au soir de ce premier jour du procès, ils sont réunis dans la soupente, tassés dans les bras l'un de l'autre. De toute son âme, Minnhild ressent l'humiliation du pauvre vieux Praetextatus.

— Alors, une fois les soldats sortis, que s'est-il passé ? Raconte !

— Eh bien, le roi ayant formulé son accusation, le président...

— Beau président de merde, oui !

— Minnhild !

— Je ne dis plus rien. Juré !

— Le président, l'évêque Bertramn, a donné la parole à l'accusé pour qu'il présente sa défense. Le premier grief était le mariage.

— Aïe !

— Comme tu dis. Praetextatus n'a bien entendu pas pu se justifier quant à la violation des lois canoniques touchant l'union incestueuse de Brunehaut et de Mérovée. Les faits sont patents, le sacrement fut profané au vu de tous, « avec arrogance publiquement affichée et défi effronté aux lois les plus sacrées », ainsi que n'a pas manqué de le souligner Chilpéric, qui, tu le sais, se pique de théologie et de droit canon.

— Le sale hypocrite !

— Mais ce n'est là, après tout, que manquement au devoir pastoral, faute grave, certes, cependant ne portant pas atteinte à la doctrine, ne relevant pas du crime d'hérésie. Le cas est justiciable d'un banal tribunal ecclésiastique, qui punirait selon ce qu'exige la discipline. Chilpéric, ou plutôt Frédégonde, ne peut se contenter de cela. Elle veut la mort, la mort infamante. Praetextatus est prêt à mourir, il est épouvanté devant le déshonneur. Le véritable procès n'est pas encore commencé. Ce sera celui de vol, de complot contre le roi et de tentative d'assassinat.

Minnhild est songeuse :

— Pourquoi un tel acharnement ?

— Je viens de te le dire : Frédégonde est folle de rage contre l'évêque, sans doute à cause du rôle qu'il a joué dans le mariage de Mérovée avec Brunehaut. Nous sommes bien placés, toi et moi, pour savoir ce qu'il en était en fait. Frédégonde feignait de poursuivre de sa haine le fils de Chilpéric — son beau-fils, donc —, alors qu'elle l'aimait d'une passion non moins incestueuse que celle de Brunehaut, avec, en plus, dans son cas, l'adultère, car si Brunehaut était veuve, elle ne l'était pas, elle.

— Et quand Frédégonde est folle de rage... Tout de même, vois-tu, on ne m'empêchera pas de me dire qu'un coup de poignard discret aurait suffi à calmer l'appétit de vengeance de l'ogresse. Pourquoi ce procès à grand spectacle à propos de vétilles auxquelles personne ne s'intéressait plus depuis belle lurette ? Pourquoi ce tintamarre, pourquoi surtout cette obstination à traîner Praetextatus dans la boue, à le couvrir de l'opprobre du voleur et de l'assassin, seule façon d'ébranler son âme, alors que, j'en suis sûre, il regarderait sans trop de grimaces la mort en face ?

— La reine — je veux dire « la nôtre » — aurait donc raison quand elle flaire là-dessous quelque chose d'autre que les griefs ouvertement proclamés ? Quelque chose de terrible...

— La reine a plus de raison dans la tête que toi et moi ensemble dans les nôtres.

— Sans oublier Griffon.

— Tu peux rire...

La deuxième séance du grand procès s'ouvre sur l'examen de l'accusation de vol aux dépens du roi et aussi de tentative d'assassinat contre ce monarque, les deux griefs étant étroitement liés. Chilpéric renouvelle, avec force démonstrations de chagrin mêlées d'injures, ses affirmations, que Praetextatus nie.

Le roi fait alors introduire des témoins, tous hommes libres de race franque, lesquels présentent au tribunal divers objets précieux qu'ils affirment sur l'honneur leur avoir été donnés en cadeau par l'accusé afin qu'ils se joignent au complot fomenté par le prince renégat Mérovée pour assassiner son père. Chilpéric fait le serment que chacun de ces objets était compris dans le lot qui lui revenait en toute propriété après l'« arrangement » conclu avec la reine Brunehaut. Il y a donc bien vol éhonté et utilisation du produit du vol en vue d'assassinat régicide.

La précédente accusation de profanation du saint sacrement de mariage, trop patente, hélas, avait accablé le malheureux évêque, pataugeant dans sa culpabilité bien qu'elle eût été le produit de son affectueuse indulgence envers les deux coupables plutôt qu'un quelconque dessein pervers dirigé contre la religion. La comédie du vol et du meurtre, par contre, tellement mensongère, tellement outrée dans l'énormité même de son invraisemblance, le fouette au sang.

Le vieillard se dresse, pointe sur ses accusateurs un index qui ne tremble plus :

— Lequel d'entre vous peut affirmer, preuves à l'appui, et jurer sur les saints Évangiles que je lui ai fait, ne serait-ce qu'une seule fois, un cadeau qui ne fût la juste rémunération d'un service rendu ou d'une denrée fournie par lui à moi ?

Sur les saints Évangiles... Peste ! Le roi leur avait assuré qu'on n'en viendrait pas là. C'est qu'il y a parjure et parjure ! Mentir sciemment, la main étendue au-dessus des livres sacrés, ou au-dessus de reliques attestées, déchaîne la colère du Ciel, non seulement outre-tombe, mais ici-bas. Aucune absolution n'y pourrait rien, ainsi pensent ces âmes barbares. Les témoins s'entre-regardent, quêtent des yeux le soutien du roi qui, sentant l'urgence de les reprendre en main, se lève pour parler. Praetextatus le devance. Forçant sa voix cassée, il assène :

— Lequel d'entre vous peut jurer, la main sur les Livres saints, que les objets ou espèces qu'il reçut de moi en paiement avaient été dérobés au trésor du roi Chilpéric ou à celui de quiconque ?

Murmure charmé parmi les assistants — il y en a ! — qui croient encore assister à un procès loyal. Flottement chez les témoins. Sortant de ses gonds, le roi se tourne vers le président Bertramn et l'apostrophe :

— Beau président de merde, tu donnes la parole

au voleur, à l'assassin, au sacrilège, tu laisses les honnêtes gens plier sous le mensonge, tu permets qu'un scélérat mette en doute la parole du roi, ton seigneur !

Le fourbe, sentant le vent tourner, se drape de dignité blessée :

— Roi Chilpéric, tu n'es pas mon roi. D'ailleurs, le serais-tu que le pouvoir temporel n'a rien à faire ici. Sache que, roi ou pas, je mènerai ces débats en mon âme et conscience.

Un rapide coup d'œil sur l'assemblée convainc Chilpéric que les évêques ne sont pas mécontents de ces paroles qui les vengent un peu de leur servilité. Serrant les poings, il décide :

— C'est assez pour aujourd'hui. Que chacun se sépare. Les débats reprendront demain.

Ce qui fait que l'évêque Bertramn n'a même pas à donner le signal de la fin de la séance.

Le lendemain. Dans la soupente, au-dessus de l'auberge.

— Quelle journée, Minnhild !

— Et la mienne, donc !

— Vrai ? Raconte !

— Toi d'abord.

— Eh bien, voilà. Tout d'abord, de bon matin, un nommé Ætius, diacre et, comme il devait apparaître par la suite, tout dévoué au roi Chilpéric, a réuni les évêques, hors séance, afin de les convaincre de juger selon leur intérêt bien compris, c'est-à-dire de condamner Praetextatus. Il n'était nul besoin de déployer beaucoup d'éloquence pour cela, la peur qu'ils avaient au ventre y pourvoyait largement.

« C'est alors que l'évêque de Tours, Grégoire, mon patron, s'est levé pour exhorter ses confrères à ne pas se déshonorer en cédant à la peur et à rendre, en leur âme et conscience, un jugement équitable, et même à écouter la voix de l'indulgence envers un pasteur au passé irréprochable.

« Tu les aurais vus, les rats ! Ils ont rentré la tête dans le capuchon de leur manteau et se sont dispersés en rasant les murs, tremblant que le roi n'apprennent qu'ils s'étaient trouvés là... Tu penses bien que les plus lèche-cul se sont empressés d'aller prévenir Chilpéric, qui s'est fait amener Grégoire et lui a montré où est son devoir. J'y étais. Je peux te dire que douceur ni menaces n'y ont rien fait.

« Ensuite, il y a eu la séance du procès. D'entrée de jeu, le roi a exigé qu'un verdict soit rendu. Mais Praetextatus, décidément bien en selle, a de nouveau eu l'habileté de placer l'assemblée devant un dilemme de parjure qui a rendu la décision impossible. Chilpéric est reparti furieux. J'aimerais savoir comment il a été reçu par sa Frédégonde.

— Quant à cela, moi, je peux te l'apprendre.

— Ah, oui ?

— Et je peux même t'éclairer sur un tas de choses qui vont te laisser pantois. Entre autres, je peux t'annoncer que notre mission est terminée.

— Notre mission ?

— Tu as déjà oublié ? Nous avons été envoyés ici pour y accomplir une tâche bien précise. Eh bien, cette tâche est accomplie. Il n'y a plus de mystère.

La petite Minnhild a tout tiré au clair. Nous pouvons dès à présent galoper ventre à terre jusqu'à Metz afin de rendre compte à notre mandataire, j'ai nommé la très illustre, très belle et très bonne Brunehaut, reine mère et régente d'Austrasie.

— Très bonne...

— Ne chipote pas.

— Je ne chipote pas. Je suis ébahi. Et sceptique.

— Tu peux. Je le serais aussi, à ta place. Mais les faits sont là, il te faudra bien les admettre.

— C'est bon. Un peu de modestie. Allons, raconte.

— Doucement. Ne me bouscule pas. D'abord, donne-moi un coup à boire, ça va être un peu long. Merci. Tu es prêt ? On y va.

« Figure-toi que, la nuit dernière, je n'arrivais pas à dormir. De sous le renfoncement de l'escalier — je ne sais pas si je te l'ai dit, mais je couche sous la volute de l'escalier —, de sous, donc, l'escalier, j'entends des bruits. Des bruits de gens qui marchent. Deux qui marchent en tapant du talon, un qui traîne les pieds. Dans la nuit, on distingue très bien les sons. Moi, tu me connais...

— Je me le demande.

— Pas d'allusions désabusées, nous sommes en service. Strictement le nécessaire. Donc...

— ... toi que je connais...

— ... je pousse mon museau hors, et qu'est-ce que je vois ?

— Je te le demande.

— Je te le dis : Praetextatus.

— L'évêque ?

— Il y en a un autre ? Les pieds qui traînaient, c'était lui. Les talons assurés...

— C'étaient les autres.

— On croirait que tu y étais. Les autres étaient des soldats, un de chaque côté, le pauvre vieux au milieu.

— Autrement dit, il n'avait pas l'air d'être là de son plein gré.

— Ces gars-là ne portaient pas de torche pour s'éclairer. J'en ai déduit qu'ils ne cherchaient pas tellement à attirer l'attention.

— Je ne sais pas si j'y serais arrivé du premier coup.

— Oui, je suis plutôt une déductive qu'une intuitive. Alors, tu sais quoi ?

— Je crois deviner.

— Je n'ai fait ni une ni deux... Enfin, j'ai peut-être fait un petit peu une, mais pas deux. Je les ai suivis. C'est courageux, ça ?

— Héroïque. Après ?

— Tu es là, froid, sec. Tu ne te rends vraiment pas compte du danger.

— Je tremble, Minnhild ! Je halète ! C'est pourquoi je voudrais tant connaître la suite.

— Quand même, tu pourrais m'encourager, de temps en temps. Pousser de petits cris d'effroi.

— J'y penserai. Va.

— Donc, faisant taire ma peur, je les ai suivis, en rasant les murs, et devine où ils sont allés.

— Si je devine, à quoi j'ai droit ?

— À ce à quoi tu as droit sans avoir à deviner. Je n'ai que ça à offrir.

— Mais c'est meilleur quand on l'a mérité.

— J'attends.

— Ils sont allés dans l'appartement de la reine Frédégonde.

— Toi, alors !

— La récompense !

— Ce n'est pas le moment. Chez la reine Frédégonde, soit. Et il y avait aussi... ?

— Le roi Chilpéric.

— Là, c'était facile.

— Donc, pas de récompense.

— Sûrement pas ! Je ne suis pas entrée, mais comme il n'y avait pas de portes... Tu sais comment sont ces sauvages, ils n'aiment pas ouvrir et fermer les portes, alors ils les ôtent une bonne fois pour toutes.

— Mais, à la place, ils accrochent des rideaux de cuir.

— Voilà. Si bien qu'on entend tout. Je me suis accroupie derrière le mur, l'oreille collée au rideau, et j'ai tout entendu. Là, j'aime mieux te dire, tu t'accroches.

— Je m'attends au pire. Dois-je pousser un petit cri d'effroi ?

— Pas encore. C'est difficile à raconter, alors je vais imiter les voix. Pour commencer, c'est le roi qui parle :

« "Évêque, tu nous amuses. Tu sais très bien que le procès que je te fais n'est que pour la frime. Parlons net. Ce que j'attends de toi, c'est que tu avoues que le petit roi d'Austrasie a été substitué, que celui que l'on nous donne à voir n'est pas Childebert II mais un bâtard incestueux, et que toi seul peux en témoigner devant le peuple franc parce que toi seul as prêté la main à sa naissance.

« “Voilà le marché : tu reconnais la naissance clandestine, tu proclames devant l'assemblée des leudes que le prétendu Childebert II n'est qu'un imposteur et que, en ce qui te concerne, tu n'as fait qu'aider à la dissimulation du bâtard mais es innocent du crime de lèse-majesté, qui fut commis à ton insu. Moyennant quoi, je retire ma plainte en ce procès de fantoches. Pour ce qui est du mariage incestueux, le pape passera l'éponge, je m'en charge, et tu conserveras ton diocèse de Rouen avec tous ses privilèges ainsi que l'amitié de ton roi.”

« Là, tu vois, il y a eu un silence. Je suppose que le pauvre vieux Praetextatus avait la bouche béante et la langue pendante, ne comprenant absolument rien à cette histoire d'enfant clandestin, de substitution de roi et tout ce micmac, puisque seuls étaient au courant la reine Brunehaut et le roi Gontramn, et maintenant nous deux en plus.

« Bon. Le silence a duré un peu, et puis la reine s'est mise à parler. Attends, je vais me faire sa voix. Comme ça :

« “Évêque, je comprends que tu hésites. Tu ne savais pas ton secret percé à jour. Tu es secoué. Prends ton temps, mais pas trop. La situation est claire : tu avoues la vérité, tu es libre et honoré. Tu t'obstines à te taire, nous laissons le présent procès aller à son terme fatal : la déposition en ce qui concerne ton épiscopat, la condamnation infamante pour vol et assassinat, avec la peine capitale au bout, j'y veillerai."

« De nouveau un silence, sauf que le roi a toussé, s'est mouché et a lâché un gros rot.

— Il n'a pas pété ? Ça manque.

— Ce qu'il y a, avec toi, c'est que tu ne prends jamais rien au sérieux.

— Ne t'y trompe pas. C'est de la pudeur. Je cache mon émotion.

— Praetextatus a fini par parler. Attends, je prends sa voix. C'est difficile.

Elle se racle la gorge, éructe à voix de vieillard :

— "Seigneur roi, et toi, dame reine, je ne sais de quoi vous parlez. Je n'ai connu à la dame reine Brunehaut nul autre fils que celui qu'elle conçut en légitime union du seigneur roi Sigebert, et qui aujourd'hui règne sur l'Austrasie. S'il y eut complot, dissimulation d'enfant et substitution criminelle, je n'y ai pris nulle part, je n'en ai même jamais rien su."

« Il s'est tu un moment, comme s'il réfléchissait, puis il a dit :

« "Je pense qu'il n'y a complot qu'en ta tête, roi Chilpéric, et en la tienne, reine Frédégonde. Je pense que vous cherchez à déconsidérer l'actuel roi d'Austrasie pour donner prétexte à ses leudes vendus à vous de se révolter et de le déposer. Ainsi l'Austrasie, livrée à l'anarchie, vous tomberait dans les mains comme un fruit mûr."

« Maintenant, c'est Frédégonde :

« "Il y a eu substitution. Et toi seul peux en témoigner. Choisis."

« Là, c'est Chilpéric. Il s'énerve :

« "Avoue, évêque, par les couilles du Christ ! Qu'est-ce que tu cherches ? Le martyre ? Tu n'en aurais que la honte. Les voleurs ne sont pas admis à la gloire du martyre."

« Là, c'est l'évêque :

« "Je ne puis avouer ce que je n'ai pas commis, ce dont je n'ai même pas connaissance. D'autant plus que mes aveux seraient utilisés pour ruiner d'autres vies. J'ai dit ce que j'avais à dire. Je ne parlerai plus."

— Il a du cran, le vieux.

— Surtout que, de nature, il est peureux comme un lapin. Après ça, Chilpéric a hurlé de très ingénieux jurons où il faisait des choses fort sales à la mère du Seigneur Christ et conchiait les saints apôtres, après il a fait une prière pour se faire pardonner les vilains jurons, après Frédégonde a fait revenir les deux gardes, et moi je me suis sauvée, tandis que dans les corridors vides résonnaient les talons bien scandés et traînaient les pieds exténués.

XI

— Seigneur évêque, je suis venu te prier de bien vouloir m'accorder la permission d'abréger mon service auprès de toi.

Grégoire de Tours sourit.

— Ton « service », Petit Loup... Il n'existait que pour t'être agréable et, à travers toi, pour être agréable à la dame reine Brunehaut. Tu peux le rompre quand tu le jugeras bon. Mais, dis-moi, cette mission que t'avait confiée la reine est donc terminée ?

— Elle l'est, seigneur évêque.

— Et menée à bonne fin, j'espère ?

— Aussi bonne que possible.

— Eh bien, va, mon garçon. Quoique...

— Quoique ?

— Oh, rien. Une idée comme ça.

— Mais encore ?

— Puisque tu insistes, sache que le sinistre procès du pauvre Praetextatus va maintenant se terminer, et de la pire façon pour lui.

— Je n'ai pas voix au verdict, seigneur.

— Bien sûr que non. Mais je n'ai pas renoncé à

fléchir Chilpéric ni, surtout, son épouse, et, si j'échoue, je médite de tenter quelque coup de main pour arracher cet homme de bien au sort épouvantable qui l'attend dans les prisons de Frédégonde.

— Je vois.

— Quelques braves cœurs au poignet solide et à la main prompte pourraient alors m'être de quelque utilité. Peut-être saurais-tu me procurer cela, avant ton départ ?

— Seigneur, nul ne pourrait t'être plus utile que moi-même en une telle entreprise, ni s'y adonner de meilleur cœur. Hélas, il me faut sans plus tarder sauter en selle et galoper jusqu'à Metz afin d'y rendre compte du résultat de ma mission, chose qui ne saurait souffrir le moindre délai. Sache seulement qu'il y va de la vie de la reine Brunehaut, de celle du roi son fils, et même de l'existence du royaume, et même de la pérennité de tout l'empire des Francs... Mais j'en ai déjà trop dit.

— En effet. Rassure-toi, je n'ai rien entendu. Je conçois cependant que, devant une telle urgence, le sort d'un vieil évêque ne pèse pas lourd. Enfin, chacun œuvre à sa boutique, la tienne est de sauver des royaumes, la mienne de ne pas laisser s'accomplir une iniquité.

L'évêque soupire, élève deux doigts joints :

— Je te bénis, fils. Va en paix.

Minnhild arpente le réduit minuscule, lève les bras, se frappe les cuisses, seule sa petite taille lui évite de heurter de la tête les solives saillantes. En somme, elle n'est pas d'accord. Et le dit :

— Quelle urgence ? Je ne vois aucune urgence à courir annoncer à la reine que Frédégonde et Chilpéric soupçonnent la vérité. Soupçonnent seulement, note bien cela. Idée en l'air. Rêverie. Que n'importe qui pourrait avoir. Et a eue. Et avant eux. Sans même l'ombre d'un soupçon. Accuser la reine d'avoir placé un bâtard d'elle sur le trône à la place du fils légitime de Sigebert, c'est bien là une des toutes premières idées tordues qui viennent à l'imagination pourrie de qui veut nuire, par tempérament ou par intérêt, l'un n'excluant pas l'autre ! Qu'il y ait ou non soupçons à la base n'y ajoute rien.

« Alors, dis-moi. Qu'y a-t-il de plus pressant aujourd'hui qu'hier ? Praetextatus n'a rien avoué, n'ayant rien à avouer.

— Il pourrait faire de faux aveux, sous la torture, ou simplement par peur. Frédégonde s'y entend à manier l'épouvante.

— En ce cas, il nous faut rester ici jusqu'à la fin de l'affaire, afin de constater ce qu'il en sera. À ce moment-là, oui, nous aurons de quoi apprendre à la reine.

— Donc ?

— Donc, tu as agi en étourneau, ou plutôt en gros gars de labour que tu es. Tu t'es trop pressé de prendre congé de l'évêque Grégoire. Tout n'est pas joué.

— Je cours dire à Grégoire que je ne pars pas.

— Il va te prendre pour une tête folle.

— Il va m'ouvrir grand les bras et me donner une

franche accolade, car je vais pouvoir lui rendre un fameux service !

Le soir du jour suivant.

Petit Loup s'abat sur la grossière couche de feuilles de roseau, accablé. Minnhild lui tend une cruche d'eau fraîchement tirée du puits. Il boit goulûment. Elle s'inquiète :

— Cela a été tellement pénible ?

— Horrible. Tous ces gras prélats aplatis dans leurs ors, rampant, léchant la poussière, bien décidés à livrer un innocent, un des leurs, à la vindicte de cette putain couronnée... Putain, elle l'était pleinement, à ce moment, elle oubliait ses façons de dame, elle ne se surveillait pas, elle n'avait pas conscience du hideux rictus de haine satisfaite qui est son vrai visage. Elle se pourléchait d'avance du sang du vieillard égorgé par ses crocs.

— L'évêque Grégoire n'a rien pu faire ?

— Il a fait l'impossible. Il a exhorté, devant le roi, ses collègues à la justice et à l'indulgence. Il a failli réussir. On les a sentis ébranlés. Le roi seul aurait peut-être cédé. Mais, voyant cela, Frédégonde l'a pris en privé, lui a fait une scène ordurière sans se soucier de qui pouvait entendre, et même, dit-on, l'a jeté à terre et l'a frappé à coups de pied.

— Le roi ?

— Le roi. Il a cédé. Il a une telle peur de lui déplaire... Forcé d'agir, il se réfugia dans une ruse. Une scélératesse, cela va de soi. Il fit dire à Praetextatus qu'il était au fond tout disposé à solliciter l'indulgence du tribunal mais qu'il lui fallait, pour son honneur de roi, sauver au moins les apparences. Bref, si Praetextatus s'humiliait et avouait en public ses prétendues « fautes », les évêques se jetteraient aux pieds de Chilpéric pour lui demander sa grâce, qu'il leur accorderait.

« Praetextatus n'aurait certainement pas donné dans un piège aussi grossier s'il n'avait été à bout de résistance. Mais il était brisé. On put voir ce vieillard vénérable tomber à genoux et, face contre terre, confesser : "Oui, seigneur roi, j'ai péché contre le Ciel et contre toi. J'ai volé ton bien. J'ai voulu te tuer pour faire monter ton fils sur le trône."

« À peine eut-il dit que le roi, se jetant lui-même à genoux, s'écria en un grand élan d'indignation : "Il avoue, évêques ! Il avoue ! L'avez-vous entendu, le criminel, le parjure, l'apostat ? Il avoue le vol, il avoue le meurtre ! Qu'on le jette hors d'ici, sa vue offusque mes yeux ! Et vous, juges intègres, faites votre devoir." Ils ne se le sont pas fait dire deux fois !

« C'est Bertramn, l'évêque de Bordeaux, celui-là même qui avait promis la grâce en échange des aveux, qui, en sa qualité de président du tribunal, prononça la sentence de dégradation, s'abstenant toutefois, sur les objurgations de Grégoire de Tours, de lancer la grande malédiction dite "de Judas" qu'exigeait le roi.

« Foudroyé devant tant de perfidie, Praetextatus demeurait immobile, tandis que le rituel se poursuivait. Mais Frédégonde trouvait le temps long. Elle fit entrer dans l'église des gens d'armes qui s'emparèrent sans douceur du condamné pour aller le jeter en je ne sais quel cul-de-basse-fosse.

— Il n'a donc rien cédé sur ce qui nous occupe ?

— S'il l'avait fait, le procès n'aurait pas été mené à son terme. Il aurait été interrompu sur la révélation de faits nouveaux, pour laisser place à un autre procès, autrement retentissant, celui de l'identité véritable du roi Childebert d'Austrasie et de la forfaiture de la reine Brunehaut.

— Procès qui n'aurait plus été l'affaire des évêques seuls, mais aussi celle des souverains de tous les royaumes de l'empire franc ainsi que de leurs leudes. Puisque ce n'est pas le cas, nous pouvons en déduire que Praetextatus n'a rien avoué en dehors de ce que tu as entendu.

— Crois-tu que Frédégonde est toujours persuadée qu'il y a anguille sous roche et que Praetextatus en détient le secret ?

— C'est plus que possible.

— Alors, elle va lui en faire voir !

— C'est bien pourquoi je dois me hâter de procurer à l'évêque Grégoire ce qu'il m'a demandé.

La reine trône en majesté dans le siège massif plein chêne brutal. Sa robe, inspirée de la dalmatique des impératrices de Byzance, quelque peu améliorée afin d'en tempérer l'austérité, épouse la voluptueuse sveltesse de ses formes pour s'affaisser en une lourde volute et s'épanouir au sol, corolle somptueuse. Elle sait soigner l'emballage, la petite Frédégonde. Elle sait qu'aussi alléchante soit la marchandise, l'art de la mettre en valeur en rehausse l'attrait. Elle aime voir s'allumer dans les yeux des mâles ce feu qu'ils maîtrisent si mal. Tout spécialement dans les yeux des évêques. Elle se demande si ce feu s'allumerait dans des yeux de pape. Tiens, il faudra qu'elle essaie.

Le garde, à la porte, annonce :

— Le seigneur évêque Grégoire, de Tours.

— Entre, évêque.

Elle n'aime pas ce Grégoire. Elle n'aime rien de ce qui peut contrecarrer son pouvoir sur Chilpéric. Or Grégoire, haute intelligence et l'intégrité même, a pour le roi un prestige que même l'hostilité de Frédégonde n'a pu entamer. L'influence de la reine s'est plus d'une fois heurtée à l'intransigeance de l'évêque, pour qui les privilèges de l'Église et du clergé passent avant le pouvoir royal. Chilpéric se complaît à discuter théologie, rituel, préséances et droit canon avec ce prêtre au savoir universel, qui l'écoute patiemment et reprend pied à pied ses errements. De ce domaine, Frédégonde se sent exclue. Frédégonde n'aime pas se sentir exclue. Cela l'humilie. Le roi va jusqu'à soumettre timidement à l'évêque des poèmes qu'il compose en un latin épouvantable et que Grégoire, le fin lettré, critique sans excessive sévérité. À cela se bornent les concessions de l'évêque aux servitudes du courtisan.

Frédégonde savoure son triomphe et ne s'en lasse pas. Elle sait que Grégoire est venu lui demander une faveur. Elle devine laquelle. La hauteur de son siège lui fait dominer l'évêque, qui, pour lui donner à baiser son anneau pastoral, se voit contraint de lever haut le bras. Elle incline à peine la tête, n'esquisse même pas un simulacre de baiser, va droit au sujet :

— Ta visite n'est pas que de courtoisie, évêque, si même elle l'est. Tu attends quelque chose de moi. Parle.

— Dame reine, ma courtoisie et mon respect te sont de tout cœur acquis, comme ils te sont dus, et je ne m'abstiendrai pas de te les manifester.

— Bien, bien. Au fait.

— Je sollicite de ta souveraine bonté la permission d'aller visiter en sa prison mon collègue, l'évêque Praetextatus, afin de lui apporter les secours de la religion.

— Ex-évêque, Grégoire. Ex-évêque. Que ne t'adresses-tu au roi ?

— Je l'ai fait. C'est lui qui m'envoie à toi.

Elle se frappe le front.

— Tu as ma foi raison !

Elle en rajoute :

— C'est pourtant vrai. Il faut que je m'occupe de tout, ici !

Elle frappe, dans ses mains, cette fois. Le garde accourt.

— Fais conduire le seigneur évêque au lieu où loge son ex-collègue. Tu sais où.

L'honnête militaire semble embarrassé.

— Eh bien ? Qu'attends-tu ?

— C'est que..., dame reine..., ce lieu, nul d'entre nous n'en a la clef. Même le geôlier ne l'a pas.

Elle se frappe de nouveau le front, avec le même entrain. Elle a un grand sourire :

— Mais bien sûr ! Suis-je distraite ! La clef, figure-toi, c'est moi qui l'ai. Et il n'y en a qu'une.

Elle se penche vers Grégoire, comme en confidence :

— Tu comprends, on n'est jamais trop prudent. Le bougre a des partisans. Il est aimé du menu peuple. Un geôlier, ça s'achète.

Grégoire fait remarquer, respectueusement :

— Ce n'est guère le rôle d'une reine...

Elle sourit encore. Ce n'est pas le même sourire.

— Tiens donc, évêque ! Te voilà expert en ce qu'est ou n'est pas le rôle d'une reine ! Sache bien que si je m'étais toujours conduite comme est censée se conduire une reine, je ne serais pas reine aujourd'hui.

Entre ses dents :

— Ou je ne le serais plus.

Elle darde sur lui un regard glacé :

— N'est-ce pas, évêque ?

Grégoire juge sage de ne pas répondre. Elle n'attend d'ailleurs pas de réponse. Avec une soudaine bonhomie, elle plaisante :

— Heureusement que le garde s'en est souvenu ! Tu aurais fait un long parcours pour trouver porte close et pour te faire rembarrer un peu rudement, je le crains, par les gaillards de ma garde saxonne que j'ai postés à la surveillance toute spéciale de cet ennemi de Dieu et de l'État.

— Si bien que toi seule peux le visiter.

— Et le roi, bien sûr. Mais pas sans moi.

Elle se lève, idole quittant son socle, descend les trois marches qui la haussaient au-dessus des mortels, frappe dans ses mains. Trois coups, cette fois. Deux servantes se montrent.

— Ôtez-moi cela. Ça ne convient pas pour aller là où nous allons.

Les deux filles s'activent, empoignent, chacune de son côté, la lourde robe à pleins bras et, bien ensemble, la font passer par-dessus la tête de la reine sans effleurer sa coiffure. Frédégonde apparaît, vêtue d'une simple chemise qui lui colle au corps, immatérielle chose tissée d'on ne sait quelle soyeuse matière, peut-être de la soie, justement.

L'évêque, dans l'impossibilité de se détourner — on ne tourne pas le dos à une personne royale —, a baissé les yeux, qu'il garde obstinément rivés aux dessins du carrelage. Cela amuse Frédégonde. Elle prend son temps pour passer la petite robe de lin et la tunique plus adaptées aux nécessités du moment. Quand c'est fait :

— Tu peux lever les yeux, évêque. Le diable est rentré dans sa niche.

— Ne blasphème pas, reine. Mais... tu viens donc avec nous ?

— Tu ne pensais tout de même pas que j'allais te laisser en tête-à-tête avec ton protégé, à manigancer je ne sais quoi, évasion, rébellion ou quelque autre sottise ?

Elle agite l'index sous le nez de Grégoire :

— Vieux fous que vous êtes ! On ne peut vraiment pas vous laisser seuls.

Elle rit. L'évêque ne rit pas :

— Je veux seulement l'entendre en confession. Tu ne peux priver un chrétien du saint secours.

— Un petit curaillon aurait très bien fait l'affaire.

— Il a confiance en moi.

— Oh, oh, évêque ! Ce que tu dis là est fort injurieux, et pour le petit curaillon, et pour ta reine, à qui tu t'adresses en ce moment. Supposes-tu donc que, l'un comme l'autre, nous serions disposés à trahir le secret de la confession ?

— Je n'insinue rien de tel. Je pense seulement que Praetextatus trouvera davantage de consolation à se confier à un vieil ami.

— Je le pense aussi. C'est pourquoi je te permets de le voir. Exhorte-le, pour la paix de sa conscience et son salut éternel, à avouer tout ce qu'il garde encore par-devers lui.

Grégoire s'étonne :

— N'a-t-il pas tout avoué devant le tribunal ?

Elle sent le terrain devenir mouvant. Elle dit, avec componction :

— Il est des aveux qui ne relevaient pas de ce tribunal. Tu n'as pas à les connaître. Lui sait de quoi il s'agit. Amène-le à tout avouer devant le roi et devant moi. Je ne t'en demande pas plus.

— Reine, je ne puis lui demander de t'avouer ce qu'il ne m'avouerait pas. S'il y a péché, il me le confessera forcément. Et je suis tenu au secret.

— Évêque, je ne joue plus. Arrange-toi pour qu'il me dise ce qu'il en est. Si possible, sans te faire part de quoi il s'agit. Si tu venais à savoir, alors, secret de la confession ou pas, malheur à toi !

Dans la cour intérieure, une petite litière de ville attend la reine, un simple siège suspendu entre deux brancards que soutiennent deux esclaves nubiens tout noirs à la face bouffie d'eunuques — la mode de châtrer les esclaves dévolus au service des dames de qualité est arrivée de Byzance depuis peu, ce qui vient de Byzance est du dernier chic. Frédégonde a découvert que le noir des porteurs va bien à sa chevelure d'ébène. Elle prend place sur le siège instable, ce qui n'est pas si facile, et avec une grâce parfaite, ce qui l'est encore moins. Une esclave femelle et toute jeunette, blonde, celle-là — allez comprendre ! —, lui balance un éventail devant le visage, juste à bonne distance, il fait plutôt frais mais il paraît qu'à Byzance, l'impératrice... Bref, l'esclave évente, les porteurs portent, l'évêque Grégoire suit à pied, lui-même suivi d'un Petit Loup tonsuré de frais auquel Adèle fait dans le dos, sous la robe de bure, une bosse assez étrange. Quatre mercenaires saxons en armes précèdent la litière royale, quatre autres ferment la marche.

Au passage, la reine a remarqué l'immense Petit Loup, qui attendait hors les murs le retour de son évêque. Les regards de Frédégonde se sont attardés sur ce splendide échantillon de virilité. Elle a demandé :

— Évêque, je verrais mieux ce gaillard maniant la hache d'armes ou l'épée à deux mains que le goupillon. À quoi peut bien te servir un enfant de chœur de ce gabarit ?

Grégoire sourit du coin des lèvres.

— C'est à lui seul toute ma garde personnelle,

reine. Les rues sont peu sûres, ces nuits, avec tous ces Saxons à demi sauvages qui rôdent partout et se croient tout permis.

— Ces Saxons sont miens, évêque. Ne l'oublie pas. Et ne persifle pas. Si j'ai besoin de persiflage, je le fournis moi-même. Tu es prié de rire, c'en était un.

Elle fronce le sourcil :

— Au fait, cette silhouette difficile à oublier, ce visage... J'ai déjà vu cela. Où ? Quand ? Je ne sais. En quelles circonstances ? Pas davantage, sinon qu'un tenace malaise me laisse penser qu'elles furent désagréables, et même funestes, si j'en juge au frisson qui me hérisse la peau.

Elle ajoute, rêveuse, pour elle seule :

— Une belle bête, en tout cas. À suivre.

Le petit cortège a gravi les pentes verdoyantes du mons Cetardus, est redescendu de l'autre côté par des sentiers de chèvres, a marché droit au midi dans la campagne de plus en plus clairsemée, pour enfin parvenir en un lieu surprenant, une étendue couleur de craie, un paysage bouleversé où s'ouvrent, dans des falaises blanches, les sombres bouches d'antres formidables. Petit Loup connaît cet endroit. Ce sont les carrières souterraines d'où est extrait ce noble matériau, cette pierre invulnérable et qui pourtant se prête si complaisamment à la taille : la pierre de Paris. Un peuple d'ouvriers s'active dans la morne étendue, faisant avancer sur des rondins de bois des blocs de pierre énormes, les soulevant et les chargeant sur des chariots plats attelés de chevaux puissants par le moyen de grues faites de troncs assemblés et de jeux de cordes et de poulies mus par des roues creuses en forme de ces cages où l'on se plaît à faire tourner des écureuils et dans lesquelles pédalent ici à corps perdu des hommes ruisselants de sueur que stimule le fouet des contremaîtres. D'autres, accroupis, taillent au ciseau et au maillet les blocs qui, peu à peu, évoluent vers d'harmonieuses géométries[1].

Les gardes saxons savent où ils vont : droit à une ouverture béante qui semble avoir épuisé le contingent de matériau qu'elle pouvait fournir. L'herbe folle envahit ses abords, nulle activité ne s'y décèle. C'est une carrière morte. Les Saxons s'y enfoncent sans hésiter, suivis par les porteurs de litière et le reste du cortège.

Les gardes postés à l'entrée de la galerie présentent les armes à la reine, sans rigueur excessive. Ces brutes qui n'ont au monde que leur épée condescendent à servir, au besoin jusqu'à la mort, ces Francs qui les paient et qu'au fond ils méprisent et haïssent, mais n'y apportent nulle servilité, nul souci de l'apparat. Ils échangent avec leurs camarades nouveaux venus des quolibets en dialecte saxon qui déclenchent des rires salaces. Frédégonde n'ignore pas que ses charmes et l'usage que chacun rêve d'en faire sont le sujet de ces grasses allusions. Elle ne s'en offusque pas. Elle aime sentir sur son passage monter le fumet du rut contenu.

1. Ces carrières, depuis longtemps abandonnées, forment aujourd'hui les « catacombes » de Paris.

On s'enfonce, précédés par deux porteurs de torches. Un froid humide tombe de la voûte. Petit Loup et l'évêque sursautent : un soudain envol de milliers de chauves-souris minuscules manque éteindre les torches.

La reine s'amuse :

— J'avais prévu la chose : mes cheveux sont protégés. Il est vrai que vous autres, tonsurés, n'avez pas ce souci.

Elle n'en a pas moins noté que le jeune clerc à la puissante encolure a porté instinctivement la main là où il aurait eu des cheveux s'il n'avait été clerc. Elle met cela dans le dedans de sa tête.

Dans un renfoncement de la roche, une porte basse taillée dans un bois épais marque la fin du périple. C'est là, dans ce cul-de-sac qui termine la galerie, qu'est creusée la cellule où croupit l'évêque déchu.

Deux mercenaires saxons, affalés devant la porte, jouent aux osselets. Ils se lèvent sans excès de hâte, se placent de part et d'autre de l'ouverture, saluent d'un hochement de tête réticent. Frédégonde, d'un signe, leur enjoint de s'écarter. Apparaît un formidable cadenas de fer, grand comme une assiette, hérissé de têtes de rivets. Cet engin redoutable, véritable machine de guerre, unit étroitement, sans le moindre interstice, l'énorme anse de fer jaillissant de la porte à sa sœur jumelle scellée dans la muraille [1].

La reine se trousse prestement, découvrant plus haut que la cuisse une jambe qui eût mérité un moins

1. Cadenas. Les Romains ne connaissaient pas la serrure proprement dite. Les Germaniques encore moins. Ils usaient de loquets de bois ou, rarement, de cadenas amovibles. L'invention de la serrure devra attendre encore quelques siècles.

chiche éclairage. Les mieux placés parmi les assistants ne laissent rien perdre de ce régal et remarquent, du même coup, la ceinture de maillons d'or enserrant la taille divine, ceinture à laquelle pend une clef d'une taille considérable qui ne saurait s'adapter qu'au considérable cadenas.

Frédégonde colle sa hanche à la porte, de façon à pouvoir introduire la clef dans le trou qui ne demande qu'à l'accueillir sans avoir à la détacher de sa ceinture. Elle n'y parvient pas du premier coup. Ces contorsions amusent Petit Loup, qui murmure : « Oh, la petite méfiante ! » Frédégonde a l'ouïe fine. Elle dédie à Petit Loup un bref sourire en coin.

Il n'est porte ni muraille qui résiste à Frédégonde. Celle-ci cède enfin. Avant de pousser le vantail, la reine, de l'index, désigne l'évêque Grégoire.

— Toi. Toi seul. Et moi, bien sûr.

Elle entrouvre le battant. Grégoire se faufile. Frédégonde le suit. La porte se referme. Les deux Saxons se postent en faction devant, maussades, regrettant leur partie d'osselets. Petit Loup s'assied en tailleur à quelque distance.

C'est un réduit sans fenêtre, creusé dans le roc, caverne plutôt que cellule. Une petite lampe à bec, pendue au plafond, fait ce qu'elle peut, ce qui n'est guère. Elle agite les ombres plus qu'elle n'éclaire. Les parois ruissellent. Sur une litière de roseaux pourris se tient assis, prostré, genoux au menton, le vieux Praetextatus. Son regard s'anime quand il reconnaît Grégoire. Celui-ci tombe à genoux, enveloppe son vieil ami de ses bras, le tient longuement serré contre lui.

Frédégonde, le dos à la porte, contemple ce touchant spectacle. Grégoire, reprenant conscience de sa présence, se tourne vers elle :

— Reine, je me propose d'entendre ce pécheur en confession. Tu ne saurais rester à portée de voix. Je te prie donc de nous laisser.

— Évêque, mon bel évêque, tu l'entendras en confession tant que tu voudras, après.

— Après ? Après quoi ?

— Après que tu l'auras amené à ce que tu sais. Exhorte-le, prêche-le, rassure-le, effraie-le, enfin fais en sorte qu'il soit convaincu que son devoir de chrétien et de pasteur est de ne me rien celer de la machination dont il est un des rouages et le principal dépositaire.

Grégoire grommelle :

— Et je ne sais même pas de quoi il s'agit.

— Encore une fois, tu n'as pas à le savoir. Fais simplement ce que je te demande.

— Il me l'avouera ensuite en confession.

— Eh oui : ensuite ! Tout est dans ce mot : « ensuite » ! Ensuite, tu pourras l'entendre tout ton saoul ! Ensuite, le monde entier l'entendra, j'y veillerai. Et cela fera un fameux tintamarre, crois-moi !

Il faut donc en passer par là. Grégoire hausse les épaules, se penche vers Praetextatus, ne sachant trop par quoi commencer, mais, avant qu'il n'ait pu formuler le premier mot, le vieillard le saisit des deux mains par le col et s'écrie à voix lamentable :

— Grégoire, mon cher Grégoire, mon bien cher

frère en Dieu, je te jure par serment solennel que je ne sais pas ce que cette femme veut de moi. Je ne comprends même pas de quoi elle parle. Complot, substitution, félonie, dit-elle. Qu'est-ce là ? Que viens-je faire là-dedans ? Elle me promet la grâce, la liberté et la réhabilitation si je parle. La mort si je me tais. Mais parler de quoi ? Il y a là-dessous quelque malentendu épouvantable, je le pressens. Et comme je n'ai rien à dire, je me prépare à mourir.

Grégoire n'est pas loin lui-même de soupçonner quelque énorme défaut de compréhension. Il s'obstine cependant :

— N'aurais-tu pas participé, à ton insu, à quelque action qui se révèle aujourd'hui néfaste pour le roi Chilpéric ou pour la reine ?

— Comment peux-tu le penser ? Je ne fais rien par mégarde, je suis bien trop attentif, tu le sais, disons même trop craintif, pour risquer de contrecarrer en quoi que ce soit les desseins du roi ou de la reine.

— Il y a pourtant eu ce mariage...

— Eh oui, il y a eu ce mariage ! Ma seule faute. Parce que j'aimais Mérovée, cet enfant. J'ai durement payé un instant de faiblesse. Mais il s'agit maintenant de tout autre chose. De quoi ? Je ne sais pas.

Il se tord les mains, se penche tout contre l'oreille de Grégoire, lâche dans un souffle :

— Ils me battent.

La situation est sans issue. Grégoire n'entrevoit, au bout de tout cela, que la mort de Praetextatus, étranglé comme le fut Galswinthe, comme le furent tant d'autres... Il est temps d'agir. Il murmure :

— Aie confiance. Je m'occupe de toi.

Frédégonde intervient :

— Parlez haut, que j'entende. Si c'est une évasion que vous complotez, vous y perdez votre temps. Bon. Je constate que tu n'es pas plus disposé à parler que tout à l'heure. Tant pis pour toi. Tu resteras enfermé. Tu n'auras pas ta confession. Et si, par malheur, tu venais à rendre l'âme, tu devrais te passer du secours des sacrements. Tu l'auras voulu.

Elle ouvre la porte, s'adresse à Grégoire :

— Allons, évêque, cela suffit. Sortons d'ici.

Petit Loup n'est pas resté longtemps accroupi dans son coin. S'étant levé, secoué, étiré, ayant bâillé à faire bâiller les soldats, il avait nonchalamment marché de-ci, de-là, comme pour se chasser les fourmis des jambes, ignoré des gardes qui n'avaient aucune consigne le concernant. Il avait ainsi pu noter certaines particularités des lieux, l'existence de certaines galeries latérales plus ou moins comblées par des éboulis et négligées des gardes, enfin de ces choses qui peuvent toujours servir, on ne sait jamais.

La porte de la cellule s'ouvre, laissant passer la reine, puis l'évêque. L'un comme l'autre n'ont pas l'air spécialement satisfaits de leur visite. Frédégonde paraît férocement décidée à on ne sait quoi d'implacable. Le visage de Grégoire reflète tout à la fois l'accablement lugubre et la résolution désespérée.

On reprend le chemin en sens inverse. Revenue à l'air libre, Frédégonde décide :

— Évêque, je t'emprunte ton enfant de chœur. Comme un prélat ne saurait aller seul par les rues, je te prête ces deux gaillards de ma garde personnelle, il n'y a pas de meilleure sûreté. Ainsi ne risqueras-tu pas de faire de mauvaises rencontres. Je regrette de n'avoir pas une mule à t'offrir. Il te faudra aller à pied.

Son regard se fait dur :

— Tu ne m'auras pas servi à grand'chose. Peut-être même m'as-tu nui ? Sache que je ne te perds pas de vue, évêque de Tours. Et que tu n'endormiras pas ma vigilance avec de beaux vers latins.

La reine oscille au pas balancé des porteurs. Petit Loup marche à son côté, ainsi qu'elle lui en a donné l'ordre. Il s'efforce à l'allure ecclésiastique, les deux mains sur le ventre, enfoncées dans les vastes manches. Elle questionne, il répond. Il a un avantage sur elle : il sait tout d'elle, et il sait ce qu'elle veut savoir de lui. Elle tâtonne, à la recherche de l'ombre d'un souvenir. Il dit ce qu'il juge bon de dire.

En fait, il a un autre avantage sur elle. Elle croit qu'il l'accompagne parce qu'elle le lui a commandé. Elle ne peut pas deviner qu'il l'aurait suivie de toute façon, ouvertement ou furtivement. Pourquoi ? Parce que Frédégonde possède la clef. Petit Loup suit la clef.

Petit Loup possède même sur Frédégonde un troisième avantage, mais de celui-là il n'a pas conscience. C'est pourtant le plus évident. Il se lit dans les yeux avides de Frédégonde, il en jaillit comme deux rayons verts. Il a pour nom concupiscence. Frédégonde veut se payer cette montagne humaine. À cet insaisissable souvenir qui la tourmente est venu se mêler un subit, un impérieux désir charnel.

Les mercenaires saxons ont senti souffler au-dessus de leurs têtes le vent de la luxure royale. Ils rient sous cape. Ils ont l'habitude.

Frédégonde s'enquiert :

— Je ne t'avais jamais vu jusqu'ici dans l'entourage de l'évêque Grégoire.

Sans en avoir l'air, c'est une question. Petit Loup, docile, répond :

— Je ne suis que depuis peu au service du seigneur évêque.

— Où étais-tu donc auparavant ?

— Loin d'ici. Dans l'Armorique profonde.

Petit Loup ne ment que lorsque c'est absolument nécessaire.

— Es-tu diacre ? Bien que tu n'en portes pas la robe.

— Non, dame reine. Je n'ai même pas reçu les ordres mineurs.

— Tu n'as donc encore prononcé aucun vœu ?

— Aucun.

— As-tu déjà connu la femme ?

Comme ça, tout de go ! Petit Loup a beau s'attendre à tout de la part de l'Effrontée, il reçoit le choc de plein fouet. Certes, il n'aime pas mentir, mais aussi il est fort réticent en ce qui touche à ses sentiments et activités intimes. Il reste donc évasif. Une rougeur lui monte aux joues, dont la vue réjouit la reine.

— Dame reine, c'est là sujet dont je n'ai point coutume de débattre avec une femme, encore moins avec une reine.

— Garde-le donc pour ton confesseur, bel enfant.

XII

La reine Frédégonde regagne ses appartements. Petit Loup s'est arrêté à la porte pour prendre congé, mais elle l'a retenu :

— Es-tu si pressé de courir rendre compte à ton cher évêque ?

Non, Petit Loup n'est pas spécialement pressé, d'autant qu'aucun fait digne d'être rapporté ne s'est produit depuis que l'évêque les a quittés. N'ayant rien de mieux à faire, attentif à se tenir le plus près possible de la fascinante clef, peut-être aussi poussé par quelque autre fascination qu'il ne s'avoue pas, il tourne vers la reine un visage qui, d'avance, acquiesce à ce qu'elle va dire.

Ce qu'elle dit, c'est un : « Suis-moi ! » qu'elle voulait désinvolte mais qui, en franchissant sa gorge, s'est vilainement étranglé, ce qui l'étonne. Elle ne se savait pas émue à ce point. Eh, quoi ? Ce grand machin ? Des étreintes d'hercules, elle en a connu, parfois bien décevantes. Mais il y a ces yeux, mais il y a cette voix, mais il y a cet agaçant mystère... Tant mieux ! Frédégonde est avide de frissons nouveaux. La promesse de celui-ci l'excite comme une petite fille.

Et voilà. Ça devait se faire. Ça s'est fait. Ce que Frédégonde veut... La proie n'a pas opposé une résistance exagérée. Maintenant, les mains sous la nuque, la proie, elle se mijote bien à l'aise les reproches, remords et autres inconforts classiques. Elle veut se persuader qu'il n'y eut là que folie des sens. Mais qu'ils sont donc forts, les sens !

Petit Loup est mal rompu aux culpabilités, sentiments désagréables ignorés des Romains et davantage encore des Barbares, pour qui il n'était qu'une faute : la lâcheté. Il a fallu que les disciples du Crucifié viennent tout gâcher avec leur obsédante notion du péché, laquelle n'empêche nullement la faute mais en rend les suites empoisonnées pour les âmes portées à la rumination morose. Chose digne de remarque : les rois, les évêques, les seigneurs et autres puissances violent allégrement les lois du Christ sans pour autant paraître en éprouver de trop cruelles transes intimes...

Petit Loup ne vénère pas le dieu des chrétiens, pas plus qu'aucune autre divinité. D'où lui vient alors ce mécontentement de soi qui lui gâche la sensation encore si vive des découvertes étonnantes où l'entraîna l'Adorable ?

Adorable, mais oui. Rien de la goule dévorante à laquelle, d'avance, il s'abandonnait. Oh, non, rien de la goule ! Une amante, une fiancée, une épouse. Douceur, abandon, timides audaces, aveux balbutiés, découvertes éblouies, enchantements d'enfant comblée, et puis tendresse, éperdument... Une telle ferveur qu'il en a remords de n'avoir pas, lui, répondu par une ferveur égale.

Pourtant, dans les replis et les moiteurs de l'Incomparable, il a connu ce qu'il n'a jamais connu avec Minnhild la bien-aimée. Il a sangloté de bonheur, il a été bébé, il a été lion, il s'est senti non seulement désiré, mais aimé, aimé jusqu'à l'adoration.

Elle est comme ça, Frédégonde. Si l'étreinte n'est que l'étreinte, l'orgasme un spasme, à quoi bon ? À chaque fois, elle donne tout, elle oublie tout, c'est pour la vie, c'est la mort au bout. À chaque fois. Car chaque fois est une première fois. Sinon, à quoi bon ?

Qui a connu Frédégonde n'a plus rien à attendre de la vie. Lantéric le sait bien, qui s'accroche et croit que c'est par intérêt. Chilpéric ne l'a jamais connue.

Petit Loup, donc, rumine des amertumes. S'il rumine, c'est qu'il ne dort plus. S'il ne dort plus, c'est que quelque chose l'a réveillé. Un quelque chose qui s'impose peu à peu à lui. Un bruit. Un bruit fort, rythmé, tenace... Un ronflement ! Il n'ose tout d'abord y croire, et puis il lui faut bien en convenir : la Divine ronfle. À plat ventre, écrasée, noyée dans l'océan de ses cheveux, elle corne à pleins naseaux, son nez au dessin si pur vibre en cadence. Voilà qui aide bien à reprendre pied sur terre ! Petit Loup pouffe, signe de désenvoûtement.

De fait, ses idées noires s'envolent. Les grises les suivent à tire-d'aile. Rien de tel qu'une femme qui ronfle après l'amour, fût-elle l'Ensorceleuse en personne, pour vous remettre la tête en place et le cœur en paix. Il lui vient une idée cocasse : « Il faudra que je vérifie si Minnhild ronfle. » Il corrige aussitôt : « Non. Je ne le ferai pas. Minnhild ne ronfle pas, un point c'est tout. Enfin, quoi ! » Avoir pensé tout cela en cascade le remet d'accord avec lui-même. Il aime Minnhild, c'est comme ça. Plus de déchirements. La vie est simple et limpide, au diable les tourments !

Et soudain il se souvient ! La clef. L'énorme clef de l'énorme cadenas, cette lourde pièce de ferronnerie que Frédégonde porte à même la peau et dont elle ne se sépare que pour faire l'amour — les arêtes vives de l'acier se prêtent mal aux étreintes —, mais qu'elle a pris soin de remettre en place à son flanc avant de sombrer dans le sommeil. Cette clef, Petit Loup peut la voir, luisant méchamment sur la tendre peau dans la lueur vacillante de la lampe à bec restée allumée.

S'emparer de la clef sans éveiller la dormeuse, et puis courir délivrer l'évêque martyr, le plan est tout tracé.

Petit Loup déplore de n'avoir pas sous la main les agiles petits doigts magiques de Minnhild. Ce n'est pas qu'il soit maladroit, mais ses mains plus habituées à empoigner Adèle manquent de légèreté. De toute façon, Minnhild serait-elle là, elle n'aurait peut-être pas l'esprit à la coopération. Bon, il faut s'y mettre.

Il commence par soulever bien doucement ce bras — adorable ! — qui lui barre la poitrine. Ce qui déclenche une altération de l'émission sonore. Mais le rythme redevient bientôt aussi paisible que puissant. Il repose ce bras — sculptural ! — sur la couverture. Bien. La main dans laquelle se blottit sa propre virilité offre plus de difficultés. Tendrement arrondie en coquille, elle enveloppe jalousement ce cher trésor qui déborde de partout. C'est doigt après doigt qu'il faut l'en détacher, l'oreille attentive aux altérations respiratoires émanant de la très belle. De ce corps qu'échauffa l'ardeur amoureuse s'exhalent des effluves grisants peu propices à la concentration. Un vertige s'empare de Petit Loup. Il lui faut faire appel à toute sa force d'âme pour ne pas s'abandonner et plonger dans le gouffre de délices. Les larmes lui coulent. Ah, qu'il est aride, le chemin du devoir ! Mais enfin il résiste, il vainc, le voilà libéré.

Maintenant, détacher la ceinture d'or à laquelle pend la clef. Très, très délicat. Il commence par agiter les doigts pour exercer leur souplesse. Il respire un grand coup, retient son souffle, se penche, tend les doigts vers le truc en forme de fibule [1] qui maintient la ceinture fermée... et suspend net son geste, la main en l'air.

Un bruit résonne dans le silence du corridor, un bruit de pas. D'un pas lourd, claquant, comme de sandales mal ficelées. Ce bruit éveille l'endormie. Qui se dresse sur son séant, aussitôt de plain-pied dans le réel, et souffle, dents serrées :

— Sous le lit, vite !

Petit Loup plonge. Loger son encombrante carcasse sous un lit barbare eût posé problème, ces lits consistant en une paillasse posée à même le sol et couverte de fourrures, somptueuses si possible. Mais ici il s'agit d'un lit romain en bronze, à pattes de

1. Fibule : sorte d'épingle de nourrice.

sphynx à l'égyptienne, dont le sommier est surélevé. Petit Loup se glisse dessous, ayant cueilli au passage la fidèle Adèle, qu'il n'avait pas cru devoir garder par le travers du dos pendant ses expériences frédégondiennes.

Pour sa part, Frédégonde joue les sommeils de plomb. Elle joue fort bien, Frédégonde, on s'y croirait. Seulement, elle ne sait pas qu'elle ronfle, en temps normal. Les jolies femmes ne savent jamais ces choses, personne ne les leur dit. Alors, Frédégonde ne ronfle pas. Et le roi Chilpéric, qui fait son entrée, ne s'y laisse pas prendre.

Il la secoue par l'épaule, humant l'air et fronçant le nez. Elle gémit, ne s'éveille pas. Chilpéric n'a pas envie de jouer. Il annonce :

— Je compte jusqu'à trois, ensuite c'est mon pied dans le ventre.

Frédégonde bat des cils, bâille, s'étire — ses bras d'albâtre ! —, grogne :

— C'est toi ?

— Qui d'autre pourrait entrer chez toi en pleine nuit, mon doux cœur ?

— Ton pied dans le ventre, hé ?

— Oh, je disais ça comme ça.

Il hume derechef, renifle carrément.

— Ça sent drôle, chez toi.

— Ça sent moi.

— C'est ce que je dis. Ça sent le vice. Ça sent le stupre.

— Que veux-tu, c'est mon odeur. Il est arrivé qu'elle te plaise.

— Elle me plaît. Mais ça sent plus fort que ça ne devrait.

— Il y a des jours comme ça. C'est pour me dire que je pue que tu me réveilles en pleine nuit ?

— Oh, c'est cette crampe, tu sais. Dans le mollet. Un mal de chien. Fais-la-moi passer. Le froid de la clef, tu sais.

— Tu pouvais y appliquer le plat d'une épée. C'est froid, ça marche aussi.

— Non. Il n'y a que toi. Et la clef.

Elle soupire, flattée au fond :

— Bon. Pose-toi là.

Il se pose là, c'est-à-dire sur le lit, à plat ventre. Elle décroche la clef, l'applique sur le mollet douloureux, la promène le long de la jambe. Il gémit de plaisir.

— Ah, c'est bon ! Le mal s'en va. Mes muscles se détendent. Tu es une magicienne.

— Une magicienne qui tombe de sommeil. Allons, puisque tu vas mieux, gros chien, à la niche !

Il fait le câlin :

— Tu me laisserais repartir comme ça ?

— Comme quoi ?

— Eh bien, sans que... Enfin, tu sais bien, quoi.

— Non, je ne sais pas. Et je ne veux pas savoir. J'ai sommeil. J'ai projeté d'aller, dès l'aurore, interroger l'évêque. Il m'est venu une idée. Ce que je lui réserve le rendra bavard, sois-en sûr.

— Mais, s'il ne sait vraiment rien ?

— Il sait. Allons, laisse-moi.

Elle s'entortille étroitement dans la couverture, se tourne vers le mur. Chilpéric sait que lorsque Frédégonde dit non, c'est non. Il tourne les talons, marmonnant :

— Ça sent vraiment le stupre, là-dedans. Un stupre très fort. Un stupre de colosse, je dirais.

Le claquement de ses pieds nus — dans son dépit, il a oublié de remettre ses sandales — va décroissant le long du corridor. Petit Loup estime qu'il peut risquer un œil hors de sa méprisable cachette. Il le fait. Il sursaute. Puis sourit. Ce n'était qu'un ronflement, un ronflement bien rond, ample et musical. Cette fois, elle ne feint pas. Petit Loup rampe hors de sous la couche patricienne, d'abord à plat ventre, puis à quatre pattes. Il sait où il va, il sait ce qu'il cherche. Il avance une main exploratrice, tâtonne, trouve. C'est bien ce qu'il lui avait semblé : Frédégonde, toute à son souci d'éluder le devoir conjugal, a oublié de faire réintégrer à la précieuse clef sa place douillette contre son flanc — son tendre flanc !

La clef, il la sent là, au bout de ses doigts. Un petit effort et ils se refermeront dessus, ses doigts. C'est alors que la dormeuse, d'un saut de carpe, se retourne d'un flanc sur l'autre, enfouissant sous elle la clef quasi conquise. Petit Loup a eu tout juste le temps d'ôter sa main.

Échouer si près du but est chose cruelle. Il s'en mord les joues. Mais n'abandonne pas. Il réfléchit. Suppute. Sursaute — c'est la nuit des sursauts. Une main s'est posée sur son épaule. Une main ! Il se retourne lentement, prêt à il ne sait quoi, en tout cas à quelque chose de rapide et de brutal, les circonstances décideront.

Il se trouve face à un sourire. Petit Loup connaît

ce sourire. Sourire de renard : Lantéric. Qui balance à hauteur d'yeux, tenue entre deux doigts, quoi ? La clef, mais oui.

Lantéric parle, précédant les étonnements :

— C'est tout simple, j'en ai fait faire une autre.

Il a dit cela dans un souffle, l'œil braqué sur la belle endormie. Petit Loup attend la suite.

— Prends-la. Elle est pour toi. Et fous le camp. Cours délivrer ton vieux machin, emmène-le très loin, le plus loin possible, fais-en cadeau à ta Brunehaut, si possible fais-toi tuer entre-temps, ce serait encore le mieux, enfin fais ce que tu veux, mais fous-moi le camp d'ici !

La clef se balance sous le nez de Petit Loup, qui voudrait bien comprendre. Ça tombe à pic, Lantéric a envie d'expliquer :

— Ce n'est pas possible. Tu la rends folle. Folle. Folle de toi. Depuis qu'elle t'a vu. Et maintenant, après une telle nuit... Tiens, écoute-la plutôt.

Petit Loup écoute. Frédégonde rêve. Quand on rêve, on ne ronfle plus. Mais on parle. Frédégonde parle. Elle dit ceci :

— Mon Petit Loup... Mon bébé... Mon enfant Jésus... Mon doux amour... Si fort, si doux, si pur... Il n'y a que toi... Pour toujours, pour toujours...

S'ensuivent quelques balbutiements, quelques bulles de salive, enfin le ronflement reprend ses droits.

— « Enfant Jésus », hein ?

Petit Loup rougit. Il comprend l'amertume de Lantéric. Cet homme défend son territoire. Il demande :

— Tu étais donc là ? Tu nous as entendus ?

— Et vus !

— Elle te savait là ?

— Non. Elle aurait assez de vice pour ça, mais avec toi, c'était différent. Dans la pureté, le ciel bleu, l'innocence... Si tu vois.

— Pourquoi me donnes-tu cette clef ?

— Chut ! Elle a le sommeil léger. Et puis, elle fait trop de bruit, on ne s'entend pas chuchoter.

— Sortons.

Ils sortent. Gagnent la vaste cour et son péristyle, puis la fange des berges. Reconnaissant Lantéric, les sentinelles présentent vaguement les armes. Lantéric parle :

— Je t'explique. Si elle arrive à faire cracher au vieux ce qu'elle veut qu'il crache, c'est, à bref délai, l'annexion de l'Austrasie par la Neustrie, et voilà Frédégonde régnant sur tout ça, autant dire sur la moitié de l'empire franc, sans compter qu'elle serait en mesure d'envahir la Burgondie, coincée entre les deux. C'est de la politique, ça.

« Maintenant, écoute. Ici, en Neustrie, nul n'oserait se poser entre la reine et moi en rival. J'y ai veillé. Chasse gardée. L'Austrasie, par contre, fourmille d'ambitieux contre qui je ne puis guère, comme ce Raukhing et bien d'autres. J'ai des projets. Ils concernent la Neustrie. Ils reposent sur Frédégonde. Ma Frédégonde. Je ne suis pas un goinfre. La Neustrie suffit à mes appétits. Qui trop embrasse mal étreint, tu sais tout cela.

— Donc...

— Donc, tout l'édifice chimérique de la reine

repose sur ce qu'elle tirera du vieil évêque. Plus d'évêque, plus de chimères. Et je peux cultiver tranquillement mon petit jardin.

— Jardin qui buissonne sous la jupe de Frédégonde.

— Exactement là.

— Et que je viens de saccager quelque peu, je t'en demande bien pardon.

— Tu peux. D'autant plus que...

— Que ?

— Eh bien, tu arrives, toi, élément non prévu. Voilà qu'elle se prend pour ta petite gueule de colosse d'un amour comme je ne lui en ai jamais vu — sauf, peut-être, pour ce Mérovée de malheur —, d'un amour qui dépasse le cul, d'un amour, je dirais, mystique. Pas de ça ! Fous-moi le camp avec cette clef et qu'on ne te revoie plus. Elle t'oubliera. C'est ça ou je te fais saigner ici même comme un goret. Je n'ai qu'un geste à faire.

— Ne fais pas le geste. J'allais justement prendre congé.

Dans le logement parisien provisoire de l'évêque de Tours, Grégoire.

— Seigneur évêque, tout est donc réglé ! Nous avons encore deux heures de nuit. Elle s'en ira dès l'aurore « s'occuper » elle-même du seigneur Praetextatus, c'est ce qu'elle a dit. Je dois encore passer prévenir Minnhild de ce qu'est son rôle dans l'affaire. Pardonne-moi si je ne baise pas ton anneau, trop heureux quand je peux me dispenser de ces mômeries. Et je préférerais que nous nous quittions sur une accolade plutôt qu'avec ta bénédiction.

Grégoire ouvre grand les bras, les referme sur les vastes épaules. Il sourit.

— Ma bénédiction, tu l'auras quand même, mécréant !

Il esquisse le geste sacramentel. Petit Loup a déjà passé le seuil.

Dans le nid relativement douillet où Minnhild, genoux au menton, yeux grands ouverts sur la nuit, s'était interdit d'attendre mais attendait quand même.

— Enfin, mon petit oiseau, je suis là !

Elle daigne parler :

— Tu es là, oui. Ça se sent. Tu pues la femelle. Pas n'importe quelle femelle. Celle-là.

Petit Loup aurait préféré laisser dans l'ombre cet épisode de la conquête de la clef. Mais puisque le sujet est abordé, il fait front.

— J'ai fait ce qui devait être fait.

Elle a un sourire féroce, chef-d'œuvre paradoxal qu'hélas seule la nuit savoure, comme elle savoure les deux larmes qui, lentes, glissent le long de ses joues.

— Tu es délicat. Tu n'as pas prononcé le mot « charbonniers », pourtant il est là, gros comme une montagne. Tes escapades charbonnières, à toi, sont pour le bon motif. L'utile et l'agréable, en somme. Et la conscience en paix.

« Il y a de ça », doit s'avouer Petit Loup. Il n'a aucune envie d'aviver la plaie, mais elle insiste :

— Je devrais être contente. Nous faisons désormais jeu égal. Ça t'efface la supériorité.

Il ne peut s'empêcher d'imaginer, sur les plateaux d'une balance, d'un côté trois croquants barbouillés de noir, de l'autre Frédégonde, et il doit bien convenir que les trois barbouillés ne font pas le poids. Sous ce rapport, Frédégonde vaut une armée. Que dis-je ? Frédégonde est incomparable. Estimant avoir eu la meilleure part et donc être en dette de sacrifice, il s'abstient de répondre et passe aux choses pratiques.

— Nous avons peu de temps. Je t'explique le plan.

— Il y a un plan ? J'allais presque me laisser aller à croire que mes beaux yeux tristes t'avaient arraché à...

— Ça suffit, tu veux ? Il y a un plan, oui. Et tu y joues un rôle. Le premier rôle.

— Miam-miam ! Dangereux ?

— La mort si tu te fais prendre. Et probablement la torture.

— Torturée par ta folle amante, quel régal ! Car je suppose que le bourreau, c'est elle ?

— Assez d'allusions ! On perd du temps.

— Et tu me laisserais aller à la mort comme ça ?

— Comme quoi, « ça » ?

— Fâchés. Toi et moi.

— Nous sommes fâchés ?

— Viens, imbécile !

Adèle passe par-dessus la tête hirsute, le bliaud est arraché... Il lui détaillera son rôle après.

Un jeune géant sur un cheval colosse, ça se remarque. Et ça ne s'oublie pas. C'est bien là-dessus que compte Petit Loup lorsque, peu avant que ne pointe le premier rayon rose d'une aurore timide, il se présente à l'entrée du souterrain. Les deux gardes croisent les hampes de leurs lances. Petit Loup les interpelle :

— Ordre de la dame reine. J'emmène le prisonnier. Elle veut l'interroger chez elle, à son aise.

Les deux Saxons s'entre-regardent. Ils ont vu le grand gaillard dans la suite de la reine, ils se souviennent parfaitement de lui et des évocations salaces qu'ils échangèrent alors, concernant les dimensions de ses organes intimes et la façon dont il s'y prendrait pour les introduire dans les organes adéquats de leur souveraine. Ils hésitent, cependant. Le plus âgé articule, avec ce vilain accent des Saxons qui ont toujours l'air de mâcher des châtaignes trop chaudes :

— Nous, pas la clef. Dame reine, seule...

Avec un grand sourire, Petit Loup plonge la main dans l'échancrure de son bliaud et en tire une clef qui, pour les dimensions, est aux clefs ce que Griffon est aux chevaux vulgaires.

— La clef ? La reine me l'a confiée, bien sûr. Elle ne m'aurait pas donné l'ordre d'ouvrir cette porte sans m'en donner aussi la clef. Ça coule de source. Enfin, quoi. Un peu de logique, militaire.

À demi convaincus mais s'inclinant devant l'évidence, les gardes baissent leurs lances. La galerie n'est pas assez haute de plafond pour qu'un cavalier y pénètre à cheval. Petit Loup met donc pied à terre et lance la bride au plus jeune des deux gardes, tout en disant :

— Est-ce que tu chantes juste ?

— Euh... Oui. Je crois.

— Chante-lui une berceuse. Il aime beaucoup les berceuses.

— Je ne connais pas de berceuses. Seulement des marches guerrières.

— Ça tombe bien, il aime aussi. Mais attention, à la moindre fausse note, il te mord. Il a l'oreille très sensible. Allons, chante, mon gars !

Le Saxon fronce le sourcil, regarde son compagnon, regarde Griffon, regarde Petit Loup qui, des yeux, l'encourage. On ne contrarie pas un favori de la reine. Il hausse les épaules, signe de résignation, ouvre un large bec, entonne une chose brutale et fortement martelée. Son copain, n'y tenant plus, enchaîne à la tierce. Cela fait un joli chœur rustique à deux voix. Petit Loup bat la mesure, Griffon balance ses vastes fesses au rythme martial, content comme tout.

Petit Loup dit : « Continuez comme ça », puis il tourne les talons, empoigne une torche de résine fichée au mur dans un anneau de fer et s'enfonce dans la galerie ténébreuse.

Il se souvient assez du chemin parcouru pour s'y retrouver sans trop hésiter. La porte aux clous massifs est à sa place, le cadenas aussi. Tout cela, dûment graissé, luit de ses hargneuses ferrailles mais cède sans grincer à la sollicitation de la clef.

L'évêque, en chemise, à peu près nu, gît sur une litière de paille qui n'est plus que fumier. Ça pue, là-dedans. Un trou dans le sol déborde de déjections. Des vers y grouillent.

Le vieil homme cligne des yeux, blessé par la lumière soudaine. Pas de temps à perdre. Petit Loup le soulève d'une seule main, se le jette sur l'épaule, reprend en courant le chemin de la sortie.

Tout en courant, il tend l'oreille : tant que ces abrutis chantent, il est tranquille. Il commence à percevoir, lointains, les accents d'une marche virilement scandée... Accents qui se cassent net, comme coupés à la hache. Des vociférations les remplacent, qui, devenant de plus en plus nettes à mesure qu'il s'en approche, révèlent un timbre indubitablement féminin. Un timbre qu'il connaît bien...

Hé, oui. Frédégonde, agacée par on ne sait quel pressentiment, a décidé de hâter sa visite au prisonnier. Elle est là, elle a jailli de sa petite litière de ville, elle a surpris ses deux Saxons fidèles chantant en chœur avec beaucoup d'âme des airs du vieux pays en l'honneur d'un cheval monumental qui sourit jusqu'aux oreilles. Elle a reconnu le cheval, elle a tout compris, elle a tâté à travers l'étoffe si la clef est toujours là — elle y est. Frédégonde ne sait pas que Lantéric le jaloux en a fait faire un double.

Les deux Saxons commencent à se douter qu'ils ont commis une bêtise. Désireux de se racheter, ils se bousculent pour décrire le grand, fort, terrible ami de la dame reine qui... Mais la dame reine sait déjà.

Elle ne se demande pas pourquoi, cela elle y pensera plus tard. Elle constate, on veut lui voler son prisonnier, son gage sur l'avenir, elle enrage, elle se dit que puisque le cheval attend dehors c'est que le cavalier est encore dedans, et, forcément, l'évêque aussi, il suffit d'aller les cueillir, allons, mes Saxons, en avant !

De son côté, Griffon a compris que les choses ne tournent pas comme elles devraient. Privé brusquement de sa récréation musicale par l'irruption — qu'il estime discourtoise — de la créature aux cheveux de nuit, il pressent du vilain pour son cher ami Petit Loup, qu'il s'empresse d'avertir par un hennissement formidable modulé d'une certaine façon. Petit Loup n'a pas besoin de cela pour être en alerte. N'empêche, il est heureux de constater que la vigilance de Griffon ne s'est pas relâchée, amollie par les flots d'harmonie.

Profitant d'un angle de la galerie, il fait une pause, tend l'oreille. Une cavalcade se rapproche. Les deux Saxons chanteurs, sans doute renforcés par ceux de l'escorte de la reine. Il réfléchit aussi vite qu'il peut. « Voyons, ces bougres-là courent droit devant eux. Ils vont courir comme ça jusqu'à la porte au cadenas. Qu'ils trouveront ouverte et la cellule vide. Ils repartiront alors, toujours courant, vers la sortie, fouillant au passage les moindres recoins. Ce n'est pas à l'aller qu'ils les fouilleront, trop pressés qu'ils sont tous d'être le premier à me mettre la main dessus. Donc, je m'écrase ici derrière ce bloc qui dépasse, j'aplatis le pépère au sol — bon Dieu, ce qu'il pue ! — et je m'accroupis dessus. Passez, passez, les petits lapins ! »

En effet, ils passent, les étourdis, ils courent à toutes jambes, torches brandies, épées aux poings, se heurtant, se bousculant, au risque de se faire du mal. Le flot passé, Petit Loup se dresse, se cale l'évêque sur l'épaule, Adèle lui saute dans la paume, et tout cela fonce dans le noir — il a abandonné la torche dans la cellule. Il se cogne çà et là aux angles saillants des dures parois, et puis, ayant constaté que, du côté gauche, le corps de l'évêque, quoique bien amaigri, amortit confortablement les chocs, il serre la paroi de ce côté. Petite faiblesse d'un cœur par ailleurs d'airain.

Bientôt un halo gris caresse son œil, bientôt il jaillit dans le clair matin de mai, bientôt il tombe nez à nez avec une Frédégonde pas du tout disposée à le laisser faire, quoi qu'il puisse avoir en tête, une Frédégonde douloureusement surprise que ce soit lui qui lui fasse cela.

Elle se voudrait terrible, Frédégonde. Elle n'est que pitoyable. Elle voudrait foudroyer. Les larmes débordent de ses yeux. Pour la seconde fois, elle aime. Pour la seconde fois, elle va tuer celui qu'elle aime. Mais, cette fois, elle veut sa mort.

Petit Loup ne se défendra pas. Il a Adèle en poigne, mais Adèle ne sait que parer les coups, pas les donner. Petit Loup attend le coup. Celui-là, il ne le parera pas. Il ne sait trop pourquoi. La beauté de la chose. Le paradoxe chatoyant. La grandeur tragique... C'est cela : il est en train de réinventer la tragédie grecque.

Frédégonde a au poing un scramasaxe, cette courte épée conçue pour les corps-à-corps, cet acier perceur de ventres, égorgeur de mourants. Elle ne lève pas le bras comme fait la fiancée trahie qui frappe de haut en bas, la sotte. Elle pousse la lame devant elle, droit au nombril, son poing bien serré sur le manche de corne.

Elle porte le coup. Petit Loup ferme les yeux. Lantéric, qui, comme toujours, se trouve là où il doit se trouver, allonge la jambe. Frédégonde trébuche, s'étale dans la boue blême de la carrière. Le scramasaxe s'est planté bien droit dans le sol tendre.

Lantéric arrache l'arme, la jette au loin. Il se penche pour aider la reine à se relever, faisant de la main à un Petit Loup figé, comme foudroyé debout, son évêque lui pendant à l'épaule telle une besace vide, le signe véhément qui signifie : « File, vite ! Je me charge de tout ! »

Petit Loup reprend enfin pied dans le réel, secoue la tête, jette le vénérable vieillard par le travers de l'encolure du cheval, saute en selle, donne des genoux. Griffon hennit sa joie à la face du ciel, pousse à la lumière trois crottins blonds bien ronds et part au grand galop.

XIII

Frédégonde ne renonce jamais. Ses sbires courent par les Gaules, cherchant, fouillant, questionnant. Molestant, torturant, tuant, au besoin ou par plaisir. L'un après l'autre, ils viennent rendre compte de leur quête à la reine.

— Eh bien, Théowulf ?

— Il a pris la route de Metz, ça c'est sûr. Un grand bonhomme sur un gros cheval, un autre cheval portant un vieillard. Pas d'escorte.

— Pourquoi ne sont-ils pas là, à mes pieds, chargés de chaînes ?

— Parce que, dame reine, je n'ai pas pu les rejoindre avant qu'ils n'aient atteint la cité de Reims, qui se trouve, comme tu le sais, en territoire d'Austrasie.

— Et alors ?

— Alors, eh bien... L'Austrasie est au roi Childebert, c'est-à-dire à sa mère la reine Brunehaut, et, vu les menaces de guerre, tout ce qui vient de par ici est arrêté à la frontière.

— Tu te laisses arrêter par une frontière ?

— C'est-à-dire... Reconnu comme t'appartenant,

pendu sur-le-champ. Après torture pour obtenir des renseignements sur l'état de tes armées.

— Je vois. Ça donne la mesure de ton dévouement.

— Dame reine...

Mais Winiskuld, qui porte une cuirasse de cuir doré à la romaine, fait un pas en avant :

— Pardon, dame reine, si je prends la parole sans que tu m'y aies invité, mais je dois te dire. Théowulf se trompe. Il a couru derrière un leurre. Mes espions ont retrouvé les fugitifs sur la route d'Orléans. Sans doute comptaient-ils demander l'asile à Tours, dans la basilique Saint-Martin, chez l'évêque Grégoire qui fut toujours indulgent pour Praetextatus...

— Fais-moi grâce des commentaires. Tu les as donc rejoints ? Ou bien tu vas me dire que la frontière de Burgondie est, elle aussi, fermée ?

— Elle l'est. Le roi Gontramn veut rester à l'écart de vos querelles de famille. Mais je suis passé quand même, à la dure.

— À la dure ou à la douce, qu'importe ? Tu me fais bouillir ! Donc, tu es passé. Tu les as rattrapés ?

Winiskuld fait le modeste.

— Rattrapés et ramenés, dûment enchaînés.

— Tu veux ma mort ! Ils sont ici ?

— Ici même, dame reine. Sur le pavé de la cour.

— Fais-les-moi porter, idiot ! Plutôt, non, j'y vais. Je veux les voir sur le pavé.

Allongés parmi la paille souillée de crottin, deux corps. Un grand, gros, pansu, épais de la nuque, et un vieillard émacié. Enchaînés mains dans le dos, le nez dans la fange, ils ont piteuse allure. Frédégonde fronce le sourcil :

— Retourne-moi ça, que je voie leurs mines.

Ce qui est aussitôt fait. Elle rit de bon cœur :

— Je m'en doutais. Tu t'es fait avoir, Winiskuld. Ce sont des leurres. Et je parie que tes collègues vont m'en apporter d'autres.

Justement, Globert le borgne fait son entrée, caracolant, le poing à la hanche, sur un destrier d'Andalousie à la robe feu. Derrière lui, entourée d'estafiers en armes, traînée par deux bœufs blancs, une cage de bois grossièrement assemblée et montée sur des roues pleines. Dans la cage gisent deux formes vaguement humaines : une volumineuse, une aplatie.

— Allons, qu'on me retourne ça !

Il se confirme que Frédégonde a raison : des leurres, encore. Et ce sont d'autres leurres que lui rapporteront successivement ses équipes de batteurs de campagne.

Lantéric ne peut s'empêcher d'admirer l'astuce :

— C'est fort bien joué, reconnais-le.

— Hum... Ça a dû coûter cher. Il y a fallu un bailleur de fonds.

— Grégoire de Tours ?

— Qui d'autre ?

— J'y pense : peut-être le seul faux leurre, je veux dire le seul leurre qui ne soit pas un leurre mais nos véritables deux lascars, est-il celui qui a réussi à gagner Metz ?

— Non. Celui-là était destiné à nous faire croire ce que tu viens justement de suggérer. Praetextatus n'est pas en Austrasie, j'en suis certaine. D'ailleurs, l'état où je l'ai laissé ne lui aurait pas permis de faire un long parcours à cheval... Je sens que je tiens quelque chose, là.

— En attendant, qu'est-ce que je fais de tous ces leurres ? Au bourreau ?

— Ils m'ont amusée. Une volée de coups de trique suffira. S'ils sont esclaves, vends-les.

Le chaland glisse sur l'eau verte, poussé par un gentil courant et aussi par la brise d'est qui gonfle la voile. Dans la cale bourrée de denrées diverses rangées avec la minutie propre aux chevaliers de l'eau qui marche, en un certain recoin un empilement de tonneaux de chêne laisse un espace vide ménagé de telle façon qu'il faut être initié pour le déceler.

Dans cette niche, un vieillard est étendu sur un matelas de couvertures repliées : Praetextatus.

Agenouillée devant lui, une ravissante petite créature lui fait manger à la cuillère la bouillie de froment qu'elle puise dans une écuelle de terre cuite : Minnhild.

L'écuelle est vide, Minnhild s'en réjouit :

— Seigneur évêque, tu as mangé de bon appétit. Ta santé se rétablit. J'en suis heureuse. Tu seras sur pied quand nous arriverons à Rouen.

Les yeux ternes du vieillard s'éclairent :

— Rouen... Ma ville. Mon diocèse. Mes ouailles... Nous y serons quand ?

— Peut-être demain, si le vent se maintient. Mais nous n'irons pas à ton église métropolitaine, ni à l'évêché. Il ne faut même pas que l'on te voie en ville.

— Pourquoi ? Tout le monde m'aime, à Rouen.

— Tout le monde, certes, sauf les espions de qui tu sais. Depuis ta fuite, des espions, il y en a partout, qui te cherchent et seraient trop contents de te livrer.

— Où me mènes-tu, alors ?

— Je ne sais pas encore. Petit Loup s'en occupe. Je suppose que ce sera par-delà la mer.

Par-delà la mer, en effet. Petit Loup s'est abouché, sur le port, avec des matelots pirates saxons descendus à terre afin d'échanger contre des barriques de vin et de chaudes fourrures les bijoux, colifichets et autres babioles précieuses prises sur les passagers des nefs marchandes juste avant de faire passer lesdits passagers par-dessus bord.

Ces gens, expéditifs dans leur façon de faire mais strictement loyaux en affaires, ont accepté, moyennant une quantité exorbitante de sous d'or et de deniers d'argent, d'assurer le transport et la sécurité du seigneur évêque indignement persécuté jusqu'à un refuge absolument inexpugnable, à savoir leur propre quartier général, lequel consiste en une île lointaine, perdue dans la mer écumeuse, qu'ils ont un beau jour envahie, eux, Saxons, en ont égorgé la garnison franque, sauf les dames et les demoiselles, cela va de soi, et dont ils ont établi une république pirate qui fonctionne à la satisfaction de tous [1].

Marché conclu. Voilà l'évêque faisant voile vers

1. Cette île est Jersey.

un pays dont les habitants sont non seulement les pires païens qu'il y ait au monde — les Saxons n'ont toujours pas accepté la religion du Seigneur Christ — mais aussi des brutes sanglantes qui tirent leur existence de l'assassinat élevé à la hauteur d'une industrie.

Petit Loup regarde la nef pirate s'enfoncer dans la brume épaisse. Il remarque :

— Tel que je le connais, dès qu'il aura repris des forces, il va se mettre à prêcher. Je parie qu'il te vous aura converti tous ces foutus païens en un rien de temps.

Minnhild est moins optimiste :

— Et aussi, tant que tu y es, qu'il les aura convertis à la culture des poireaux et des petits pois ? Des gens habitués à gagner leur vie aussi facilement et de façon aussi amusante ? Hum...

— Il suffit qu'il en fasse des chrétiens. Ils baptiseront les marchands avant de les jeter à la mer, ce qui sauvera l'âme de ces braves gens, et après tout, n'est-ce pas là l'essentiel ?

Quatrième partie

VIVE LE ROI !

XIV

La reine Frédégonde est à sa toilette. Elle y met la dernière main. Debout devant le grand miroir de cuivre poli, elle arrange ses cheveux, fleuve de ténèbres, en coiffure d'honnête femme. Tâche presque surhumaine. Une honnête femme se coiffe en deux nattes, une de chaque côté, qu'après avoir tressées serré elle enroule sur elles-mêmes en spirale, cela fait comme deux coquilles d'escargot aplaties qu'elle plaque sur ses oreilles. Tout cela tient en place par mainte épingle à cabochon de verroterie ou de pierre précieuse, cela dépend des ressources de la dame. Les cabochons des épingles à cheveux de Frédégonde sont d'émeraude et de rubis, pierres aux couleurs ardentes et complémentaires dont le rapprochement donne un effet assez facile — une dame de l'aristocratie romaine eût dit « assez vulgaire » —, mais qui, sur la démoniaque splendeur de Frédégonde, flambent en un fastueux incendie barbare.

Elle a chassé l'esclave coiffeuse, pourtant experte en ces choses, mais dont la terreur trop évidente l'agaçait. Elle se débrouille donc seule, en chemise de dessous, les lèvres serrées sur le bouquet d'épingles. Ses deux beaux bras symétriquement levés dégagent son buste, il faut avoir vu cela. On ne s'en lasse pas.

C'est bien l'avis du roi Chilpéric. Il passait par là, le roi, il aurait bien voulu vérifier dans le miroir la frisure de sa moustache. Les miroirs de cuivre réfléchissent mal, ils vous font un teint vermillonné, mais il faut bien s'arranger de ce qu'on a, d'autant qu'ils sont rares [1].

Trouvant le miroir occupé, et sachant combien peu patiente est la reine lorsqu'elle s'affaire à donner à sa chevelure les soins qui la maintiennent en sa troublante efficacité, il se retire sur la pointe des pieds, empruntant un itinéraire qui se faufile entre le dos de la reine et le mur... Et là, le destin était tapi, guettant la proie.

Il y a ce dos, et il y a le bas de ce dos. Là s'épanouit une merveille double que Chilpéric connaît si bien, que Chilpéric ne se lasse pas de redécouvrir. La tentation est trop forte. Et puis, c'est à lui, tout ça, non ? Il allonge une main arrondie d'avance à l'exact degré de concavité, en effleure tendrement l'émouvante surface, et puis il passe son chemin, emportant au creux de sa paume un souvenir de paradis.

Si Frédégonde ne l'a pas vu — le miroir est trop médiocre —, du moins l'a-t-elle senti. Elle n'aime pas ces façons effleurantes, Frédégonde. Pour elle, l'amour, c'est à pleines dents ou rien. Et puis, elle est en rogne. Elle fatigue des bras. Cette tignasse,

1. Il faudra patienter jusqu'au XVe siècle pour qu'apparaissent les modernes miroirs en verre étamé.

elle la tondrait bien, tiens ! À ras, la saloperie. Tout cela réuni fait qu'elle rugit à l'intention du téméraire amateur d'attouchements :

— Pas de ça, Lantéric ! Tu sais bien que je déteste ! Tu en auras tout ton saoul ce soir, quand l'autre gros porc ronflera.

Malgré les épingles dans la bouche, elle a articulé distinctement, d'une voix que haussait l'irritation. L'indiscret a marqué le coup. Il s'est arrêté, comme surpris. Une cloche d'alarme sonne soudain dans la tête charmante. Frédégonde jette un œil de côté. L'ampleur du désastre lui saute à la face.

Le roi s'est remis en marche, sans un mot.

Chilpéric vient de signer son arrêt de mort. Il ne le sait pas. On ne sait ces choses-là qu'après. C'est-à-dire, les autres les sauront pour vous.

Frédégonde a commis la gaffe suprême. Chilpéric lui passe tout, Chilpéric fait tout ce qu'elle veut, Chilpéric lui conquiert des royaumes, Chilpéric tue, trahit, torture et massacre pour elle, parce qu'il se croit aimé d'elle. Chilpéric n'a jamais cru à ses frasques, jamais il n'a prêté l'oreille à ce qu'il repousse comme calomnies. Il sait fort bien que Frédégonde n'a pas le moindre goût pour les choses du sexe et de ses banlieues, qu'elle se prête, parce qu'elle l'aime, lui, Chilpéric, à son rut dans ses variétés, mais qu'elle n'y prend aucun plaisir, sinon celui de lui faire plaisir, à lui. Les orgasmes conjugaux de Chilpéric sont solitaires. Il est vrai qu'il y a les petites esclaves, mais on ne peut jamais savoir si elles ne font pas semblant.

Tout cela, tout ce confort intime, croule d'un coup. Chilpéric découvre tout à la fois que Frédégonde a un amant, donc qu'elle est capable d'aimer en dehors de lui, qu'elle pratique la copulation avec cet amant sans y être forcée, donc qu'elle n'est frigide qu'avec lui, Chilpéric, enfin qu'elle s'adresse à son amant avec une grande liberté de termes, donc que leur intimité date de loin. C'est dur à encaisser. Et encore ceci : l'élu de son cœur (et de ses charmes secrets) est ce peigne-cul de Lantéric... Aïe, aïe, aïe !

Le beau Lantéric a des soucis :

— Du moins, la situation est nette. Il me fera poignarder dans un recoin sombre. Pour toi, ce sera la cordelette autour du cou, dans ton lit, la nuit. Comme pour Galeswinthe. C'est de tradition dans la famille.

Frédégonde prend la chose plus sereinement :

— Le poignard et le recoin sombre, ça, oui, tu peux y compter. Je te pleurerai. Quant à la cordelette, je suis bien tranquille. Je ne suis pas une Galeswinthe. Il m'aime. Du fond de la tripe. De toute son âme merdeuse, de tous ses sens affamés. Il ne pourrait pas vivre sans moi. L'idée seule le fait pleurer.

— Eh bien, il pleurera. Et toi, tu seras morte. Tu ne tiens pas compte du premier mouvement de la colère.

— Tu as peut-être raison...

— En tout cas, moi, je n'attendrai pas les assassins.

— Tu vas fuir ?

— Fuir ? Où ça ? On ne fuit pas Chilpéric. D'autant que, pour mériter ta grâce, tu lui dévoileras toutes mes possibilités de refuge.

— Moi, te trahir ? Tu me fais peine.

— Tu parles ! Ton air faux jeton me trahit déjà.

— Je t'aime.

— Ce n'est pas impossible. Mais tu aimes ta peau bien davantage. Et ton royaume... J'enrage. Tant de projets à l'eau ! Tant de patient travail réduit à rien ! En un clin d'œil ! Par la langue imbécile d'une bonne femme...

— Oh, arrête de gémir ! Tue-le, et n'en parlons plus.

— C'est bien ce que je vais faire.

Ainsi fut scellé le sort du roi Chilpéric, premier du nom, pour avoir surpris des propos qu'il n'aurait pas dû surprendre.

Il est à noter que ce monarque fut tué, en contrecoup, par l'effet même de la terreur qu'il inspirait, alors que, réflexion faite, il s'était, dans le secret de son âme, résigné à ce que son épouse bien-aimée poursuive son commerce secret avec ce Lantéric qui, du moins, assumait le trop-plein des besoins intimes de la reine, puisque — il le découvrait avec stupeur mais aussi avec indulgence — besoins intimes il y avait. Comme quoi trop de terreur, lorsque les terrorisés n'ont plus rien à perdre, peut se retourner contre le terroriste.

La chose se fit ainsi :

Sur le soir, le roi, retour de la chasse au loup, descend de cheval, s'appuyant de la main à l'épaule de l'écuyer qui se trouve là. Tandis qu'il met pied à terre, l'écuyer lui plonge un poignard dans le flanc, l'enfonce jusqu'à la garde, et puis, voulant être assuré du résultat, le plonge une deuxième fois. Avant de perdre conscience, le roi a le temps de regarder son assassin au visage : Lantéric. Il a ces seuls mots :

— Pour une fois que j'allais pardonner...

— Dame reine, Minnhild et moi-même, aidés de Griffon et d'Adèle, avons rempli au mieux la mission que tu nous avais confiée. Le seigneur évêque Praetextatus est en lieu sûr. La reine Frédégonde, si elle soupçonne un secret, ne sait rien de ce secret. Qu'elle soit persuadée que l'évêque en détient la clef n'a plus d'importance, puisqu'il est désormais hors d'atteinte. D'ailleurs, bien d'autres soucis occupent la reine.

— Son époux, le roi Chilpéric, mon beau-frère, est mort, m'as-tu dit ?

— Tu en recevras sous peu l'annonce officielle. Nous avons appris la chose comme nous étions sur le départ. Nous avons été plus rapides que quiconque.

Brunehaut ne peut celer un mouvement de joie. Elle se maîtrise, dit avec componction :

— Assassiné ?

— On a retrouvé son corps parmi les roseaux, en bordure de la rivière de Marne, près d'un lieu nommé Chelles, à demi enfoui dans la vase et percé de deux coups de poignard.

— Il n'a donc pas reçu les saintes huiles avant de trépasser. C'est fort triste.

La reine se signe, se recueille un instant, puis :

— Surtout pour la reine Frédégonde. Elle tenait sa légitimité de son époux. Ses fils sont morts. Elle n'est plus rien.

— Pardon, dame reine. Je vois que tu n'es pas au courant. Ses deux aînés sont morts, c'est vrai. Cependant, elle a mis au monde un fils, il y a de cela trois mois.

— Je l'ignorais.

Minnhild intervient :

— Mais cet enfant, tout le monde sait qu'il n'est pas né des œuvres du roi Chilpéric.

Petit Loup n'aime pas que l'on colporte des rumeurs :

— « Tout le monde », c'est personne. Cet enfant est né dans la maison du roi, du vivant du roi, donc il est le fils du roi.

La reine approuve, sévère :

— C'est la loi. À moins qu'on ne puisse prouver l'adultère.

Cependant, elle ne peut se tenir de questionner, rougissante :

— Et de qui serait cet enfant, selon cette vilaine rumeur ?

C'est, bien sûr, Minnhild qui s'empresse :

— Du comte Lantéric, tout le monde était au courant !

Elle ajoute :

— Sauf le roi, évidemment.

— Lantéric, dis-tu ? Le propre secrétaire intime de Chilpéric ?

— De jour. Et celui de sa femme, la nuit. Ce serait d'ailleurs lui qui aurait... Je m'entends.

Petit Loup juge qu'il doit intervenir :

— Tu insinues des choses très graves. Ce ne sont que ragots, rien de plus.

La reine paraît songeuse :

— Si ces ragots courent parmi le peuple, la légitimité de l'enfant sera sujette à caution, les leudes et les évêques le refuseront pour roi et sa mère ne sera pas régente.

Minnhild bat des mains :

— C'est bien son tour !

Brunehaut fronce le sourcil. La petite prend conscience de ce qu'elle vient de dire. Elle bafouille :

— Je veux dire... Ce n'est pas la même chose... Elle, c'est une sale bonne femme...

— Par moments, petite Minnhild, ta langue court plus vite que ta tête.

— Le roi est mort !

La nouvelle enfle, se répand, soulevant au passage enthousiasme et terreur. Enthousiasme chez les petites gens et chez les innombrables victimes de Chilpéric, terreur chez les bénéficiaires de ses crapuleries. Personne ne s'y trompe : Chilpéric, c'était Frédégonde. Les dignitaires du régime, officiers royaux, agents du fisc, chefs de l'armée, clercs et prélats, tous ces oppresseurs mis en place par la diablesse, plus ou moins complices de ses crimes et partenaires de ses orgies, qui, forts de leur impunité, avaient rançonné le pays comme terre conquise et traité le Gallo-Romain en gibier, sont maintenant livrés aux représailles de la foule déchaînée. On brûle les maisons avec leurs habitants, on tire les oppresseurs sur le pavé par les cheveux pour les égorger et planter leur tête sur le fer d'une lance. On ouvre les prisons, lâchant pêle-mêle les victimes de l'arbitraire royal et les vulgaires bandits de grands chemins. Haines privées et vendettas familiales, profitant du désordre, règlent leurs comptes et flambent avec fureur. C'est le temps de la grande revanche, la Neustrie tout entière est en proie à une guerre civile désordonnée qui tient plus du brigandage que de la reconquête méthodique d'un pouvoir moins injuste.

On cherche Frédégonde.

— Mort à la gueuse !

Encore faudrait-il mettre la main dessus. On sait où elle se terre : dans l'église métropolitaine de Paris, sous la protection du droit d'asile attaché au lieu saint, droit sacré. Elle a eu le temps de confier son fils nouveau-né, le petit Clotaire, à des leudes de race franque restés fidèles à la dynastie au nom de l'ordre et de la légitimité, et peu compromis. Ces seigneurs proclament l'enfant roi de Neustrie sous le nom de Clotaire II et se déclarent Conseil de régence, bravant l'opposition violente d'autres leudes du royaume qui récusent l'enfant comme bâtard, fruit de l'adultère et du crime.

Frédégonde écume et rage. Elle ronge son frein,

sachant bien que la violence n'a qu'un temps et que les foules oublient vite. Elle attend que tout ce tohubohu retombe, en ruminant de sanglantes revanches.

Elle passe ses nerfs sur Lantéric, qui croyait que la disparition de Chilpéric réglerait tous les problèmes pendants et laisserait les rênes du royaume entre les mains de Frédégonde, elle-même guidée par lui, Lantéric.

Dans les rues de la cité de Rouen, à peine connue la mort du tyran une foule vengeresse a couru à l'église métropolitaine aux cris de : « Nous voulons Praetextatus ! » L'évêque Mélantius, un complaisant mis en place par Chilpéric sur l'injonction de Frédégonde, doit fuir en toute hâte, trop content de sauver sa peau. Aussitôt une délégation fait voile pour Jersey où Praetextatus s'efforce sans grand succès de convertir les farouches et insoucieux pirates saxons à la foi du Seigneur Christ. On le ramène, on le promène en triomphe par la ville, on le réinstalle sur son siège épiscopal. Le vieillard, les larmes aux yeux, rend grâces au Ciel qui l'a laissé vivre assez longtemps pour lui permettre de retrouver ses ouailles bien-aimées.

La reine Brunehaut confère, seule à seul, avec le roi Childebert, son fils. Elle semble soucieuse. Lui, aucunement. C'est maintenant un enfant d'une douzaine d'années, de belle mine et bien membré, qui, pour l'instant, à demi assis sur le bras du siège qui accueille sa mère, balance nonchalamment une de ses jambes en croquant des noix. La reine parle, agacée :

— Seigneur mon fils, il serait bon que tu prennes un peu plus au sérieux la situation. Il se passe dans ton royaume des choses inquiétantes.

Il hausse les épaules.

— Dame ma mère, tu es là pour veiller à ces choses. Tu m'as voulu roi, m'y voilà. Je m'y trouve bien. Je m'amuse beaucoup. Je ne vois autour de moi qu'obéissance et dos courbés. Qu'y a-t-il là d'inquiétant ?

— Un roi n'a pas qu'à s'amuser. Un roi règne.

— Non, ma mère. Pas là où tu règnes. Tu te charges de tout — fort bien, d'ailleurs —, tu ne me laisses rien. Et ça me va tout à fait.

— Seigneur mon fils, je règne, mais en ton nom. J'œuvre à rénover l'Austrasie, j'y consacre mes forces, je veux en faire un pays prospère, une puissante plate-forme de départ d'où tu te lanceras un jour à la reconquête de la totalité du domaine franc. J'ai goût à cela, c'est vrai. J'aime vaincre les hommes et la nature, j'aime le pouvoir, j'aime mener une tâche à bien. Cet empire que j'édifie sera tien. Tu dois participer à cette œuvre. Et d'abord joindre tes efforts aux miens pour mater les grands propriétaires, les leudes du Conseil de régence et les évêques, dont plus de la moitié sont vendus à la Neustrie et enragent de devoir plier sous une femme.

— Allons, ma mère ! La Neustrie n'est-elle pas à genoux ? Mon oncle Chilpéric n'est-il pas mort, vilainement assassiné par les soins de sa propre épouse, dit-on ? La reine Frédégonde elle-même n'est-elle pas réduite à se terrer dans un trou de rat, privée de tout pouvoir et en grand péril d'être occise par les parents de tous ceux qu'elle a fait périr ?

— Je constate que la politique t'intéresse plus que je n'aurais cru.

— Comme tu vois. On se tient au courant.

— J'en suis fort aise. Je dois te dire cependant que tes renseignements datent quelque peu. La reine Frédégonde ne se terre plus dans son trou de rat.

— Ah ? Ça m'aurait étonné, aussi, qu'elle ne s'en sorte pas.

— C'est une sorcière. Elle a sur les hommes un pouvoir maléfique.

— Disons qu'elle les tient par où toute femme les tient d'ordinaire. Mais qu'elle y est plus habile que toute autre.

— Eh bien... Il me semble que ce n'est pas qu'en politique que tu te tiens au courant.

— Les petites esclaves du palais me font compagnie, pendant que tu es occupée à tes grands desseins.

— De quoi te plains-tu ? Elles t'enseignent une matière pour laquelle je ne saurais t'être d'aucune utilité !

— Bah, tu n'en es plus à un inceste près...

— Seigneur roi, tu me fais offense !

— Je suis le roi. J'offense qui je veux.

Elle quitte son siège, se dirige vers la porte, sans un mot. Il dit, l'œil soudain dur, les dents serrées :

— Reste. Je le veux. C'est un ordre de ton roi.

Elle s'arrête, debout, dos tourné. Il a un sourire de coin :

— Tu es bien belle, dame ma mère. Beaucoup plus tentante que ces péronnelles aux coudes pointus.

— Seigneur, je ne veux voir là que propos de sale gosse. Me prends-tu pour une Frédégonde ?

— Ah, si tu pouvais être Frédégonde, je n'en aurais même pas parlé. J'aurais agi.

— Avec ta mère ?

— Tu l'es si peu. Je t'ai connue si tard. À un âge où déjà je rêvais de tétons autrement que pour y téter.

— Tu es... Tu es précoce.

— C'est le bon air de la campagne. Mais te voilà toute rouge. Parlons d'autre chose. De Frédégonde, justement. C'était notre propos. Reprends ta place et fais-moi part des dernières nouvelles, ainsi qu'il sied à une régente rendant compte à son roi.

Elle s'assied, matée, déconcertée par cette volonté inattendue avec laquelle, désormais, il va lui falloir compter. Sans cet enfant capricieux, imprévisible et peut-être cruel — certains signes le lui font craindre —, elle n'est plus rien. Il suffirait qu'il prête l'oreille aux séductions de la faction du Conseil qui la hait, il suffirait, tout simplement, que ses ennemis, malgré ses précautions, parviennent à le tuer, par le fer, par le poison ou par sortilège, pour qu'elle soit jetée à bas de cette toute-puissance, honteusement chassée et, très probablement, massacrée sur la place. Elle commence, donc :

— Frédégonde, qu'on croyait abandonnée de tous et attendant le coup de grâce, a conservé d'ardents adorateurs prêts à tout, jusqu'à donner joyeusement leur vie pour la sauver. Ce sont des jeunes gens des meilleures familles de Neustrie et de toute la Gaule, initiés par elle à certaines voluptés inouïes qu'elle seule et un corps de courtisanes formées par elle savent prodiguer. Dans son domaine de Braisne se déroulaient d'étranges orgies, un vrai sabbat, où l'on s'enivrait à des boissons perverses, à des philtres diaboliques qui, paraît-il, multipliant à l'infini les sensations, procurent le paradis sur terre, mais aussi annihilent toute volonté, faisant de ces êtres jeunes et ardents des esclaves consentants.

L'enfant roi s'exclame :

— Dame ma mère, si c'est là sorcellerie, j'en voudrais bien tâter !

La reine pâlit et se signe, trois fois de suite :

— Malheureux ! Cette seule parole est un blasphème à la face du Ciel ! Tu t'en confesseras tout à l'heure.

— Je m'en confesserai. Continue. Frédégonde ?

— Elle t'intéresse, n'est-ce pas ? Rien qu'évoquer son nom trouble les mâles, leur affole les sens.

— Hé, ma mère, cela en fait-il une maudite ? J'en connais une autre dont la seule évocation du nom trouble les mâles et affole leurs sens. N'es-tu pas celle-là, ma mère ? Le nom de Brunehaut ne court-il pas le monde comme suprême exemple de sublime beauté ? N'as-tu pas, toi aussi, une cour de cœurs ardents prêts à se faire tuer et même à se damner pour tes yeux de lumière et tes hanches onduleuses ?

Décidément, ce gosse n'a que trop bien profité de ses leçons de rhétorique ! Surmontant sa gêne, elle fait front :

— C'est vrai. Belle je suis, j'en rends grâces au

Seigneur Dieu et ne m'en fais honte ni gloire. Je ne suis pas un piège à hommes. Je n'use ni de coquetterie ni d'artifices. Si de nobles cœurs s'attachent à moi, ce n'est nullement par l'effet de moyens diaboliques. J'emploie leur dévouement à des causes saintes...

— Sans te priver de petites récréations profanes par-ci par-là.

— Tu m'espionnes ?

— Oh, pas la peine. Les choses me viennent d'elles-mêmes, sans courir après. Donc, Frédégonde ?

— La sachant en fort mauvaise posture, plusieurs de ces jeunes gens envoûtés par elle se sont réunis en une troupe solidement armée, ont chargé la populace qui hurlait : « Mort à la sorcière ! », ont forcé les portes de l'église d'où elle n'aurait pu sortir sans se faire sur-le-champ tailler en pièces et lui ont fait escorte jusqu'en un refuge sûr, un monastère fortifié grassement doté par Chilpéric, sis entre les rivières de Seine et d'Eure, en terre normande, donc, près d'un endroit nommé Reuil[1].

— C'est bien loin de Soissons et de Braisne. Et encore plus loin de Metz.

— Mais elle y est en lieu de sûreté. Elle a établi là son poste de commandement, protégée par sa garde saxonne. Les contingents de l'armée qui lui sont restés fidèles sont cantonnés dans la campagne alentour. Sa cour de putains à tout faire, jouvenceaux et femelles, l'a rejointe, ainsi que l'évêque Mélantius,

1. À l'époque : Rotoïalum.

qui lui est tout dévoué et n'a qu'une idée en tête : réintégrer son évêché de Rouen.

— Le beau Lantéric ?

— Il y est, bien sûr. Rongeant son frein. La mort de Chilpéric ne lui a pas ouvert la voie glorieuse dont il rêve : Frédégonde n'est pas reconnue comme régente — bien qu'une coterie active s'y emploie —, le petit roi est à Soissons, entre les pattes des grands du royaume. Lantéric en est réduit à servir les mille petites vengeances de la reine s'il veut conserver son influence sur elle.

L'enfant roi se mord la lèvre, songeur :

— Ne trouves-tu pas étonnante, ma mère, cette obstination à s'incruster en ce lieu perdu, si près de la cité de Rouen, alors qu'avec sa petite armée de fidèles elle pourrait forcer le passage jusqu'à Soissons et, là, faire valoir ses droits à la régence ? Cela répondrait mieux à son caractère.

— J'y ai songé. Il y a là quelque chose, en effet.

— Ce quelque chose n'aurait-il pas pour nom Praetextatus ?

— Ce qui signifierait alors qu'elle n'a pas abandonné sa suspicion à ton égard, et aussi qu'elle est toujours persuadée que le vieux Praetextatus détient la clef du mystère.

— Tout à fait.

— Nous devons donc nous attendre à un coup de main sur Rouen.

— Qui lui appartient, étant ville de Neustrie. Et qui se défendra, groupée autour de son cher évêque retrouvé.

— Neustrie contre Neustrie ! Le monstre se dévorant lui-même !

— Pour la conquête d'un Graal[1] illusoire !

— C'est tout bénéfice pour l'Austrasie. À nous de savoir l'exploiter.

Childebert soudain se rembrunit.

— Graal illusoire, oui, en ce qui concerne Praetextatus. Cependant, ce Graal, s'il ne se trouve pas là où le cherche Frédégonde, il n'en existe pas moins bel et bien.

— Que veux-tu dire ?

— Ceci : que si la reine Frédégonde s'obstine à le chercher là où il n'est pas, un peu de réflexion à tête reposée pourrait l'amener à le chercher là où il est. Parlons net. Qui est au courant ?

— Eh bien, en dehors de toi et de moi, puisque la nourrice, le chapelain et le médecin juif sont morts...

— Heureuse coïncidence ou sage précaution ?

Elle ne répond pas, poursuit :

— ... il ne reste que ton oncle, le roi Gontramn.

— Intouchable. Et puis, il m'aime. C'est tout ?

— C'est tout.

— Non, dame ma mère. Ce n'est pas tout. Tu en oublies deux. Mais les oublies-tu vraiment ?

Elle a une hésitation. Puis, résolument :

— Ces deux-là, j'en réponds.

— Ce n'est pas le terme propre, dame ma mère. On ne peut répondre de personne, pas même de soi.

— Quel serait-il, le terme propre ?

---

1. Voici qui nous prouve que la légende du Graal était connue du monde chrétien six siècles avant la date communément admise de son apparition en littérature.

— Il serait : « Je les aime. » Qui est la constatation, pour ne pas dire l'aveu, d'un état sentimental ne concernant que toi-même, et pas du tout la démonstration de l'incapacité des personnes en cause à trahir ou à ne pas trahir un secret.

— Eh bien, oui, je les aime. Je les aime justement parce qu'ils m'ont fourni en bien des occasions la démonstration irréfutable de leur total dévouement, et par conséquent de leur capacité à garder un secret, jusqu'à la mort s'il le faut.

— Jusqu'à la mort... Des mots ! Ce n'est qu'au-delà de la mort que les secrets sont vraiment bien gardés.

En elle grandit l'épouvante. Elle pense : « Et c'est un enfant ! » Il poursuit, martelant les mots :

— La nourrice, le chapelain, le médecin juif, à la bonne heure ! En voilà, des gardeurs de secrets ! En ceux-là, oui, j'ai pleine confiance. Tu l'aimais, la nourrice. Tu l'aimais, le médecin. J'ai même entendu — on entend tellement de choses en jouant à des jeux d'enfant ! — que, s'il n'avait été mécréant et, surtout, si tu n'avais été impure à ses yeux...

— Oh !

— Bref, tu les aimais. Pas assez. Ces deux autres, tu les aimes davantage. Soit. Il t'en coûtera davantage.

Il la prend par les deux bras, la force à le regarder dans les yeux :

— Mais ce qui doit être fait sera fait.

— Tu m'as fait demander, dame reine. Me voici.

— Seule ? J'avais demandé Petit Loup, aussi.

— Il arrive. Je le précède. Je n'étais pas loin d'ici. Petit Loup est à inspecter je ne sais quoi.

— C'est ennuyeux. Il devrait être ici.

— Te voilà bien agitée, si tu me permets, ma reine. Aurais-tu reçu de mauvaises nouvelles ?

— Non... Oui... C'est-à-dire, j'ai lieu de craindre...

— Craindre ? Pour toi ? Pour le roi ?

— Non. Enfin, pas précisément.

— Pour qui, alors ?

— Pour... Pour Praetextatus, voilà. Pour Praetextatus.

— Praetextatus ? Il est en sûreté dans son évêché.

— On croit ça. Ce n'est pas vrai. Sa vie est menacée, terriblement menacée. Frédégonde veut en finir, tu comprends ? Une rage de sang et de vengeance la mord au ventre. C'est une furie déchaînée. Praetextatus l'a humiliée, ce que personne encore n'avait osé. Depuis qu'elle a fait assassiner Chilpéric, elle a soif de sang. J'ai fait un rêve. J'y ai vu l'évêque gisant tout sanglant dans la nef de son église. Oh, mon Dieu ! Ce rêve, c'est le Seigneur Christ qui me l'envoie. Je dois faire quelque chose. Que Petit Loup saute en selle sur-le-champ et parte pour Rouen. Toi aussi. Sur-le-champ. Oh, pourquoi Petit Loup n'arrive-t-il pas ?

Minnhild, stupéfaite, prend dans ses mains les mains de la reine, qui les lui retire et se met à arpenter la pièce en grande agitation. Minnhild argumente :

— Soit. Il y a urgence, terrible urgence. Mais Petit Loup y suffirait bien, avec quelques comparses récoltés sur place. L'évêque est aimé, tout le peuple de Rouen voudra assurer sa protection. Quel besoin que j'y coure ? J'ai mieux à faire ici. Il rôde je ne sais quoi de malfaisant autour de ta personne.

— Tu pars avec Petit Loup. J'ai dit.

Justement, Petit Loup s'encadre dans l'ouverture.

— Dame reine, me voici. À tes ordres.

Brunehaut s'est ressaisie. Elle ordonne :

— Tu pars pour Rouen. Tout de suite. Avec Minnhild. Elle t'expliquera. Pas de bagages. Pas d'adieux. Filez comme l'éclair.

— À tes ordres. Je me permets de te faire remarquer que la jument de Minnhild ne tiendra pas le coup.

— Prends les chevaux qu'il te faut. Tu devrais être parti.

Botte à botte, on galope. Une fois de plus. Petit Loup, esclave de la consigne, n'a rien perdu de sa placidité. Il aimerait quand même bien savoir ce qu'il fait là. Il demande :

— La reine m'a dit que tu m'expliquerais. Bon. Explique-moi.

Minnhild, pour sa part, serait heureuse de comprendre comment il se fait que son tendre fessier se tale sur le cuir d'une selle pleine de hargne au rythme du galop d'une grande carcasse de cheval qui ne tolère pas que le nez de Griffon précède le sien, ne serait-ce que d'un naseau. Ça la met de mauvaise humeur.

— C'est très simple. Tels que tu nous vois, nous volons au secours de l'évêque Praetextatus, que la reine a vu en songe bien mal en point.

— Pourquoi tant de hâte ? Pourquoi toi ? J'y suffisais amplement.

— Ah, tu vois ? C'est tout juste ce que j'ai dit à la reine. Qui n'a rien voulu écouter. Qui s'est mise à courir à droite à gauche parce que tu tardais... Elle qui ne s'affole jamais ! Pour un rêve ? Elle y tient donc bien fort, à son évêque ? Et, encore une fois, pourquoi nous deux ?

Un temps de galop s'écoule. Temps de mutisme. Les pensées s'entrechoquent au *pataclop* des fers sur la chaussée. Enfin Petit Loup relève la tête. Minnhild en fait autant. Ils se regardent. Ils prononcent ensemble :

— Je crois que j'ai compris !

Petit Loup demande :

— Qu'est-ce que tu as compris ? Savoir si c'est la même chose que moi.

— Toi d'abord.

Bonne pâte, il cède.

— La reine veut nous éloigner de Metz. À toi.

— La reine a appris quelque chose de mauvais pour nous. Elle nous met à l'abri.

— Et voilà ! Nous sommes arrivés au même résultat.

— Parce que nous savons tous deux une chose : la reine nous aime. Elle veut nous protéger.

— Brave reine ! Maintenant, question suivante : nous protéger de quoi ?

— Plutôt : de qui ?

— Réfléchissons. Si elle nous éloigne de Metz, c'est qu'il va se passer quelque chose à Metz.

— Contre nous.

— Quelque chose contre nous, c'est ça. Quelque chose d'abominable, si j'en juge à l'émoi de la reine. Un assassinat, donc.

— Un assassinat double. Elle a tellement insisté pour que je file avec toi.

— Qui peut donc nous en vouloir au point de nous faire assassiner ?

— Quelqu'un à qui nous avons rendu service, pardi. C'est toujours ceux-là.

— À qui avons-nous rendu service ? Il faut que ce soit un bien grand service pour nous valoir la mort.

Temps de galop. Pensées, pensées, pensées... Minnhild, par en dessous, regarde Petit Loup, qui regarde Minnhild de la même façon. L'un et l'autre font une sale tête. C'est lui qui se décide :

— Toi aussi, hein ?

— Ça ne peut pas être autre chose.

— Nous sommes les seuls.

— Les deux derniers.

— Nous savons ce que nul ne doit savoir.

— Nous ne pouvons pas vivre.

Temps de galop... Tiens, non. Pas de galop. Les chevaux, sentant leurs cavaliers absorbés par d'autres soucis que celui de la distance à parcourir dans le moindre temps, se sont laissés aller à ralentir l'allure, puis se sont carrément mis au trot, à un trot de plus en plus nonchalant. Les pensées n'en suivent pas moins leur cours saumâtre.

— Ça ne peut pas venir d'elle. Elle ne nous aurait pas envoyés courir la prétentaine si elle avait décidé de nous supprimer.

— Ou alors, ayant décidé, le remords l'aura saisie.

— Si ce n'est elle, c'est lui. C'est même plus certainement les deux.

— Ce qui expliquerait certains regards fuyants, certains propos mal venus...

— Quoi qu'il en soit, le séjour en Austrasie nous est devenu malsain.

— Ça tombe bien : notre mission nous conduit en Neustrie.

— Qui n'est guère plus saine pour nous.

— Du moins n'avons-nous pas à nous poser la question. Ce sont les ordres. Service de la reine.

— Donc, rien de changé ? Direction : Rouen ?

— Direction Rouen. Ohé, Griffon ! Tu t'endors, mon ami. En avant !

XV

Il existe, dans tout voyage un peu longuet, un certain moment où l'un des voyageurs pose une certaine question, toujours la même, formulée en des termes immuables. Cette fois, elle choisit la mignonne bouche de Minnhild pour prendre son envol :

— C'est encore loin ?

Petit Loup, qui, depuis un moment, est attentif et tend l'oreille à on ne sait quoi, répond ce qu'il est d'usage de répondre :

— On se rapproche.

Il ajoute, soucieux :

— Nous avons perdu du temps à contourner les faubourgs de Paris, trop dangereux pour nous. Nous allons maintenant filer sur Rouen par le plus court. Mais il nous faut faire halte. J'ai l'impression que le fer arrière gauche de Griffon a pris du jeu. Ça clapote.

Ils font halte. Griffon lève obligeamment la jambe concernée tout en cueillant du bout des lèvres un brin de folle avoine. Petit Loup se met en position de maréchal-ferrant, le pied du cheval bien calé sur sa cuisse, et, armé du petit marteau spécialement conçu pour cet usage que tout cavalier soigneux transporte dans ses fontes, replie bien soigneusement la tôle de fer autour du sabot[1].

À petits coups précis des doigts agiles, le travail est bientôt fait. Comme Petit Loup se redresse, il voit venir à lui sur la chaussée un étrange équipage. Cela se rapproche, et l'on distingue bientôt un très grossier chariot monté sur des roues pleines visiblement débitées à la scie dans un tronc de sapin comme on débiterait des tranches de saucisson. Par là-dessus bringuebale une vaste caisse faite de rondins fixés entre eux par des liens de cordage de chanvre. Cette caisse est emplie à déborder de petits cylindres d'une matière intensément noire que sa légèreté fait sursauter et s'épandre au moindre cahot, et, des cahots, il y en a ! Petit Loup identifie la marchandise :

— Du charbon de bois.

Il en déduit que ce sont là des charbonniers livrant le produit de leur industrie à quelque fondeur de fer des environs... Il sursaute. Des charbonniers ! Et, justement — il s'en avise soudain —, n'est-ce point ici le lieu même où...

Il semblerait que, de leur côté, les pensées de Minnhild aient suivi un parcours identique, quoique plus rapide car mieux servi par la mémoire. Elle s'empresse, ignorant la carriole, service-service comme pas une :

— Nous perdons du temps ! Allons, en selle ! Droit devant ! À Rouen !

1. Les fers des chevaux n'étaient pas cloués sur la corne du sabot, mais consistaient en chaussures (les « soles ») de tôle épaisse repliée tout autour du sabot. Les fers à clouer n'apparaîtront qu'au IXe siècle.

Petit Loup reste insensible à ces injonctions. Les ordres, c'est lui qui les donne. À toute entreprise il faut un chef, enfin, quoi. Sourcils froncés, main en visière, il laisse approcher l'hétéroclite véhicule et se trouve bientôt à même de constater qu'un croquant, de la tête aux pieds tout de noir barbouillé, nu sous les vagues lambeaux de loques qui pendouillent de sa carcasse, arc-bouté entre les brancards, une corde rugueuse barrant son maigre torse, tire de tout son cœur, tire si fort que, tête baissée, il ne voit rien du vaste monde hormis la portion de route qui défile sous ses pieds agrippeurs. Un autre barbouillé, tout aussi dépenaillé, pousse, presque à plat ventre, sur le côté droit de la carriole, un troisième sur le côté gauche. Trois charbonniers, le compte y est.

Minnhild voudrait bien être ailleurs. Elle tente encore, sans conviction :

— Nous perdons du temps...

Petit Loup n'en a cure. Il s'est campé au milieu de la chaussée, jambes écartées, poings aux hanches. Dans son dos, Adèle frétille, sentant venir le temps des exploits.

Celui des trois qui tire entre les brancards ne prend conscience de l'existence de l'obstacle que lorsqu'il donne du nez dedans. Le voilà contraint de s'arrêter en plein effort, puis de lever ce nez pour voir de quoi il retourne. À mesure que son regard s'élève vers les altitudes, il voit défiler un ventre, un torse, deux bras, un menton, le tout de dimensions surprenantes par leur ampleur.

Pour imposante qu'elle soit, l'anatomie de Petit Loup n'emplit pas la totalité du champ de vision du charbonnier. Il reste de la place sur les côtés, et c'est dans l'un de ces interstices que le vaillant tireur de charrette aperçoit ce qui déclenche soudain en lui une telle allégresse qu'il lève les bras en l'air et s'écrie :

— Minnhild !

Dans ce mouvement tout spontané, il a lâché les brancards, provoquant l'intervention du principe des leviers, loi physique absolument incontournable en vertu de laquelle la carriole s'en est allée à cul, déversant d'un coup la totalité de ses joyeux petits cylindres noirs sur la chaussée.

Mais qui s'en soucie ? Les deux autres compères ont, eux aussi, crié : « Minnhild ! », levé les bras au ciel, et les voilà tous trois qui courent à Minnhild, qui l'agrippent aux jambes, à la ceinture, à tout ce qui donne prise, et l'obligent à descendre de son grand dadais de cheval, et qui maintenant se blottissent contre elle, contre son ventre tiède, ronronnant de pur bonheur, et elle, radieuse, qui enveloppe tout le paquet de ses bras mignons, mère chatte protégeant ses chatons.

Petit Loup se demande ce qu'il fait là. Les choses ne vont pas comme il aurait voulu. Au fait, qu'aurait-il voulu ? Il ne sait pas trop, mais il y aurait eu un rôle moins effacé. Il aurait froncé le sourcil, déjà. Là, devant cette débauche d'attendrissement, il se rend compte que le sourcil n'est pas de mise. Tandis qu'il se tâte, il voit l'index de Minnhild se tendre vers lui et il entend :

— Celui-ci est Petit Loup, mon époux très cher.

Les trois barbouillés se tournent vers l'époux très cher, courent à lui, lui prennent les mains, s'écrient :

— C'est donc lui !

— Comme il est grand !

— Comme il est beau !

Petit Loup, pris au dépourvu, esquisse un sourire-grimace, pensant : « Pourvu qu'ils ne m'embrassent pas ! Ils sont si noirs ! » Reprenant conscience de sa position de mari... spolié, il dit, sévèrement :

— Je devrais vous tuer.

Ils s'entre-regardent, demandent :

— Pourquoi ?

— Vous avez enlevé ma femme et en avez usé charnellement.

Ils baissent le nez, bien ensemble. L'un dit :

— Oui, mais tu l'as reprise. Nous ne l'avons même pas abîmée.

Un autre dit :

— Nous ne recommencerons plus.

Le troisième :

— Nous n'avons plus besoin de voler des femmes. Nous en avons acheté.

— À des Huns nomades qui les avaient élevées pour les manger.

— Nous les avons échangées contre des cochons. Ces Huns-là ne connaissaient pas la chair du cochon. Ils ont trouvé ça meilleur.

— Elles sont très jolies.

— Et bien grasses.

— Sans vouloir te vexer, Minnhild, tu es un peu maigre.

Petit Loup se gratte la tête. Il pense qu'il est temps de redescendre de là-haut. Il dit :

— Bon, eh bien, puisque, en effet, ils ne t'ont pas abîmée, enfin, pas trop, on peut peut-être oublier tout ça et reprendre la route ?

Minnhild renchérit :

— Oh, oui ! Oublions. Et en avant !

Mais la larme qui brille au coin de son œil n'a pas tellement l'air de vouloir oublier.

Afin d'éviter Reuil et ses environs où s'est solidement retranchée la reine déchue et d'où des bandes armées à sa dévotion rayonnent sur la campagne, ils ont décidé de faire un détour, suivant le tracé capricieux de la Seine qui, récemment grossie de l'Eure, s'égare vers l'occident en un nonchalant méandre avant de se décider à aller arroser Rouen.

Ils galopent sur un chemin de berge peu encombré de haleurs, car le courant suffit à la tâche, aidé d'une gentille brise d'est qui met les nautonniers de belle humeur. En ce qui concerne les nefs allant en sens inverse, c'est-à-dire remontant à contre-courant, elles sont halées, par hommes, par chevaux ou par bœufs, depuis l'autre rive, c'est une convention que tous les patrons nautonniers respectent, ainsi l'harmonie règne sur la voie de l'eau, sur « la route qui marche toute seule ».

Peu de cavaliers sur ce chemin par trop serpentin. On lui préfère l'antique voie romaine de Paris à Rouen, plus directe. C'est pourquoi, sur ce ruban de solitude qui miroite au soleil, un cavalier se remarque de fort loin, deux encore plus, surtout si l'un d'eux est une gracieuse fille aux riches atours, montant une haquenée de prix, non à califourchon comme il est d'usage, mais de biais, les deux jambes du même côté, position inhabituelle que nécessite la longue robe de cour qui vêt des jambes que l'on devine fort intéressantes [1]. Son compagnon, un jeune homme de fière allure, n'est pas moins richement monté et vêtu.

Les deux élégants cavaliers vont à un train de promenade, si bien que Minnhild et Petit Loup, lancés en gens qui n'ont pas de temps à perdre, les ont bientôt rejoints. Parvenus à leur hauteur, ils se voient bien obligés de ralentir l'allure, les deux autres ne manifestant pas la moindre intention de se rabattre afin de leur laisser le passage. Minnhild fait la grimace. Petit Loup croit déceler une certaine malice dans ce manque de bonne volonté. Il se résigne donc à demander, à voix courtoise :

— Seigneur cavalier, il nous faut passer. Te plairait-il de te ranger ?

Le seigneur cavalier n'ayant pas fait mine d'entendre, Petit Loup, du plat de la main, lui touche légèrement l'épaule, répétant seulement, à voix non moins courtoise :

— Seigneur cavalier !

Ce faisant, il oublie qu'il est vêtu en croquant, que sa tonsure, qui n'a pas encore repoussé jusqu'à sa taille habituelle, lui fait une tête inclassable, et que

1. Encore une imposture historique remise à sa place ! Ce n'est pas à Catherine de Médicis que revient l'initiative de la monte « en amazone », puisque, ce texte en fait foi, on la pratiquait dix siècles plus tôt !

Minnhild elle-même, ficelée dans de méchantes hardes de coureur de routes, ses cheveux bottelés en queue-de-cheval, a plutôt l'air d'un Hun en rupture de horde que d'une princesse wisigothe.

Au contact de la paume sur son épaule, le cavalier retrouve l'usage de ses sens. Il tourne un tant soit peu la tête, toise l'audacieux, laisse tomber :

— Tu m'as touché, cul sale, ou bien c'était une merde d'oiseau ?

Bon. Au moins, on sait où l'on en est. Petit Loup ne s'embarrasse plus de courtoisie. Il pousse Griffon qui, jouant de ses flancs puissants, balaie cheval et cavalier sur le côté. Cheval et cavalier s'en vont buter contre la hautaine jument de la dame, laquelle jument mord le maladroit au garrot. Le seigneur ne trouve à dire que :

— Holà !

Tandis que Minnhild, profitant de la percée, engage son escogriffe de cheval à la suite de Griffon, Petit Loup croit devoir fournir un minimum d'excuses :

— Mille pardons, camarade, nous avons une mission à remplir. Une mission urgente.

Ce qui lui vaut cette réplique agacée :

— Moi aussi, j'ai une mission à remplir ! Je ne bouscule pas pour autant les honnêtes gens. Et je prends le temps de demander raison aux petits prétentieux trop pressés.

Ayant dit, il tire son épée hors du fourreau.

Petit Loup sent Adèle frétiller contre son omoplate. Elle brûle de lui sauter en poigne. Mais le sens du devoir immédiat l'emporte. Il dit sobrement :

— Une autre fois, camarade. Là, vois-tu, je ne m'appartiens pas. Quand mon affaire sera réglée, je serai ton homme.

L'autre semble se rendre à l'argument. Il a un grand rire insoucieux :

— Tu as raison, cul sale. Je suis d'ailleurs dans le même cas. Seulement, moi, je ne puis te donner rendez-vous pour après, car, pour moi, il n'y aura pas d'après. Adieu !

Petit Loup case ces sibyllines paroles dans un coin de sa mémoire et se promet d'y réfléchir quand il aura un moment de loisir. Pour l'instant, il reprend le galop, n'ayant que trop perdu de temps. Minnhild, qui galope à son côté, ne s'accommode pas, elle, de ces mystères. Elle le dit :

— Une mission ? Ce gandin ? Tu as vu comme il est gaillard ? Le teint frais et rose, l'œil d'un qui vient de se lever, pas un grain de poussière sur lui, un cheval tout juste sorti des mains du palefrenier... Et sa pouffiasse ! On dirait qu'elle sort d'une boîte !

— C'est chez les charbonniers que tu as appris de tels mots ?

— Quels mots ?

— Oh, « pouffiasse », par exemple.

— Ah, oui ? C'est ça ? Je te parle de choses sérieuses, et peut-être même graves, et toi, c'est tout ce que tu vois ? Tu parles d'un agent secret !

— Ça va. L'œil de lynx, c'est toi, on le sait. Raconte.

— Eh bien, d'abord, ce gars est vraiment chargé d'une mission. Ça lui est sorti trop spontanément.

Ensuite, frais comme le voilà, il est parti de pas loin d'ici. Or, pas loin d'ici, qu'y a-t-il ?

— Oui. Qu'y a-t-il ?

— Cherche un peu. Moi, j'ai déjà trouvé.

— Il y a... Attends... Mais oui ! Il y a Reuil !

— Ah, quand même ! Et il va dans quelle direction, le gandin ?

— Dans la même que nous.

— C'est-à-dire ?

— C'est-à-dire Rouen... Oh, nom de Dieu ! Comme disent les croyants quand le curé ne les entend pas.

— Donc, on peut, sans grand risque de se tromper, déduire de tout ceci que le godelureau est parti de Reuil, qui est la résidence de la reine Frédégonde, chargé d'une mission qu'il doit accomplir dans la cité de Rouen. Ce que confirme, je te le signale, la présence auprès de lui de la poule de luxe — tu vois, je ne dis pas « pouffiasse », j'espère que tu y seras sensible —, laquelle a tout à fait le genre des créatures divinement belles et diaboliquement expertes que cette sorcière de Frédégonde emploie pour entretenir le zèle de ses esclaves d'amour.

« Maintenant, dis-moi : quel genre de mission une Frédégonde peut-elle bien avoir à confier à ces jeunes envoûtés ?

— Une mission de mort.

— Très bien ! Ne t'arrête pas en si bon chemin. Allons, un petit effort !

— Pardi : Praetextatus.

— Voilà. Nous apprenons du coup deux choses. Une bonne, une mauvaise. La bonne, c'est que l'évêque vit, sans quoi elle n'enverrait pas pour le tuer. La mauvaise, c'est que l'assassin est en route.

— Mais puisque nous voilà prévenus...

— Vite ! À Rouen !

Ils galopent. Minnhild pense à voix haute :

— Qu'a-t-il bien voulu dire par : « ... pour moi, il n'y aura pas d'après » ?

— Il a dit ça ?

— Mot pour mot.

— Je n'entrevois qu'une signification.

— Moi aussi. La même, sans doute. Une signification qui fait peur.

— Et la fille, sur le côté, qui ne disait rien !

— Belle comme un ange.

— Parée comme une pute.

— La récompense du guerrier, en somme.

— Une récompense qu'il touche avant l'action.

— Parce qu'il ne pourra pas, « après ».

— Récompense, mais aussi surveillante et stimulatrice.

— Si l'on fouillait les fontes de sa selle, peut-être y trouverait-on de ces drogues maléfiques que concoctent en secret les savants docteurs à la solde de Frédégonde.

Petit Loup prend un air rêveur :

— Quel besoin de drogues ? La fille y suffit bien.

Minnhild n'allait pas laisser passer ça :

— Voilà ce que c'est : la Frédégonde t'a donné le goût des créatures un peu infernales. Il te faut du vice et de la complication.

— Hé, hé... De temps en temps, ça fouette le sang.

— Tu ne m'as pas resservi les charbonniers. Je t'en remercie.

— Laissons le passé là où il est. Et trêve d'agaceries, nous entrons dans les faubourgs de Rouen.

Ils gagnent sans peine l'église métropolitaine. Ce n'est pas un jour de fête carillonnée, les rues sont pleines d'une foule animée, mais rien à voir avec la cohue des journées de liesse. S'étant renseignés, ils ont appris que l'évêque, comme de coutume, assiste à l'office du matin, en simple fidèle. Ils le trouveront près du maître-autel, sur un siège isolé réservé à sa personne.

Ils attachent les chevaux à un anneau prévu pour cela, pénètrent dans l'église par le portail principal et vont droit à l'autel par l'allée centrale. Minnhild, soudain, presse le bras de Petit Loup. Elle lui souffle à l'oreille :

— À droite. Au bord de l'allée.

Il jette un œil. La belle fille de tout à l'heure est là, agenouillée sur un prie-dieu, les mains pieusement jointes, le front baissé, apparemment abîmée dans une prière, cependant ne quittant pas de l'œil un certain point de l'espace devant elle.

Petit Loup est stupéfait.

— Comment a-t-elle fait ? Nous les avons laissés loin en arrière, ils n'auraient pas pu nous rattraper ni nous dépasser sans que nous les ayons vus !

— Ils auront coupé en traversant la rivière... Un

bac les attendait, caché dans les roseaux, que sais-je ? En tout cas, peu importe comment, ils sont arrivés avant nous. Et les voilà à pied d'œuvre. Et... Tiens, je le vois !

Elle a vu juste. Quelques rangées de sièges en avant, le brillant cavalier s'est soudain dressé, renversant le tabouret sur lequel il était assis, a bondi, en trois enjambées a atteint le prie-dieu où, le front dans les mains, l'évêque est tout à ses dévotions. Un poignard jaillit, plonge par deux fois dans le flanc du vieillard, juste sous l'aisselle.

L'assassin ne cherche pas à fuir. Le pourrait-il ? Les occupants des premiers rangs, prêtres, diacres et clercs de diverses sortes, se sont rués, hurlant un seul cri d'horreur. Il les laisse venir à lui, debout, bras croisés sur la poitrine, un sourire aux lèvres. À Petit Loup, accouru parmi les premiers, il dit, comme en s'excusant :

— Désolé, camarade cul sale. Je t'avais bien dit que, pour moi, il n'y aurait pas d'après.

Mais déjà clercs et fidèles l'entourent, s'emparent de lui, brandissant des fers meurtriers. Les prêtres crient : « Non ! Pas ici ! Pas dans le lieu saint ! » En quoi ils ont raison : l'église serait profanée, souillée à tout jamais, il faudrait en construire une autre, que de tintouin ! Et donc les vengeurs vociférants traînent l'assassin hors les murs consacrés, et là, sur le parvis même, le taillent en pièces.

Petit Loup n'est pas de la curée. Il a horreur du sang versé, même si le supplicié a mille fois mérité la mort. Rejoignant Minnhild qui s'empresse auprès de Praetextatus, il lance au passage un regard vers l'endroit d'où, tout à l'heure, l'« accompagnatrice » suivait de l'œil l'exécution de la mission de son compagnon. Il n'a que le temps d'apercevoir un pan de robe aristocratique disparaître par une porte de côté. Il se dit : « Elle va rendre compte. »

En dépit de sa célérité, Minnhild n'a pas à relever Praetextatus. Il s'en est chargé tout seul. Agrippant la balustrade, il s'est arraché au dallage, s'est remis sur pied et, comprimant des deux mains sa blessure d'où une fontaine vermeille jaillit à terribles saccades, il gravit les degrés de l'autel, lève les bras et saisit de ses deux mains ensanglantées le vase d'or où reposent les hosties consacrées. Ayant communié, il chancelle et s'abat enfin entre les bras des clercs en larmes qui l'emportent aussitôt hors du lieu saint, lequel, pour la deuxième fois de la journée, l'a échappé belle.

— Dame reine, je le crois mourant mais, c'est un fait, il n'est pas mort sur le coup.

— Qu'est-ce qui m'a fichu des maladroits pareils ? A-t-il bien enfoncé la lame, au moins ? Jusqu'à la garde ?

— Oh, scrupuleusement, dame reine. Seulement...

— Seulement ?

— Eh bien, il est droitier.

— Il n'est pas le seul ! Et alors ?

— Et alors, il frappe de la main droite, cela va de soi. Il lui faut donc se placer sur le flanc droit de... euh... la cible. La lame traverse le poumon droit mais, aussi longue soit-elle, elle ne peut atteindre le cœur, qui se trouve tout à fait à gauche, comme tu n'es pas sans le savoir, dame reine. S'il avait été gaucher, alors, bien sûr, il se serait placé contre le flanc gauche et aurait pu percer le cœur du premier coup, je ne sais pas si je me fais bien comprendre...

— Je comprends surtout que tu lui cherches des excuses. Ils l'ont massacré aussitôt, m'as-tu dit ?

— Sur le parvis de l'église.

— Sans même l'interroger ?

— Sans même. Ils étaient fous de rage et de chagrin et ne rêvaient que carnage. Ils l'ont réduit en charpie, puis se sont disputé les morceaux. J'en ai vu un dévorer le cœur, d'autres les entrailles toutes fumantes.

— J'en ferais volontiers autant des entrailles du vieux machin... Mais, dis-moi. Quand tu me le décris mourant, c'est bien à l'agonie que tu veux dire ?

— C'est tout juste cela, dame reine.

— Espérons. Que dit-on de tout cela, en ville ?

— Je ne sais pas, dame reine. Je suis accourue aussitôt ici pour te rendre compte.

Le seigneur Lantéric prend le relais :

— Ce qu'on en dit ? On en dit que c'est toi qui as armé l'assassin, mais tu t'y attendais, non ? Et ils te haïssent d'autant plus.

— C'est ce que je voulais. Ces pleure-misère, ça se mène au fouet. Ils ont besoin d'avoir peur. Au fond, ils aiment ça, comme aussi ils aiment haïr. Je leur donne la peur et la haine à pleines brassées. Ils me reviendront.

— S'ils t'avaient sous la main, ils t'écharperaient.

— C'est ce que tu crois ? Nous allons le savoir tout de suite.

Frédégonde se lève, frappe dans ses mains.

— Qu'on prépare ma litière ! Que ma garde saxonne se tienne prête ! Toi aussi, Lantéric, je t'emmène. Et toi, duc Ansowald, et toi, duc Beppolen. Et vous aussi, les filles, Lintwige, Ortrude, Zehna ! Allons, qu'on se hâte ! Nous allons faire une promenade dans notre bonne ville de Rouen, mes chéris !

L'évêque Praetextatus gît sur son lit, portant la mort sur le visage. Il fait ses recommandations ultimes à Lindovald, évêque de la ville de Bayeux et par conséquent premier suffragant de l'évêché de Rouen, ce qui fait de lui le successeur provisoire de Praetextatus en attendant la nomination d'un évêque titulaire. Le médecin est là, réduit à constater son impuissance devant l'inéluctable progression du mal. Après que le mourant eut reçu l'extrême-onction, il a prié de sortir clercs et laïcs qui encombraient la chambre. Seuls demeurent encore Petit Loup et sa Minnhild, venus témoigner du chagrin de la reine Brunehaut.

Surgit un moinillon effaré que Lindovald cueille au passage :

— Holà ! Du calme, enfant. Qu'y a-t-il donc ?

— Seigneur évêque, la... la reine !

En effet, c'est elle, la voilà déjà dans la chambre, souveraine, splendide, l'œil vainqueur, le visage empreint d'une immense compassion. À sa suite s'engouffrent, d'abord l'inévitable comte Lantéric, puis deux seigneurs aux cascadantes pierreries, enfin un essaim de jeunes beautés fort parfumées. Cela donne du talon, se trousse la moustache, allonge des cous curieux, bref, s'offre le spectacle de cette agonie.

Le médecin, l'évêque Lindovald ainsi que Petit Loup se trouvent repoussés le long du mur. Minnhild reste agenouillée au chevet du vieillard, essuyant doucement la sueur qui empoisse son front. Praetextatus, devant l'invasion, a eu un sursaut. Puis il s'est repris et c'est d'un maintien calme et ferme qu'il attend ce que l'Ennemie est venue lui dire.

Il n'attend guère, la voilà qui parle :

— J'éprouve une grande tristesse à te voir en cet état, saint évêque. C'est un épouvantable malheur, aussi bien pour moi que pour tout le peuple chrétien de ce diocèse. Qui donc a bien pu oser porter une main criminelle sur ta personne vénérée ? On me dit que c'est un inconnu, auquel la foule a déjà fait expier son crime. C'est dommage. En le soumettant à la torture, nous lui eussions fait avouer le nom de qui armait son bras. Mais justice doit être rendue. Nous ferons rechercher le misérable et lui infligerons des supplices en rapport avec l'énormité de son crime.

Tant d'aplomb suffoque le mourant. Se soulevant à grand'peine sur un coude, il tend un index tremblant vers la reine et, à phrases hachées, il accuse :

— Tu n'as pas loin à chercher, serpent ! Il n'y a pas d'autre tueuse que toi, Frédégonde, reine félone, sorcière et putain. Tu ne sais que tuer, tu pourris tout...

Un râle sifflant lui coupe la parole. Il retombe. Un peu de sang lui vient aux lèvres, que Minnhild prestement éponge. Frédégonde, souriante, le réprimande affectueusement, le menaçant de l'index comme on ferait d'un enfant capricieux :

— Seigneur évêque, tu déraisonnes. C'est la fièvre. Tu vas guérir. Je t'enverrai les meilleurs d'entre mes médecins. Ils feront partir ce gros vilain bobo. Car, sache-le, je t'aime comme si j'étais ta propre fille.

Là, elle atteint aux sommets. Des sourires éclosent dans l'assemblée. Cette Frédé, non, quelle classe ! Une jeune personne, peu sensible à l'ironie, pleure. Praetextatus ouvre la bouche pour répondre, ne la referme pas : il est mort.

Et bon, le spectacle est terminé, les visiteurs s'en vont. Petit Loup croit capter un très bref regard irradiant la haine, à lui spécialement destiné. Mais peut-être s'est-il trompé.

XVI

La nouvelle de la mort de leur évêque bien-aimé Praetextatus frappe les Rouennais de stupeur. Francs ou Gallo-Romains, jusqu'au bout ils ont voulu croire que Dieu ne permettrait pas que le bon pasteur succombe et que triomphe l'iniquité.

Ils ont vu passer la reine Frédégonde en brillante compagnie, regagnant sa résidence de Reuil après sa visite à l'évêque. Tout de suite après, ils ont vu médecin et gens d'Église sortir du logis en pleurant. Les rues, de proche en proche, retentissent de la haute plainte des lamentations à laquelle se mêle la clameur des malédictions.

Chacun sait d'où est venu le coup, et si, trop habitués à subir, ils s'écartent sur le passage de l'insolente meurtrière, ils l'accompagnent de leurs poings tendus et de leurs vociférations. Frédégonde n'en a cure, bien entourée par les redoutables gaillards de sa garde saxonne. Ainsi peut-elle rejoindre son inexpugnable repaire de Reuil, en attendant l'opportunité d'aller régner à Paris, où, en violation des traités interdisant aux rois francs de la race de Clovis de séjourner, elle a établi la cour de son fils, le désormais nouveau roi de Neustrie, Clotaire, deuxième du nom.

Fidèle à sa promesse de traquer l'assassin pour le livrer à la justice, elle a fait fermer tous les accès de la ville, ce qui ne trompe personne et fait ricaner, mais les hommes d'armes n'en bloquent pas moins les routes, interdisent tout mouvement de nef dans le port, fouillent et saccagent maisons, caves et entrepôts comme si vraiment ils y croyaient.

Ceci ne fait pas l'affaire de Petit Loup. De Minnhild, pas davantage. Ils ont quitté en hâte la maison de l'évêque. Frédégonde les y a vus, l'endroit est devenu malsain. Ils se sont attablés dans un cabaret de nautonniers, près de la grève où se chargent et se déchargent les nefs pansues. Les gens de par ici boivent du cidre, qui est du jus de pomme fermenté. Ils boivent donc du cidre. Petit Loup fait le point :

— Nous voilà bloqués en plein cœur de la Neustrie, heureux pays où règne Frédégonde, qui tue comme elle respire et à qui j'eus le malheur de déplaire.

— Ou de trop plaire, beau gosse !

— Quoi qu'il en soit, elle veut notre peau.

— La tienne, peut-être. Pour moi, je ne vois pas ce qu'elle pourrait avoir à me reprocher.

— En tout cas, elle n'a pas tardé à redresser la crête.

— J'ai appris que ses partisans ont mis les opposants au pas. La voici de nouveau maîtresse absolue de la Neustrie.

— Et son fils n'a que quelques mois. Elle est assurée d'être au pouvoir pour un bout de temps !

— Elle va harceler la reine Brunehaut.

— Qui le lui rendra au centuple !

— Grand bien leur fasse. En ce qui nous concerne, je te le demande : que faisons-nous, toi et moi, pris en tenaille entre ces deux forcenées ? Le démon veut nous occire parce qu'elle aime bien occire les gens, l'ange parce que nous en savons trop pour lui avoir rendu service.

— Pardon : l'ange nous a sauvé la vie, en fin de compte.

— Un sursaut de conscience, un hoquet sentimental... L'ange aussi est possédé par la rage du pouvoir. Le pouvoir ne connaît pas d'amis.

— Oui, bon. Voilà de belle philosophie. En attendant, qu'est-ce qu'on fait ? Il nous faut sortir de ce piège, et vite.

Un puissant hourvari s'élève parmi les nautes et les débardeurs du port qui, désœuvrés par l'édit royal, boivent d'abondance aux tables voisines. Petit Loup et Minnhild, du même mouvement, se lèvent. Ils se rendent compte alors qu'il s'agit d'une clameur de bonne humeur. Un jeune gars portant crânement sur le côté le bonnet de laine des nautes vient à eux et leur dit :

— Buvez avec nous, camarades ! On fête une grande nouvelle.

— Boire, nous ne demandons pas mieux, mais nous aimerions connaître la nouvelle.

— La nouvelle, écoutez bien, c'est que les sbires de notre bien-aimée reine Frédégonde (il crache) ont débusqué le méchant qui a fait du mal à notre Praetextatus. Figurez-vous que ce salaud-là ne se cachait même pas. Tranquille comme un enfant Jésus. Il paraît que la reine en personne en a reçu la révélation en rêve, pendant qu'elle dormait, c'est le Seigneur Dieu qui la lui a envoyée. Enfin, bon, ils ont cueilli le gars, juste là où elle avait dit, ils l'ont travaillé bien bien jusqu'à ce qu'il avoue tout ce qu'on veut, et puis la reine (il crache) l'a livré au propre neveu de l'évêque, un garçon plein de chagrin qui a tiré son épée et te vous a coupé le bonhomme en deux tout vivant, et puis en un millier de petits morceaux. Aussi vrai que je te vois et que ta poupée, là, est bien gironde, même si elle est attifée en croquant des champs.

Sans réfléchir, Petit Loup objecte :

— Qu'est-ce que tu racontes ? L'assassin, il s'est laissé prendre juste après le crime. Il a été aussitôt occis et dépecé sur le parvis de l'église. Je l'ai vu, de mes yeux vu.

Le gars cligne de l'œil, donne du coude dans l'estomac de Petit Loup et, avec un grand rire :

— Tu vas me dire que tes yeux y voient plus clair que ceux de la (il crache) reine, peut-être ?

— Mais alors, si l'assassin est pris, le blocus va être levé ?

— Tout à fait. Et le travail va reprendre. Bois avec moi, mon gars ! À la santé des deux petits coquins que je vois tressauter sous son bliaud d'homme, à ton copain. Tiens donc !

— Tu as là un bien beau cheval, camarade.

Petit Loup, de l'index, se scelle les lèvres.

— Chut ! Ne dis pas « cheval ». Dis « Griffon ». C'est son nom.

— Ah ? Bon. « Griffon » tant que tu voudras, n'empêche que c'est un cheval.

— Oui, mais lui ne le sait pas. Et il se vexe.

— Il voit pourtant bien qu'il n'est pas fait comme un chrétien.

— Bien sûr, qu'il le voit. Seulement, il pense que c'est nous autres qui ne sommes pas normaux. Et comme il m'aime beaucoup, il fait semblant de ne pas s'en apercevoir.

Le gars fait des petits yeux.

— Je vois. Vous êtes tous comme ça, là d'où tu viens ?

— Plus ou moins. Je viens d'Armorique, c'est notre pays. Et, tels que tu nous vois, nous y retournons de ce pas.

— Si j'étais vous, je n'en ferais rien, camarade.

— Tiens donc ! Pourquoi ça ?

— Parce que depuis ce matin la route d'Armorique, comme tous les chemins qui mènent vers l'occident, grouille de soldats à la Frédégonde (il crache), postés là pour guetter je ne sais quel malandrin, une espèce de colosse, paraît-il, monté sur un cheval tout aussi colossal et accompagné d'une toute petite toute mignonne bonne femme habillée en croquant des champs bien qu'elle ait des manières de princesse.

Ayant dit, il toise longuement Petit Loup de bas

en haut, comme s'il se rendait soudain compte de ses dimensions. Il ajoute :

— En somme, un type dans ton genre, si tu vois. Je dois dire qu'on n'en rencontre pas des masses. Surtout montés sur un chev... pardon, sur un Griffon gros comme un éléphant, qui est, à ce qu'on dit, une bête vraiment grosse du pays des païens, où les bêtes n'ont pas le sens de la mesure, n'ayant pas été touchées par la grâce de la parole du Seigneur Christ Jésus. Surtout encore accompagné d'un gentil petit croquant à nichons.

Petit Loup se demande si c'est du lard ou du cochon. Il tâte le terrain :

— Je suppose qu'il y aurait une bonne récompense pour celui qui irait dire à qui de droit qu'il a vu un type tel que tu viens de le décrire et en quel endroit on peut le trouver.

L'autre cligne de l'œil. Il cligne souvent. Il envoie un coup de coude dans l'estomac de Petit Loup. Ça aussi, il aime faire. Et puis il parle :

— C'est bien possible, camarade. Celui-là ne serait pas moi, en tout cas. J'espère que tu me fais l'honneur de me croire. Je t'avertis, c'est tout. Vu ton allure, tu pourrais être pris pour ce malandrin par un sbire pas très observateur. Alors, crois-moi, évite la grand'route d'Armorique, et aussi les petites.

— Hum... Et la route du sud, celle de Tours ?

— Libre, autant que je sache. Le blocus levé, il n'y a pas de raison.

— Nous irons donc à Tours.

Petit Loup consulte Minnhild du regard. Elle approuve du menton. Le naute donne du coude :

— Ça vaut bien un coup de cidre, camarade.

— Pour tout le monde. Tournée générale !

Ils mènent un petit trot insoucieux, attentifs tout de même aux taillis et buissons propices aux embuscades. Petit Loup s'exclame, admiratif :

— Quel acharnement ! Et quelle prescience : elle a deviné que nous déciderions de rentrer tout droit chez nous en Armorique, alors que nous étions censés retourner à Metz rendre compte de notre mission à la reine Brunehaut.

— Ce qui entraîne ceci : qu'elle sait que nous ne sommes plus en grâce chez Childebert et sa maman. Rien ne lui échappe.

— Ça fait froid dans le dos.

— Elle ne tardera pas à savoir que nous avons pris la route de Tours. Peut-être un peloton de tueurs galope-t-il en ce moment même à nos trousses.

— Eh bien, pressons l'allure. Les terres du roi Gontramn ne sont pas loin d'ici. Passé la frontière, nous serons tranquilles.

— Oui, mais l'enclave de Tours est de nouveau terre d'Austrasie [1], et donc les sbires de notre nouvel ennemi Childebert nous y cueilleront comme cerises en juin.

— Je ne crois pas. Vois-tu, à Tours, l'autorité du roi d'Austrasie est bien lointaine. Le véritable roi de Tours est le bon évêque Grégoire, notre ami. C'est d'ailleurs en grande partie en pensant à lui que m'est venue l'idée de nous détourner sur Tours. Nous lui

1. Depuis le traité d'Andelot (587).

devons bien une petite visite de courtoisie, ne crois-tu pas ?

— Mais comment donc. Ce cher Grégoire !

Ils sont passés sans encombre de l'Armorique Seconde[1] à l'Aquitaine récemment dévolue à Gontramn, roi de Burgondie. Là, ils ont trouvé le menu peuple fort excité contre Frédégonde, « la Jézabel », « la grande Prostituée de Babylone », qui pourtant ne leur est rien ni ne peut leur nuire en rien, mais il se trouve que le roi Gontramn, par ailleurs plutôt placide et même débonnaire, indigné par le meurtre de Praetextatus en pleine église, a pris l'affaire à cœur et remue ciel et terre afin de débusquer les véritables instigateurs du crime et de les amener, de gré ou de force, devant un tribunal présidé par lui, Gontramn.

Dans sa colère, le roi a même envoyé une députation d'évêques enquêter sur place. Ces dignes prélats se sont bornés à déclarer solennellement à l'enfant roi et au Conseil de régence de Neustrie que si les coupables (ils employaient le pluriel pour éviter le féminin, qui eût affiché leurs préventions, pour ne pas dire leurs certitudes) ne leur étaient pas promptement livrés, leur seigneur le roi Gontramn viendrait lui-même les chercher à la tête d'une armée.

Minnhild, oyant cela, avait apprécié :

— Cela a dû bien faire rire Frédégonde.

— Ne t'y trompe pas. Gontramn est capable de

1. Qui deviendra la Normandie quand elle aura été cédée aux pirates « normands », c'est-à-dire aux Vikings de Rollon.

s'arracher à son habituelle nonchalance. Quand son épouse bien-aimée Austrehild est morte d'un vilain cancer, rien que pour qu'elle ne s'en aille pas seule il a fait couper la tête à ses deux médecins et les a enterrés à ses côtés. Elle le lui avait demandé.

— C'est une jolie histoire d'amour. Je ferai enterrer Griffon avec toi.

— Comment, nous ne mourrons pas ensemble, main dans la main, yeux dans les yeux ?

— Bien sûr que si, mon doux ami. Mais je préférerais encore l'un dans l'autre, toi dessus, moi dessous, en train de chanter bien ensemble ce qu'on chante dans ces moments-là.

Ainsi devisant de propos badins, on arrive en vue des faubourgs de Tours, ville insigne, patrie du grand saint Martin, protecteur des Gaules.

Grégoire, évêque de Tours, descendant d'une illustre famille gauloise d'Auvergne, n'est pas ennemi d'un certain raffinement. Si son train de vie est modeste et sa table sobre, il aime cependant à s'entourer d'objets où se prolonge l'art de vivre du temps de la romanité. Il reçoit ses deux visiteurs en sa demeure de ville, parmi un confort auquel ne les a pas habitués l'austérité brutale de la cour d'Austrasie.

Les prolongements du meurtre de Praetextatus le navrent. Il ne se fait aucune illusion :

— La reine Frédégonde a su compromettre tellement de monde, leudes et prélats, qu'elle s'est construit une forteresse d'impunité inexpugnable. Sa promptitude à donner la mort est terrifiante. Ici même, à Tours, elle a fait assassiner le comte Leudaste, un parvenu à sa dévotion qu'elle m'avait tout d'abord imposé, mais qui, par ses outrances mêmes de rapine, de luxure et de cruauté, la compromettait.

Il a un mince sourire :

— Je n'irai pas jusqu'à la louer pour cela, mais je dois reconnaître que c'est bien la seule fois où un crime fut utile. Que Dieu me pardonne cette pensée.

Il se signe. Minnhild intervient :

— Elle ne l'avait pas fait exprès !

— C'est bien sa seule excuse !

Cinquième partie

LES VIERGES FOLLES

XVII

Un diacre — ou quelque chose d'approchant, Petit Loup n'est pas très renseigné en matière de hiérarchie ecclésiastique —, un tonsuré, enfin, se présente à la porte. Grégoire lui fait signe d'entrer. Le nouveau venu paraît ému. Il cherche ses mots.

— Seigneur évêque...

— Eh bien, qu'y a-t-il, Drogulf ? Calme-toi.

— Seigneur évêque, je ne sais comment dire. Viens. Constate par toi-même.

Grégoire, gagné par l'émotion du messager, se lève vivement, jette sur ses épaules une cape fourrée de loup gris — nous touchons à la fin d'un hiver cruel — et rejoint d'un pas vif le tonsuré, qui le précède aussi rapidement qu'il lui est possible sans courir, ce qui messiérait à sa gravité de clerc. Petit Loup et Minnhild, oubliés sur place, se décident à suivre le mouvement.

La vaste cour pavée devant l'évêché grouille de monde. Cette foule se divise en deux groupes concentriques bien distincts. Le groupe qui forme le cercle extérieur est fait de petites gens de la ville, portefaix, bouchers, marchands ambulants, artisans de divers métiers en vêtements de travail, hommes de guerre désœuvrés, esclaves et servantes allant aux commissions... Tout cela clabaude ferme. Il s'en échappe un brouhaha confus qu'il est aisé de deviner hostile.

L'aspect du groupe central frappe l'évêque de stupeur. Ce sont des filles, rien que des filles, jeunes, certaines très jeunes, des fillettes, maigres et sales à faire peur, échevelées, les yeux creusés d'intense fatigue. Mais ce qui bouleverse Grégoire et le fait tomber à genoux en multipliant les signes de croix, c'est la vêture de ces vagabondes : leurs loques sont robes de nonnes.

À n'en pas douter, ces filles sont des nonnes, des moinesses, des vierges cloîtrées vouées au service de leur divin époux le Seigneur Christ Jésus. Que font-elles, jetées hors de leur monastère, errant par les chemins, certainement maraudant, volant, pillant ou même pire, se souciant peu de cette tentatrice nudité que laissent voir tout à plein leurs robes parfois réduites à de minces lambeaux flottant au vent ?

Grégoire ne tarde pas à le savoir. Une des nonnes s'est avancée, se détachant du groupe, une grande fille portant haut la tête. Probablement le chef de la bande. Grégoire pense plutôt « la meneuse ». Ses cheveux, que ne contient plus le strict bonnet prescrit par la règle, ont crû au-delà de la longueur imposée, lui faisant une tignasse fauve en auréole. Son regard est hardi plus qu'il ne sied à une nonne ou même à une femme. Sur sa poitrine où saillent les côtes, deux seins d'un blanc laiteux, pointant effrontément par les trous de la bure élimée, n'ont rien perdu de leur juvénile arrogance.

Elle parle. Sa voix est impérieuse. Elle interpelle plutôt qu'elle n'explique :

— Seigneur évêque, nous venons à toi pour obtenir justice. Nous arrivons de Poitiers. Nous sommes les nonnes du monastère de la Sainte-Croix, fondé là-bas, en son temps, par la dame reine Radegonde, épouse du feu roi Clotaire. La mère abbesse nous a fait tort. Nous demandons réparation, au nom du Seigneur Christ Jésus.

Grégoire n'en croit pas ses oreilles. Des nonnes recluses en révolte contre l'autorité de la mère abbesse ? Autant dire contre leur évêque, contre l'Église tout entière, contre le Seigneur pape, émanation de Dieu sur la terre ! Mais en même temps il voit que ces filles ont faim, qu'elles sont épuisées, qu'elles ont marché pendant des jours, pieds nus, par les chemins enneigés, sans que quiconque, seigneur ou manant, ne leur ait fait l'aumône d'un quignon, car ce sont femelles maudites, épouses adultères du Seigneur Christ poussées au mal par le démon, devenues démones elles-mêmes. Bien plutôt que du pain, ce sont des pierres qu'elles ont reçues. Certains visages sont encroûtés de sang séché.

Devant tant de détresse, la pitié l'emporte sur le besoin de savoir. Avant tout, les nourrir, les réchauffer, les vêtir. Surtout, les soustraire à la méchanceté de la foule, qui peu à peu s'échauffe et dont la rumeur se charge de huées haineuses, tandis que commencent à voler des projectiles aux angles agressifs.

L'évêché comporte une vaste salle capitulaire. Grégoire y conduit les révoltées. Le droit d'asile attaché à l'église métropolitaine vouée à saint Martin ne s'étend pas, en principe, à la résidence de l'évêque, cependant l'autorité morale de Grégoire, ainsi que l'immense respect, pour ne pas dire l'affection, que lui voue le peuple de Tours, suffisent à assurer l'inviolabilité du lieu.

Les filles, vêtues à la diable de robes de bure empruntées à un couvent voisin, se jettent sur la nourriture, se chauffent aux flammes d'un feu ronflant, se laissent tomber sur des litières de roseaux promptement apportées, ou bien, à bout de forces, s'affalent dans l'écuelle de soupe à demi engloutie. Une sauvage fragrance femelle monte de tous ces corps harassés.

Leur ayant laissé le temps de se restaurer, l'évêque a fait prier celle qui semble mener la bande de le rejoindre dans son oratoire, où elle parlera au nom de ses compagnes. Petit Loup et Minnhild, que tourmente la curiosité, ont demandé à être présents, ce qui leur fut accordé.

La grande fille s'avance, maintenant presque décemment vêtue de bure rugueuse, les cheveux serrés dans l'espèce de béguin qui est le bonnet de dessous des religieuses. Elle n'est pas seule. À son côté, légèrement en retrait, se tient une toute jeune nonne, aussi brune que sa compagne est fauve, aussi frêle que l'autre est forte, aussi effacée qu'elle est conquérante. La grande, spontanément, s'en explique :

— Où va Clotilde, Basine va.

Elle a lancé cela comme un défi. Grégoire ne bronche pas. Il attend la suite.

— Je suis Clotilde. Basine et moi sommes filles de rois, mises au couvent contre notre gré. Je porte le nom de la grande Clotilde, l'épouse du roi Clovis, mon aïeul. Je suis en effet la fille du roi Caribert, mise en religion par mes oncles après sa mort. Basine porte le nom de la mère du roi Clovis, également son aïeul puisqu'elle est la fille du roi Chilpéric et de sa première épouse, la reine Audovère.

Grégoire, le menton dans la main, a écouté avec attention :

— J'entends bien. Vous fûtes mises au couvent malgré vous, ce qui est un abus et un préjudice aussi bien à votre égard qu'à celui du Seigneur Christ. Vous n'en avez pas moins prononcé des vœux qui vous lient à tout jamais, sur la terre comme au Ciel.

— Il se peut. Quoiqu'il y aurait beaucoup à dire sur ces vœux forcés... Mais là n'est pas le débat.

— Je pense que tu vas me dire où il est.

— Il est en ceci que nous, filles de rois, sommes traitées, non comme les épouses sacrées du Seigneur Christ, mais comme de viles esclaves, pis : comme du bétail, en ceci encore qu'on nous laisse mourir de faim, quand on ne nous jette pas quelque nourriture immonde, qu'on nous vêt de loques infâmes — elles étaient déjà en l'état où vous les avez vues lorsque nous nous sommes sauvées —, qu'on nous bat, et, par-dessus tout, que la mère abbesse mène une vie scandaleuse de libertinage et de fornication avec des hommes, clercs ou laïcs, qui vont à leur guise par le couvent, se baignent nus dans notre piscine, offensent notre vue et nous incitent au péché de chair.

C'en est trop ! L'évêque se récrie :

— Je ne puis croire cela de la supérieure du monastère que fonda ma chère Radegonde avec l'assentiment du roi Clotaire, son époux !

— Radegonde est morte, tu le sais, seigneur évêque, ainsi qu'Agnès, sa compagne. Depuis, c'est une Leubovère qui tient leur place, et les choses vont comme je t'ai dit.

— Comment vous êtes-vous échappées ?

Elle répond, comme si c'était chose toute simple :

— Nous avons enfermé la mère abbesse dans la cave à vin, puis nous avons enfoncé les portes du monastère en nous servant des tables du réfectoire comme de béliers.

— Qu'attendez-vous de moi ?

— Ce que tu as fait sans que nous ayons à te le demander : nous nourrir, nous vêtir, nous permettre de nous reposer.

— Et maintenant ?

— Donne-nous une lettre pour expliquer aux rois nos frères, nos oncles et nos cousins combien nous sommes maltraitées et humiliées, et qu'ils veuillent bien faire en sorte qu'on nous rétablisse dans les droits et les honneurs dus à notre rang.

— Voilà des soucis bien profanes ! Votre rang, vous l'avez perdu en entrant en religion. Devant le Seigneur Christ il n'y a pas de filles de rois ou de laboureurs, toutes sont égales en pauvreté, en humilité et en piété. Si vous avez sujet de vous plaindre de la conduite de votre mère abbesse, c'est à l'évêque dont dépend le couvent qu'il faut vous adresser.

La fille prend un air buté.

— Tout ce que tu peux dire, nous nous le sommes déjà dit. Tu refuses d'écrire la lettre ? Nous nous en passerons. Nous avons marché de Poitiers jusqu'ici, nous marcherons bien d'ici à Chalon, où réside en ce moment le roi Gontramn, mon oncle. Lui nous écoutera.

Grégoire sent qu'il se heurte à quelque chose d'inébranlable. Cette fille est tout orgueil, rien ne la fera céder. Il hausse les épaules :

— Si vos oncles ou vos frères les rois vous ont cloîtrées, c'est pour se débarrasser de vous, pour que vous ne risquiez pas, une fois mariées, de mettre au monde des prétendants à leurs trônes qui les assassineraient si eux-mêmes ne les assassinaient pas à temps. Croyez-vous donc que ces rois qui vous ont ensevelies vivantes dans un monastère iront se soucier de se mettre mal avec l'Église en prenant votre parti ? Et avez-vous pensé à l'excommunication ?

Elle n'en démord pas :

— Nous partons pour Chalon.

L'évêque baisse les bras.

— D'accord. Attends au moins que tes compagnes aient pris quelque repos. Elles ne peuvent plus se traîner. Il y en a de malades. Beaucoup ont des plaies aux pieds. Laisse-moi les soigner. Les beaux jours ne sont plus loin, patiente jusque-là. Pendant ce temps, j'intercéderai pour vous.

Elle semble peser le pour et le contre. Grégoire insiste :

— Ton amie, là, m'a l'air plutôt mal en point. Tu l'aimes, dis-tu. Pense à elle.

Clotilde se penche vers Basine, dont les yeux brillants de fièvre mangent l'étroit visage. C'est d'une voix d'anxieuse tendresse qu'elle demande :

— Tu ne te sens pas bien ?

La petite a un pauvre sourire :

— Je n'ai pas ta force.

Clotilde l'intrépide se laisse convaincre. En rongeant son frein, elle patiente tandis que ses compagnes reprennent joues et couleurs, soignées aux frais de l'évêque par un médecin juif aidé d'esclaves slavonnes ou saxonnes non converties, car nul clerc versé en l'art de guérir, nulle religieuse affectée d'ordinaire aux soins des malades n'a voulu approcher les renégates, les impies, les pestiférées que, d'ailleurs, le seigneur pape ne manquera pas d'excommunier, ce qui en fera des intouchables et les rejettera hors de tout secours chrétien.

Aux premiers bourgeons, Clotilde, n'y tenant plus, prend la route. Elle s'est résignée, non sans larmes, à se séparer de Basine, bien faible encore. Elle laisse aussi derrière elle le gros de la troupe afin de ne pas semer l'alarme dans les campagnes et de pouvoir échapper plus facilement aux sbires des tribunaux ecclésiastiques. Une seule des nonnes l'accompagne, une solide fille bâtie en homme, aussi indomptable qu'elle-même et dévouée comme un chien de berger. Direction : Chalon, où est censé résider l'oncle Gontramn.

Petit Loup salue l'évêque :

— Seigneur Grégoire, il me paraît que prolonger davantage notre séjour chez toi serait abuser. Nous sommes donc venus te prier d'accepter notre adieu.

— Ainsi, vous me quittez. C'est normal. Voilà bien longtemps qu'on est sans nouvelles de vous, en terre d'Armor. Je ne puis vous retenir. Partez donc, mes enfants, et que Dieu vous ait en sa sainte garde.

Minnhild perçoit le regret sous la permission :

— Seigneur Grégoire, si nous avons le bonheur de pouvoir t'être de quelque utilité, nous restons, bien sûr.

L'évêque sourit, confus :

— Eh bien, pardonnez ma franchise, mais je parle au nom de notre vieille complicité. Il ne me déplairait pas de vous savoir à mes côtés, au moins pour un certain temps. Jusqu'à ce que soit réglée cette vilaine affaire des nonnes en révolte, disons.

— Elles te causent un tel souci ?

— Plus que vous ne sauriez croire. Non seulement elles profitent et abusent du droit d'asile pour se conduire d'une façon qui ne convient guère à des épouses du Seigneur Christ, mais, les jours passant, elles se montrent carrément dévergondées.

— As-tu reçu des nouvelles de la démarche de Clotilde ?

— Oui. Par un courrier secret du roi Gontramn. Il m'assure avoir fait bonne figure à sa nièce, sans toutefois se compromettre.

— À son habitude !

— Sois prudent dans tes jugements, mon fils, surtout concernant les rois. Il s'en est donc tiré par la promesse de réunir quelques évêques d'Aquitaine en une espèce de conclave afin d'examiner le cas.

— Alors, rien ne retient plus Clotilde à Chalon.

Minnhild appuie :

— D'autant qu'un intérêt puissant l'attire ici.

— Tu la crois tellement avide de reprendre sa place à la tête des nonnes ? D'être nommée mère abbesse, peut-être ?

Minnhild esquisse une moue condescendante.

— Tu ne vois vraiment rien, toi ! Son intérêt, c'est la petite Basine.

Grégoire n'a pas entendu, ou n'a pas voulu entendre. Il reprend :

— Je ne puis aller voir par moi-même ce qui se passe chez les filles — Puis-je encore dire « les nonnes » ? —, de peur d'être entraîné à sévir, sous l'effet de la colère, plus que je n'aurais fait de sang-froid. C'est le droit d'asile qui est en cause, ce droit d'asile auquel je tiens expressément. On me presse de toutes parts de jeter ces filles dehors. Leudes, clercs et petites gens crient au scandale et vont jusqu'à insinuer que j'userais d'elles comme des pensionnaires d'un lupanar. (Il rougit.) Certain, qui guigne l'évêché, excite la foule à forcer les portes et à tuer sur place toute cette engeance diabolique.

« Il me faut tenir jusqu'au retour de Clotilde, qui les remmènera dans leur monastère de Poitiers, puisque c'est là qu'elles devront attendre l'assemblée des évêques promise par le roi.

« Voici en quoi vous pouvez m'aider. Ce devrait

être l'ouvrage de prêtres, ou tout au moins de diacres, mais aucun clerc, pas plus qu'aucune religieuse, ne consent même à les approcher. C'est ton calme, Petit Loup, et aussi la grande force apaisante qui émane de toi, c'est, Minnhild, ta compassion toujours active, qui m'incitent à vous confier la tâche d'aider ces pauvres enfants à mesurer leur erreur, à comprendre comment elles en sont arrivées là, et, par-dessus tout, d'apaiser leurs angoisses, car je sais que, le premier feu passé, elles tremblent d'être damnées à tout jamais.

Petit Loup secoue la tête :

— Ce sont filles de rois et de seigneurs. Elles n'écouteront pas un paysan.

Minnhild lui ferme la bouche :

— Tu es le petit-fils du Hun Blond, tu vaux tous les fils de rois ! Et moi, ne suis-je pas Minnhild, princesse wisigothe, qui fus fille d'honneur de la reine Brunehaut ?

Grégoire de Tours, le fin lettré, peut se remettre à la rédaction de sa *Vie du grand saint Martin, patron des Gaules*, tandis que Petit Loup et Minnhild gagnent le vaste dortoir où sont parquées les fugitives.

Très tôt après la mort du saint, qui termina sa vie comme évêque de Tours, son tombeau et ses reliques se mirent à faire des miracles. Les pèlerins accoururent de fort loin. Il fallut bientôt construire, auprès de l'église diocésaine, des dortoirs pour abriter les pieux voyageurs. Encore beaucoup doivent-ils dormir à la belle étoile, en novembre, quand les reliques sont promenées en procession.

C'est une très grande salle à la puissante charpente. Quarante paillasses de roseaux sont alignées le long des murs opposés, vingt à droite, vingt à gauche. Deux paillasses, échappant à la règle commune, se dressent côte à côte contre le mur du fond, sous les fenêtres. Sur l'un de ces deux lits à part gît à demi allongée la pâle Basine. L'autre doit être celui de Clotilde. Une très longue table de couvent, faite de planches posées sur des tréteaux, occupe le centre de la salle.

Les nonnes ne sont pas, à proprement parler, cloîtrées dans ce dortoir, le droit d'asile s'étendant à tous les bâtiments, dépendances, parvis, cours, accès et allées constituant le domaine de l'église. Cependant, elles ne s'en éloignent guère, environnées qu'elles sont par l'universelle détestation.

Cela clabaude ferme, là-dedans. La survenue de Minnhild précédant Petit Loup fait tomber net les conversations, comme fauchées en plein vol. Il semblerait que les visites soient rares, et jamais de bon augure.

Minnhild lance d'emblée un joyeux : « Le bonjour à vous, mes sœurs ! » que Petit Loup accompagne d'un large salut de la main. Le silence leur répond. Vers eux se tournent quarante et un visages méfiants. Minnhild s'avance jusqu'à la table, Petit Loup la suit, bien embarrassé de sa carcasse dans ce monde de femmes, de femmes hostiles. Des bancs courent le long de la table. Ils s'y assoient, d'une fesse. Des écuelles vides ou encore à demi pleines d'un brouet de fèves figé traînent çà et là. Il semblerait que la légendaire discipline du couvent se soit relâchée.

Les nonnes, comprenant enfin qu'on est venu leur faire part de quelque nouvelle, se rassemblent peu à peu autour des visiteurs. Petit Loup écarquille les yeux : vautrés sur certaines paillasses, il croit apercevoir, mais oui, des hommes ! Ce que confirme un examen plus poussé. Décidément, le mal est plus avancé que ne l'imagine le bon évêque ! Ces hommes, pas tous de la première jeunesse, arborent sur le haut du crâne la tonsure ecclésiastique que cerne une mince couronne de cheveux. « Le péché appelle le péché, pense Petit Loup. Une qui tombe en fait tomber dix. »

Minnhild le secoue :

— Ne reste pas là. Tu nous gênes. Nous avons des choses à nous dire qu'un homme n'a pas à entendre.

Elle a raison. Il se lève, s'éloigne. Les filles s'approchent, se serrent autour de Minnhild. Quelques rebelles enfermées dans leur hargne crachent leur mépris :

— Hé, les louves ! Déjà fatiguées de la liberté ? On demande gentiment pardon à la dame ?

Elles ne sont qu'un noyau, celui des parjures à leurs vœux qui partagent leur paillasse avec un mâle à tonsure. Celles-là ne peuvent plus faire marche arrière. Leur virginité précieuse s'est envolée, et ce n'est pas le Seigneur Christ Jésus qui en eut la primeur. Les mâles, l'air cafard, ne disent rien. Après tout, ils n'ont fait que pécher contre la continence, péché qui s'expie au confessionnal. Et ne furent-ils pas induits à fauter par le démon en robe de bure ?

Une des nonnes ne s'est pas déplacée : Basine. Pourtant, nul élément mâle ne partage sa couche. Une de ses compagnes, une adolescente aussi frêle qu'elle-même, est agenouillée sur le dallage, entourant ses épaules de son bras. Petit Loup va vers elles. À son approche, Basine se blottit contre l'autre fille, qui l'enserre de ses deux bras, comme pour la protéger. Ce qu'il voit dans ses yeux ressemble fort à de la terreur. Il juge préférable de s'immobiliser à quelque distance.

Cette fille, décidément, l'émeut. Elle n'est vêtue que d'une grossière chemise de chanvre écru qui accuse ses membres graciles. Son allure d'animal traqué tranche sur l'audace arrogante ou la passivité moutonnière des autres nonnes.

Petit Loup ne sait que faire. Il lui faut franchir cette barrière de terreur panique, mais comment ? La solution vient de Basine elle-même. Elle considère le jeune colosse pendant un bon moment, en silence. Et voilà que dans ses yeux la peur s'efface, que ses traits se décrispent, que tout son corps se détend entre les bras de son amie, voilà qu'enfin elle tend les bras et — mais oui ! — parle :

— De toi, je n'ai pas peur.

Il s'approche, s'assied sans façon au bord de la paillasse, tend la main, paume ouverte. Basine y pose ses deux petites mains. Son amie n'en revient pas. Elle balbutie :

— Tu es le seul homme dont elle tolère le contact depuis...

Elle laisse la phrase en suspens. Basine complète :

— Depuis bien longtemps. Tout juste depuis le jour où la reine Frédégonde, la seconde femme de mon père, le roi Chilpéric...

— Tu es donc la fille de la reine Audovère, qui est aussi la mère du seigneur Mérovée ?

— Oui. Après qu'elle eut fait répudier ma mère, Frédégonde, dans son acharnement à détruire tout ce qui risquait de susciter un jour des concurrents à ses propres fils, m'a fait violer par toutes les brutes de sa garde saxonne. J'étais presque fillette encore, j'ai failli en mourir. Elle assistait à la chose. Cela l'amusa beaucoup. Cela la mit en appétit, aussi. Alors elle se fit besogner, tandis que je hurlais, et elle hurlait aussi, mais de haut plaisir. Si ce détail t'intéresse, je puis te préciser qu'elle se prêta à la sodomisation, qui est crime abominable. Puis ils sont partis, me laissant sur le sol, baignant dans mon sang et dans leurs ordures.

« La reine se vanta bien haut de ce beau coup, ce qui fit rire. Quelques bonnes âmes me plaignirent, mais rien ne pouvait faire que je ne fusse à tout jamais déshonorée et indigne du mariage. Mon père, qui jamais n'allait à l'encontre des désirs de sa femme, me mit au couvent de Poitiers. Car ce qui n'est plus digne du lit d'un homme est toujours assez bon pour le Seigneur Christ... Comprends-tu pourquoi j'ai si peur des hommes ?

— Et de moi, tu n'as pas peur ?

Elle a un grand sourire confiant.

— Pas du tout. Je sens que de toi ne peut venir que du bien. Je ne saurais dire... Je vais blasphémer :

tu m'apportes ce que devrait m'apporter le Seigneur Christ, d'après ce qu'en dit l'Écriture sainte. Or, bien loin de là, il me glace. Il est sur sa croix comme un perpétuel reproche. Sa pitié vient de trop haut, de trop loin. Il n'apaise pas ma peur... Et puis, n'est-ce pas Lui qui a permis qu'on me fasse ce qu'on m'a fait, et que je ne sois plus qu'une rejetée, une recluse ?

— C'est donc contre Lui que tu te révoltes ?

— C'est contre ceux qui, en Son nom, enferment des filles et leur volent leur vie. Contre ceux qui prétendent que notre abstinence et nos souffrances Lui sont agréables alors qu'Il a mis en nous le désir et l'ardeur. Contre ceux qui mettent les filles au couvent pour complaire aux puissants et qui osent parler de vocation !

— C'est là moindre mal. Autrement, ils les tueraient.

— Nous devrions donc en remercier Dieu. Qu'en penses-tu ? Dieu a-t-Il vraiment voulu cela ?

— Je ne puis répondre. Je ne crois pas en Dieu.

— Cela n'est pas possible. Toute créature croit en Dieu, en un dieu, celui-là ou un autre.

— Pas moi. Ne le répète pas, c'est fort mal porté. Il y va de la vie. Tu vois, moi aussi je te fais confiance.

Elle le regarde sans rien dire, puis :

— Tu es mon ami. Mon seul ami.

Il cache son émotion sous une taquinerie :

— Et Clotilde ?

Elle devient grave soudain.

— Clotilde, c'est Clotilde. Elle est fille de roi. Comme moi.

Basine, pas si dolente, se lève d'un bond :

— Allons voir ce que disent les autres.

Minnhild, apparemment, a su apprivoiser son auditoire. On l'entoure, on se presse, on se raconte :

— J'ai été mise au couvent à huit ans. Je n'en étais jamais sortie. J'ai grandi loin du monde, je sentais la vie battre à l'extérieur sans savoir ce que c'était. Quand sont venues les prémices de ma féminité, j'ai sacrifié avec ferveur mes élans, mes désirs inconnus, au Seigneur Christ. Je ne savais pas ce que je sacrifiais ainsi. Je ne comprenais pas ce tourment qui me jetait, en pleurs, sur mon lit... Maintenant, je sais. J'ai connu l'homme. Et je n'y renoncerais pour rien au monde.

— Même pour ton salut éternel ?

Elle a une hésitation. Enfin :

— Même.

Basine a dit à Minnhild : « Tu me le prêtes ? » Minnhild a répondu : « Fais-en ce que tu veux, mais ne me l'abîme pas. »

Ce que veut Basine, c'est s'appuyer au grand garçon, se réchauffer à son sourire, se rassurer à son calme. Sa seule présence la comble, elle n'attend de lui rien d'autre, n'en désire rien d'autre. Le masculin sans les réalités brutales du viril, en somme. Petit Loup s'y prête, amusé, attendri. C'est une petite fille blessée qu'il faut ramener à la vie. Il a avec elle des conversations entrecoupées de longs silences, s'étonnant lui-même de l'étrange plaisir qu'il y trouve.

Minnhild met de l'ordre chez les nonnes. Les serviteurs de l'évêque, obstinés dans leur refus d'approcher les maudites, se contentent de poser les marmites pleines de soupe devant la porte. Les religieuses qui, au couvent, ne se livraient à aucune besogne vile — les sœurs converses étaient là pour ça — ne récurent pas une écuelle, laissent déborder le seau d'immondices, ne lavent pas leur linge. Cela sent la tanière, là-dedans.

Minnhild distribue les tâches, donnant l'exemple. Elle est princesse, elles estiment ne pas déchoir en l'imitant et finissent même par prendre plaisir à tenir leur logis en ordre.

Les tonsurés en mal d'amour se sont faits furtifs. Leur interdire l'accès ? Au nom de quoi ? Ni Petit Loup ni Minnhild n'ont âme de sbire. Ils se bornent à maintenir les choses dans des limites décentes afin de ne pas exciter la foule à qui un bon nettoyage de filles perdues par le feu ne déplairait pas.

Clotilde reparaît enfin. Elle ne rapporte de Chalon rien de plus que la promesse de la réunion des évêques à Poitiers, améliorée, il est vrai, de l'assurance discrète du roi Gontramn qu'il agira en sous-main sur la décision. Mais il faut d'abord regagner Poitiers.

Pas question de réintégrer le couvent en brebis repenties. On campera dans les environs, il s'y trouve une accueillante église dédiée à saint Hilaire, on y attendra le jugement qui fera rentrer les rebelles en triomphatrices, Clotilde à leur tête.

Toutes cependant ne reprendront pas la route. Celles qui, ayant goûté aux plaisirs de l'amour partagé, ont su s'attacher leur bien-aimé, s'en vont cacher leur opprobre en des lieux lointains en attendant que repoussent les cheveux sur les tonsures.

C'est avec un soulagement certain que l'évêque assiste au départ des réprouvées. Elles ont meilleure allure qu'à l'arrivée. Clotilde la superbe a pris la tête de la colonne. Elle avait suggéré qu'un cheval contribuerait à asseoir son autorité, et aussi — elle ne l'a pas dit mais Grégoire ne s'y est pas trompé — à affirmer sa supériorité de fille de roi. L'évêque ne s'y est pas prêté. Tout juste a-t-il consenti à se séparer d'une de ses mules épiscopales pour épargner de trop grandes fatigues à la languissante Basine.

Et donc la cohorte des filles perdues se met en marche, flanquée de six soldats de fortune saxons non baptisés — des chrétiens n'auraient accepté pour rien au monde —, payés par Grégoire afin d'éviter que les populations des villages ne massacrent les renégates.

Le retour de Clotilde a mis fin brutalement à cette douce intimité qui s'était établie entre Basine et Petit Loup. Il en est tout marri. Il s'en ouvre à Minnhild, sa confidente naturelle :

— J'ai cru que quelque chose de fort existait entre nous. Oh, rien de ce que des malintentionnés pourraient penser ! Comme entre un grand frère et une sœur cadette très fragile, si tu vois... Les petites filles peuvent se montrer bien cruelles.

— Tu as de la peine ?

— Je pense qu'on peut appeler ça comme ça. J'en suis le premier étonné.

Elle se fait coquette, mais il y a plus que de la coquetterie dans sa question :

— Ça te fait mal comme quand je... quand j'avais disparu, disons, ou davantage ?

— Voilà une question qui ne mérite qu'une seule réponse.

Il lui colle un gros baiser de ménage qui la rend toute rose.

Là-bas, en tête de la colonne qui s'éloigne, Basine la pâle tourne brièvement la tête, agite le bras. Clotilde n'a rien vu. Minnhild regardait ailleurs.

De retour à Poitiers, les nonnes en révolte s'installent en l'église Saint-Hilaire pour y attendre que se réunissent les évêques, comme promis. La présence en ville de toute cette concentration de féminité qu'on se plaît à imaginer débridée fait fermenter les imaginations mâles. Quand enfin les évêques sont là, ils ne peuvent que constater que le lieu saint est devenu un lieu de débauche. On y fornique, mais aussi on y boit, on y joue, on y blasphème le nom du Seigneur...

Ils commencent donc par ordonner aux nonnes de se présenter au monastère, où ils siègent. Clotilde, au nom de toutes, refuse hautement. Le cas est donc jugé hors de leur présence. Elles se voient condamnées à réintégrer le couvent, où il sera statué sur chaque cas.

Clotilde appelle à la révolte ouverte. Secondées par les hommes — plus ou moins de mauvaise vie — qui vivent entre leurs jupes, les filles attaquent en armes les évêques et leur suite, en laissent un bon nombre sur le carreau. Le reste s'enfuit.

Les prélats se plaignent au roi Gontramn, qui promet de sévir, tergiverse, gagne du temps. Cependant les défenseurs des nonnes s'augmentent d'une troupe de gens de guerre.

La reine Brunehaut prend l'affaire en main. L'assaut est donné. Les défenseurs, taillés en pièces, sont torturés à mort. Clotilde, par un coup d'audace, s'en tire. Sa chère Basine, que la lubricité ambiante jette dans de terribles crises nerveuses, abandonne la lutte.

Le tribunal enfin réuni prononce des sentences mitigées. Cela ne satisfait pas Clotilde, qui maintenant accuse la mère abbesse de trahir Brunehaut et son fils au profit de Frédégonde, leur mortelle ennemie. S'ensuivent diverses péripéties et imbroglios... Enfin Clotilde l'acharnée obtient la levée de l'excommunication pour elle et pour Basine et, en cadeau royal, un somptueux domaine terrien.

Quant à la masse des rebelles, elles sont trop occupées à donner le sein aux nombreux fruits de leur escapade pour cultiver d'autres soucis.

XVIII

L'évêque Grégoire est assis devant son lutrin, ce léger pupitre incliné sur lequel une épaisse main de feuilles de papyrus encore vierges et bien calibrées s'offre à son inspiration. À son côté, sur un meuble bas, s'empilent en désordre rouleaux de papyrus, codex de parchemin et tablettes de cire[1]. De plusieurs meubles hauts aux portes béantes rangés le long des murs — des « armoires », invention récente venue de Byzance — croule sur le sol une avalanche d'écritures.

Cependant, le calame fermement tenu entre l'index et le pouce droits de l'évêque demeure immobile, en suspens au-dessus de la feuille blanche, tandis que, symétriquement, le grattoir semble figé dans l'air entre les deux mêmes doigts de sa main

1. La fragilité du papyrus venu d'Égypte, utilisé pendant toute l'Antiquité, ne permettait que l'utilisation en rouleaux (volumen), malcommodes pour la lecture. Le parchemin, déjà connu en Orient (Pergame), commençait à s'introduire en Occident. Solide, supportant bien pliage et couture, on pouvait le brocher en « codex », premier modèle de nos livres actuels. Les notes et brouillons se faisaient sur des tablettes de cire ou d'argile molle.

gauche[1]. Grégoire est songeur. Le pli entre ses sourcils révèle que cette songerie n'a rien d'agréable. L'évêque soupire, lève les yeux, s'aperçoit qu'un moinillon aux bonnes joues se tient debout devant lui, n'osant interrompre sa méditation. Il s'arrache à ses pensées, s'enquiert :

— Oui, Othmar ?

L'enfant récite, tout d'un trait :

— Seigneur évêque, il y a là le seigneur à la hache dans le dos, et aussi la dame wisigothe toute petite, qui demandent s'ils peuvent te parler.

— Qu'ils entrent, Othmar, qu'ils entrent !

Petit Loup paraît, vêtu en voyageur à qui ne manque plus que le cheval, flanqué d'une Minnhild tout aussi congrûment équipée. L'évêque sourit :

— Tu viens m'annoncer ton départ, je vois.

— Je viens en solliciter de toi la permission, seigneur évêque.

— Tu étais donc bien assuré qu'elle te serait accordée, puisque je te vois là, le pied pratiquement à l'étrier.

— Aurais-tu besoin de moi ? Je suis tout à ton service, tu le sais.

— Je plaisantais. Nous en avons terminé, tout au moins en ce qui me concerne, avec cette bien épineuse affaire des nonnes de Poitiers. Tu m'as très efficacement secondé, ainsi que toi, Minnhild. Vous voilà donc libres d'aller où bon vous semblera, et

1. Écrire constituait une entreprise hasardeuse. Le latin est une langue hérissée de pièges. La faute de grammaire guettait le scribe, le faux mouvement aussi. C'est pourquoi, tandis que la main droite traçait les lettres à l'aide du calame trempé dans l'encre, la gauche maniait le grattoir pour les effacer. Les deux mouvements s'accomplissaient avec une égale dextérité.

moi de travailler enfin à cette grande Histoire des Francs qui me tient tant à cœur[1]. À propos...

L'évêque suspend sa phrase, comme hésitant sur l'opportunité de la terminer. Petit Loup s'étonne :

— À propos, seigneur ?

Grégoire hausse les épaules, comme s'il se décidait :

— Vois-tu, cette Histoire des Francs, je la veux objective et, surtout, complète. Sans lacunes. Comprends-tu cela ?

— Sans lacunes, seigneur. Cela va de soi.

— Ce ne doit pas être une de ces chroniques de fantaisie entassant généalogies flatteuses et ascendances divines. Fariboles que tout cela !

— Fariboles, seigneur, certes. Foin des fariboles !

— Or, il est parfois bien difficile de démêler le vrai du merveilleux, tu en es d'accord ?

— Tout à fait. Je ne suis pas historien, mais cela me semble tomber sous le sens.

— Ou encore de trancher entre la réalité des faits et la rumeur.

— Oh la la, la rumeur ! Peste, la rumeur...

— Surtout quand cette rumeur est malveillante.

— Ne le sont-elles pas toutes, par essence ou par pente naturelle ?

— Tu viens de proférer là une grande vérité, mon fils. J'ajouterai ceci : la rumeur est d'autant plus malveillante qu'elle concerne un personnage de plus grande envergure.

— J'entends bien.

1. La célèbre *Historia Francorum*, de Grégoire de Tours, le plus précieux document que nous possédions sur l'époque mérovingienne.

— Un roi, par exemple.

L'évêque marque un temps. Petit Loup sent il ne sait quelle vague appréhension sourdre au profond de lui. Le coude que lui enfonce Minnhild dans les côtes lui apprend qu'il n'est pas seul à ressentir cela. Ne sachant que dire, il fait écho :

— Un roi, bien sûr.

— Ou une reine.

— Ou une...

— Ou les deux à la fois.

Là, Petit Loup juge prudent de se taire. Que veut dire l'évêque ? Que cherche-t-il ? Mais Grégoire change de sujet :

— Même des événements paraissant de peu d'importance doivent avoir leur place dans une Histoire qui se veut complète. Tiens, un exemple. Il y avait naguère, dans cette ville de Tours, un médecin fort habile, juif de confession, auquel il m'est arrivé d'avoir recours à l'occasion de quelque incommodité comme l'âge, hélas, en fait éclore en notre mortelle carcasse. De là étaient nés entre nous certains liens d'estime, et même d'amitié, qu'il me fallait confiner dans une discrétion humiliante car mes ennemis auraient eu beau jeu de clamer mes accointances avec l'ennemi du Seigneur Christ. Note que cet homme de bien soignait pour rien les pauvres gens qui, malheureusement, abondent, ici comme ailleurs.

Grégoire se passe la main sur le front, pour aider, dirait-on, à mettre de l'ordre dans ses souvenirs. Il reprend :

— Voilà, ça me revient. Ben Simon. Isaac ben Simon, c'est son nom. Eh bien, un beau jour — triste jour, plutôt —, Isaac ben Simon a disparu. Comme ça, pfuitt ! Au matin il est là, le soir il n'y est plus.

L'évêque hoche la tête, sourcils haut levés dans la mimique de l'étonnement suprême. Loup s'efforce d'exprimer muettement un ébahissement à la mesure de celui du prélat. Minnhild ne juge pas opportun de prendre part à ce concours de grimaces. Grégoire poursuit :

— Disparu. Il avait une servante, juive aussi, bien sûr. Eh bien, le croirais-tu, rien à en tirer. Le seigneur comte s'est inquiété du cas. On a fouillé la maison, on y a trouvé quantité de fioles, de poudres, de plantes séchées et un grand fourneau — il composait lui-même ses drogues, tu comprends —, mais rien qui indiquât ce qu'il était devenu. Tout juste a-t-on pu déduire qu'il était parti en toute hâte, en pantoufles et robe d'intérieur : ses bottes étaient restées là, ainsi que son manteau. Tu en demeures coi, n'est-ce pas ?

C'est bien vrai. Petit Loup ne dit mot, son visage s'est fait soucieux. Il trouve que l'entretien prend un tour qui ne lui plaît guère. Cependant l'évêque attend de lui qu'il donne son point de vue. Il se force à suggérer :

— Est-ce là un fait d'une importance telle qu'il doive figurer dans ton Histoire des Francs ? D'autant qu'il s'agit d'un individu qui n'est ni franc, ni chrétien.

— Oh, mais, attends la suite ! On a pu savoir, en interrogeant le voisinage, que deux cavaliers avaient frappé à la porte du médecin le jour même de sa disparition. Or, écoute bien : un de ces cavaliers était d'une taille et d'une carrure remarquables en leur ampleur. Il chevauchait une bête qu'un témoin a qualifiée de colossale. L'autre cavalier, au contraire, était fort menu et montait une haquenée blanche de belle allure.

Les regards de l'évêque vont de l'un à l'autre. Minnhild croit y déceler un brin de malice. Petit Loup ne décèle rien du tout, il baisse le nez en gamin surpris la main dans le pot de confiture[1]. Grégoire, sans appuyer, apporte une précision :

— Ah, oui : le grand gaillard portait une hache de bûcheron par le travers du dos. Une hache « au fer lourd comme une enclume », a dit le témoin.

Puisque Petit Loup s'enferme dans le silence, Minnhild décide de prendre les choses en main. Les yeux plantés droit dans ceux de l'évêque :

— Bon. D'accord. Compris. Et maintenant, on va où ?

— Mais... Nous revenons tout droit à mon Histoire des Francs. Que nous n'avons d'ailleurs jamais quittée. À l'époque où eut lieu l'incident du médecin juif, un bruit courait — une rumeur. Le petit roi d'Austrasie, le fils de la reine Brunehaut, n'aurait pas été en aussi bonne santé que la reine le donnait à croire. Or, il se trouve que ce même médecin avait eu jadis l'occasion de lui prodiguer ses soins. En fait, il lui avait sauvé la vie. Je savais cela, c'est moi qui avais procuré le médecin. La coïncidence me parut intéressante. Elle le fut plus encore quand vinrent

1. Bien sûr que les confitures existaient ! Qu'est-ce que vous croyez ? On faisait cuire les fruits dans le miel, poids pour poids, c'était très bon. Vous pouvez essayer, mais ça revient cher.

s'y mêler les deux cavaliers si faciles à identifier. J'abrège. La longue maladie de l'enfant roi, les disparitions successives du chapelain, de la nourrice, du médecin et de quelques autres... Certaines allées et venues de certain cavalier à la hache du côté de chez le roi Gontramn...

Minnhild tape du pied :

— On a compris, t'ai-je dit ! Tu sais. Bon. Que veux-tu de nous ?

— Tu as raison. Assez tourné autour du pot[1]. Je sais beaucoup de choses. Je ne sais pas tout. Je ne sais pas l'essentiel.

— Qui est ?

— La chose a-t-elle réussi ?

— Quelle chose ?

— Eh bien, la substitution. Celui qu'on honore du nom de Childebert II, fils de Sigebert, est-il bien le même enfant qu'avant la maladie ? Ou bien est-il un autre ? Et, dans ce cas, quel autre ? Est-il du sang de Clovis ? Est-ce un sosie étranger à la race de Mérovée[2] ? Vous mesurez de quelle importance cela est pour mon Histoire.

L'évêque s'est animé à ses propres paroles. Il quitte son siège, arpente le dallage encombré de paperasses, vient enfin se planter devant Minnhild et Petit Loup, serrés l'un contre l'autre en moineaux frileux. Cette fois, Petit Loup prend sur lui de répondre. Il le fait à voix contenue, martelant les mots :

---

1. Vieille expression auvergnate. (Grégoire est d'Auvergne.)
2. Il s'agit ici, bien sûr, non de l'époux incestueux de Brunehaut, mais de l'ancêtre, grand-père de Clovis et fondateur de la lignée.

— Seigneur évêque, tu devrais être mort. D'autres le sont qui en savaient beaucoup moins que toi. Tu ne connais pas le fin mot, dis-tu, mais ce que tu as deviné est déjà trop, beaucoup trop. Ne compte pas sur nous pour satisfaire ta curiosité. Le pourrions-nous que nous ne le ferions pas.

— Vous le pouvez ! Vous connaissez la vérité.

— Tu ne sauras même pas si nous la connaissons ou non. Tais ce que tu sais, ne cherche pas à savoir ce que tu ne sais pas. Déjà, du seul fait que tu nous as parlé, tu es suspect. Nous le sommes. Nous sommes donc condamnés. Notre seule sauvegarde est que, justement, nous en sachions assez pour faire soupçonner qu'il y a peut-être tromperie et que nous puissions le faire savoir avant de mourir. Sur ce seul soupçon, un royaume s'effondrerait, des guerres inexpiables ravageraient pour longtemps Gaule et Germanie. Ce serait le triomphe de Frédégonde, le règne du mal absolu.

— Je suis historien. Mon intégrité, mon honneur...

— Es-tu prêt à mourir dans les supplices pour un point d'histoire ? Es-tu prêt à prendre sur toi de déclencher l'apocalypse ? Un historien explique l'histoire, après coup. Il ne la fait pas. J'en ai assez dit. J'en ai trop dit. Je te quitte, seigneur. Je file droit sur la sauvage Armorique, où les assassins des rois francs n'ont pas accès. J'y emporte ma seule richesse, Minnhild, ici présente, avec qui je veux vivre et mourir[1].

---

1. Voilà pourquoi Grégoire de Tours, l'historien consciencieux, ne fait mention en aucun chapitre de sa monumentale *Historia Francorum* de la substitution par la reine Brunehaut du fils qu'elle eut de sa brève

Ils ont suivi le cours de la Loire paresseuse, ils ont déjoué les pièges des assassins et des espions, ils ont échappé aux tueurs armés par la prudence de Brunehaut comme à ceux que stipendie la vindicte de Frédégonde, ils ont trompé la vigilance des troupes de la frontière, ils ont pénétré en terre d'Armor... Leur cœur est plus léger, leurs regards plus clairs. Ils prennent le temps de se regarder et d'éclater de rire, ils font l'amour sur la mousse gorgée de brouillard et d'odeurs, ils sont en vie, ils sont ensemble, ils rentrent à la maison... Ils ont vaincu !

Ils font halte dans un chemin creux qu'égaient les clochettes mauves des campanules, au pied d'un chêne à la ramure tourmentée. Tout en mordant dans le pain et le lard, Petit Loup, songeur, fait le bilan de l'équipée. Il compte sur ses doigts :

— Un : nous en sommes sortis vivants.

Minnhild, la bouche pleine, lève la main :

— Et entiers !

— Et entiers, tu as raison. Deux...

— Arrête ! Pas de deux ! Nous en sommes sortis, vivants et entiers. Tout est bien. Que veux-tu de plus ?

— Eh bien, savoir si nous avons été utiles à quelque chose.

— C'est bien de la prétention.

Il s'obstine :

— Deux : nous avons sauvé le trône, et sans

union avec son neveu Mérovée à celui qu'elle avait conçu de son précédent mariage avec Sigebert. Vous pouvez vérifier, il n'en parle pas.

doute la vie, de la reine Brunehaut. C'est quelque chose, ça.

— Quelque chose d'utile ?

— Pour elle, certainement. Et aussi pour ses sujets, pour l'Austrasie. Nous leur avons évité Frédégonde.

— Brunehaut est devenue une Frédégonde.

— Minnhild ! Toi qui l'aimais tant...

— Je l'aime toujours, à cela je ne peux rien, mais je la juge. À cela non plus je ne peux rien.

— Mais enfin... Elle veut le bonheur de ses sujets. Elle a le sens de l'État. Elle est désormais la plus puissante. Elle peut espérer unir Austrasie, Burgondie et Neustrie, rassembler en un seul empire Gaule et Germanie, y rétablir la civilisation, la paix, les lois romaines. Elle a le goût de construire et de légiférer...

— Elle, certes. Quoique ses méthodes pour y parvenir... Mais son fils ? Le peu que j'en ai vu me fait craindre le pire. Il ne sera pas toujours mineur. Les rapaces et les flatteurs qui l'entourent ne veulent pas d'un État fort, mais d'une proie à dépecer. Tiens, vois-les se déchirer et intriguer pour cette vaine dignité de Maire du palais ! Ils flairent que là se cache la possibilité de tenir le roi en lisière. Pourquoi aussi Brunehaut a-t-elle favorisé la chose ?

— Sans doute pour les tenir eux-mêmes en lisière. Tandis qu'ils se battent pour des colifichets, ils la laissent œuvrer en paix.

On ne clôt pas si facilement le bec à Minnhild, qui, depuis qu'elle fréquente les hautes sphères, se mêle de politique :

— N'empêche que c'est très dangereux pour l'avenir. Et puis, son fils aura des fils. Il y aura partages, chicanes, assassinats, guerres, massacres. Comme toujours. Et tout partira à vau-l'eau.

— Brunehaut sera assez forte pour abolir la loi salique et les autres lois barbares. Elle rétablira la loi romaine qui veut que la souveraineté soit à un seul. L'Église y est bien parvenue : il n'existe qu'un pape, souverain absolu.

Elle ricane :

— Ce qui fait la force de l'Église, l'Église ne le veut que pour elle-même. Le pouvoir du pape est fondé sur la dissension entre les rois. Depuis le sacre de Clovis, le pape s'est placé au-dessus des rois. Crois bien qu'il n'aidera pas Brunehaut à devenir trop puissante.

Petit Loup déploie un autre doigt, ce qui, au pouce et à l'index, déjà au garde-à-vous, joint le majeur. Il énumère :

— Trois...

— Si ton trois vaut ton deux, il serait préférable d'en rester là !

Imperturbable, il annonce :

— Trois : nous avons mis Frédégonde à terre.

— Ah, oui ?

— Praetextatus. Nous le lui avons arraché, ou bien je me trompe ?

— Tu oublies qu'elle en a eu le dernier mot. Praetextatus est mort par ses soins, dois-je te le rappeler ?

— Cela ne nous concernait plus.

— Sois beau joueur. La victoire est à celle qui reste debout la dernière. J'ajouterai que Frédégonde est de nouveau bien en selle. Reconnue régente de Neustrie, son bâtard dûment couronné, plus séduisante que jamais, elle va mener la vie dure à Brunehaut. Je vois poindre des années de sang et de larmes.

— Je vois plus d'un messager, moine ou laïc, venir nous présenter un parchemin scellé de cire verte et contenant je ne sais quel appel au secours.

— Auquel nous répondrons ?

— Qu'en penses-tu ?

Quelques précisions pour ne pas se quitter comme ça

Un roman historique se doit, c'est la moindre des choses, de ne jamais contredire les faits historiques avérés, quitte à gambader à son aise dans les zones restées obscures ou offrant trop peu d'importance pour avoir excité l'intérêt des chroniqueurs.

Dans le présent récit, qu'y a-t-il de certain, qu'y a-t-il de conjectural mais néanmoins plausible ?

Parmi les faits avérés :

Le mariage incestueux de la reine Brunehaut avec son neveu Mérovée, célébré par l'évêque de Rouen, Praetextatus.

L'acharnement de Frédégonde à traduire Praetextatus en jugement et la conduite apparemment incohérente de Chilpéric en cette circonstance.

L'assassinat de Praetextatus sur ordre de Frédégonde.

L'assassinat de la sœur bien-aimée de Brunehaut, Galeswinthe, puis de son premier mari, Sigebert, par le roi Chilpéric, époux de Galeswinthe et frère de Sigebert, tout cela à l'instigation de Frédégonde, d'où la haine inexpiable entre les deux femmes et une succession pendant quarante ans de guerres et de massacres.

La préférence marquée par Gontramn, roi de Burgondie, *à partir d'une certaine date*, pour son neveu Childebert, fils de Brunehaut et roi d'Austrasie, à qui il finit par léguer la Burgondie.

L'hostilité, souvent violente, des grands d'Austrasie contre les prétentions au pouvoir absolu de Brunehaut, régente pendant la minorité de son fils, et leurs accointances secrètes avec Chilpéric et Frédégonde, ses mortels ennemis.

La création, en Austrasie, par Brunehaut, de la dignité de « Maire du palais », d'abord honorifique, et qui, par la suite, entre les mains de la famille des Pippinides (du nom de Pépin), devait prendre le pas sur le roi, le réduire à n'être plus qu'un « roi fainéant », tandis que le Maire du palais s'érigeait en un dictateur au pouvoir illimité qui finira par évincer les Mérovingiens au profit d'une nouvelle « race », les Carolingiens, du nom du plus célèbre d'entre eux : Charlemagne.

L'assassinat du roi Chilpéric par Lantéric, amant de Frédégonde et son homme à tout faire.

Parmi les faits non prouvés mais tout à fait admissibles :

L'existence d'un enfant né de la brève mais ardente union de Brunehaut et de Mérovée et élevé secrètement.

La substitution de cet enfant à l'enfant roi Childebert II, mort de maladie.

La complicité du roi Gontramn, d'où sa préférence pour le petit « bâtard », illustrée par la conduite ultérieure de ce roi lui cédant de bon cœur la Burgondie.

Tout ne s'est peut-être pas passé ainsi, mais rien ne s'y oppose. En tout cas, cela explique certaines choses troublantes.

Du même auteur :

Aux Éditions Albin Michel

LA GRANDE ENCYCLOPÉDIE BÊTE ET MÉCHANTE
LA NOUVELLE ENCYCLOPÉDIE BÊTE ET MÉCHANTE
NOS ANCÊTRES LES GAULOIS
LE TEMPS DES ÉGORGEURS
LETTRE OUVERTE AUX CULS-BÉNITS
LES RITALS
LES RUSSKOFFS
BÊTE ET MÉCHANT
LES YEUX PLUS GRANDS QUE LE VENTRE
MARIA
L'ŒIL DU LAPIN
LES ÉCRITURES
LOUISE LA PÉTROLEUSE *(théâtre)*
ET LE SINGE DEVINT CON *(L'Aurore de l'humanité I)*
LE CON SE SURPASSE *(L'Aurore de l'humanité II)*
LES FOSSES CAROLINES
LA COURONNE D'IRÈNE
LE SAVIEZ-VOUS ?
LES AVENTURES DE NAPOLÉON
COUPS DE SANG
CŒUR D'ARTICHAUT
LA DÉESSE MÈRE
MIGNONNE, ALLONS VOIR SI LA ROSE...
LE HUN BLOND
LA HACHE ET LA CROIX
LE DIEU DE CLOTILDE
LE SANG DE CLOVIS

Chez d'autres éditeurs

Éditions Hara-Kiri (repris par Archipel)
4, RUE CHORON

Jean-Jacques Pauvert
STOP-CRÈVE
DROITE-GAUCHE, PIÈGE À CONS

Julliard
(Collection « Humour secret »)
CAVANNA

L'École des loisirs
(Adapté en vers français par Cavanna)
MAX ET MORITZ, *de Wilhelm Busch*
CRASSE-TIGNASSE *(Der Struwwelpeter)*

Hors Collection (Presses de la Cité)
MAMAN, AU SECOURS !
LES GRANDS IMPOSTEURS
DIEU, MOZART, LE PEN...
TONTON, MESSALINE, JUDAS...

L'Archipel
LA BELLE FILLE SUR LE TAS D'ORDURES
DE COLUCHE À MITTERRAND

Hoebeke
(Avec Robert Doisneau)
LES DOIGTS PLEINS D'ENCRE
LES ENFANTS DE GERMINAL

Presses de la Cité
(avec Barbe)
JE T'AIME

Composition réalisée par NORD COMPO

IMPRIMÉ EN ESPAGNE PAR LIBERDUPLEX
Barcelone
Dépôt légal Édit. 48818-09/2004
LIBRAIRIE GÉNÉRALE FRANÇAISE - 43, quai de Grenelle - 75015 Paris

ISBN : 2 - 253 - 10965 - 7

31/0965/9